我的远方

◎周志刚 著

新疆生产建设兵团出版社

图书在版编目(CIP)数据

我的远方 / 周志刚著. -- 五家渠 : 新疆生产建设兵团出版社, 2021.12 （2024.4重印）

ISBN 978-7-5574-1776-5

Ⅰ. ①我… Ⅱ. ①周… Ⅲ. ①散文集－中国－当代 Ⅳ. ①I227

中国版本图书馆 CIP 数据核字(2021)第 266605 号

我的远方

出版发行　新疆生产建设兵团出版社
地　　址　新疆五家渠市迎宾路 619 号
邮　　编　831300
电　　话　0994-5677185
发　　行　0994-5677116
传　　真　0994-5677519
印　　刷　永清县晔盛亚胶印有限公司
开　　本　700mm × 1000mm　　1/16
印　　张　18
字　　数　265 千字
版　　次　2021 年 12 月第 1 版
印　　次　2024 年 4 月第 2 次印刷
书　　号　ISBN 978-7-5574-1776-5
定　　价　72.00 元

谨以此书献给

我的第二故乡麦盖提

序言一

思想的力量

哲人有言,延续生命的最好方式,就是身体和灵魂总有一个在路上。眼前的这本纪实性散文集《我的远方》,是我市援疆教师周志刚同志的倾心之作。细品一篇篇饱蘸深情的作品，思绪和情感也随着作者的笔触融入了祖国边陲那方斑斓多姿、瑰丽神奇的大美之地,跟随作者走进了他那大开大合、丰盈细腻的精神世界。我欣喜地发现,边陲大漠的两年援疆生活,作者的身体和灵魂一直都在路上!

法国哲学家帕斯卡尔说过:“人是有思想的芦苇。”世界上最伟大的力量,就是思想的力量。大文豪巴尔扎克说:“一个能思想的人,才真是一个力量无边的人”。周志刚同志是一位有着三十年教龄的老教师,也是一位教育管理经验丰富的教育干部,现在是一所优质中学的校领导,所分管的工作常有创新性举措,教育管理颇有建树。作者此前的教育专著《校园漫步》,就是最好的印证。我们从此书中可以了解到周志刚同志一直在用心用情用力做教育，对他挚爱的教育事业在认真实践的同时,更有深入思考,达到了知行合一的高度。现在展读周志刚同志援疆载誉归来后的力作,更让我们对“文如其人”的含义有了更深的认识：作者不仅是一个乐于行走的人，更是一个勤于思考的人,《我的远方》一书就可以让人感受到他书中蕴含的思想的力量!

思想的力量在情怀。他是年愈八旬父母的长子,他是考编进入关键期女儿的父亲，已过知天命之年的他为何舍弃优越的工作环境和安逸的生活条件去援疆?“就在赴疆规定日期的前三天,父亲溘然长逝,身为长子的他悲痛欲绝。在处理父亲后事的间隙，他向山东省对口支援新疆工作指挥部提出缓期入疆的申请。送走父亲的第八天,他独自踏上了赴疆行程。动身前,他伏在母亲膝下泪流满面，久久不愿起来。”（《为了这场与麦盖提的最美相遇》）“下飞机时，正是中午。天上涌动着大团的白云，眼前是陌生的面孔。面向家乡的方向，我深深地鞠了一躬：亲人们放心吧，我已平安到达援疆目的地——麦盖提。”（《麦盖提：我的诗和远方》）父亲刚去世就要远行，对老母亲的不舍与心中隐忍的伤悲，都尽在那一躬中。读这些语句，谁不泪目？我注意到一个细节，入疆后周志刚同志的微信头像和封面都改变了，“‘来疆为什么？在疆干什么？离疆留什么？’这是每个援疆人都要面对的灵魂三问。品味出那组雕像中包含的深意，读得出大漠胡杨的精神象征，追寻梁局长这些老援疆的脚步，这三问的答案，就不难找到。”（《雕像与头像》）用这种方式随时提醒自己不忘援疆初心，可见其用心之真。无情未必真豪杰，怜子如何不丈夫？在一些篇章中，我们可以发现一个疼爱女儿、牵挂家人的真情男儿形象。“女儿啊，希望你能读懂那封家书，真正理解为父的劝诫，像小张这些同龄人一样，在逐梦前行中不断提升自我！”（《父亲的劝诫》）“可那个不识月的女孩，现已大学毕业，正兴奋地做着公务员上岗的准备，是否想到了远在万里之外的爸爸，因不能为她送行而郁郁寡欢？举家团圆的今晚，妻子和女儿的中秋过得可好？”（《明月万里寄相思》）我认为，“家国情怀”是《我的远方》多数篇章中或明或隐的主线，把作者广阔辽远的大漠视野和深沉内敛的情感世界有机地串联在一起。空喊爱国口号是徒劳的，真正的爱国者应该把自己的理想追求同祖国前途和民族命运紧密联系在一起，扎根人民，奉献国家。周志刚同志把对诗与远方的追求与国家援疆重大战略结合在一起写下的这部著作，使我们契合着作者的脉动，深深体味到使命的光荣艰巨、援疆的重大责任、亲情的留恋不舍。家是最小国，国是千万家，家国紧相连，情怀天地间！

思想的力量在责任。疾风知劲草，板荡识诚臣。援疆生活是艰苦的，支教工作是繁重的，援疆人面临着各种考验。但周志刚同志和他的援友们在山东省对口支援新疆工作指挥部的领导下，在当地干部群众的支持下，克服种种困难，以苦为乐，在祖国西部边陲唱响了教育援疆的大漠之歌。作为语文教师，他最多时每周任教 15 课时，还承担着学校教科研重任，指导培养青年教师，为学校发展献计献策，得到学校师生一致赞扬；作为兼职教研员，参入组织当地各类县级教学课堂比赛，以高评委小组组长身份组织高级教师职称评选面试答辩，为抗疫保学组建青年教师线上教研编写6册语文教案，彰显了山东教师深厚的教育素养。他率先为支教学校组织捐赠，带动了援疆教师的整体援疆捐赠工作。他积极宣传援疆工作，用心总结支教经验，深情记录见闻和感受，将大量通讯报道、经验总结发表在《新疆支教》《山东教育报》《新疆文学》《麦盖提教育》等报刊上，为文化润疆做出了积极努力。“没有拘谨，没有羞涩，两个孩子侃侃而谈。他们神采飞扬的样子，既有麦盖提孩子特有的那股率真劲，也濡染了一点风筝都学子的儒雅气。如果家长看到这个场面，该会多欣慰啊！”（《追风筝的孩子》）援疆期间寒假回家，仍然带着学习用品去看望内高班的新疆学生，如此援疆怎能不让人竖起大拇指？还有《我“失踪”的那一天》《我的抗疫保学成果》等篇章，都可看出周志刚同志支教工作的用心用情用力。《山东援疆教师在“二中论坛”精彩开讲》《用心用情用力做好援疆捐赠工作》等则显示出山东援疆教师的力量。据当地反馈和组织了解，周志刚同志的援疆工作是得到山东省对口支援新疆工作指挥部和日照市对口支援麦盖提县工作指挥部、当地政府和教育部门以及学校师生高度认可的，得到了各级组织的表彰奖励。更让我们骄傲的是他展示了教育援疆的力量，树立了援疆教师的良好形象。这是“不忘初心，方得始终”的有力例证！因为思想有了高度，才能扛起应担的责任，才有行动的力量。“不忘援疆初心，牢记支教使命”，周志刚同志是这样写的，更是这样做的！

思想的力量在文化。周志刚同志的远方新疆麦盖提，地处塔克拉玛干沙漠边缘，那里到处响着“刀郎木卡姆”的乐曲，人们跳着“刀郎麦西热甫”的舞蹈，乡村墙上都绘有“刀郎农民画”，让人齿颊生香的美食很多，周志刚这个山东汉子被深深地吸引住了。“麦盖提的艺术家们狂野的嘶吼尽显质朴与粗犷，遒劲的舞步旋转着对生活的热爱，曼妙的身姿变幻着对幸福的憧憬，刀郎卡龙琴、达甫、热瓦甫、艾捷克弹奏出过往的追思和未来的向往，配以千变万化的光影切换组成的舞台背景，强烈地感染着观众，让人从心底里激发出要与之同歌共舞的冲动。”（《穿越时空的大漠风情画卷》）刀郎文化的魅力让作者“面对这幅穿越时空的大漠风情画卷，我只有倾心膜拜”。他在《巴扎，巴扎》上感受当地人的烟火气，品尝《烤全羊》《馕》《烤包子》文中所书写的美食，在《向沙漠进军》时聆听《沙海绿歌》，在《做客维吾尔族亲戚家》时体验当地群众脱贫致富奔小康的欢欣，《在维吾尔族亲戚的棉花地里》与当地干部群众老李和《老乡小韩》一起唱响《叶尔羌之歌》，深情讴歌创造传承刀郎文化的麦盖提儿女“上苍用塔克拉玛干沙漠的风击沙打锻造麦盖提儿女的强健筋骨，用叶尔羌河乳汁般的水流滋养麦盖提儿女的柔软血肉”。他的笔触详实描绘各族人民像石榴籽一样紧密团结亲如一家的动人情景，传神表现刀郎文化的瑰丽多姿，让我们看到作者已经全身心融入了那片神奇的土地，也体味到了不同文化在民族团结中的强大凝聚力！

苏格拉底说：“未经思考的人生毫无意义。”周志刚同志用脚步丈量祖国大好河山，用睿智思考破解人生症结，内化于心，外见于行，生动诠释教育初心和教育情怀，让自己追寻远方的人生之旅丰富多彩。这其实也是《我的远方》一书给我们的感悟和启迪。

梁启超先生有言：“思想者，事实之母也。欲建造何等之事实，必先养成何等之思想。”《我的远方》一书从立意、选材到表达都有很多值得称道之处，是一部思想性与艺术性和谐统一的佳作，显示了一位正高级语文教师的深厚学养。作为有思想、有追求的教育工作者，应该在安心教书的同时，用心读书、善于总结，写好我们的教育故事。我高兴地看到，周志刚同志做到了，这也是我乐于向读者，尤其是教育工作者推介本书的原因所在。

本序搁笔时正逢秋分，恰是丰收节。谨以此文祝贺周志刚同志的丰收成果，也期待着其他同志丰收的喜讯。

于利民

二〇二一年秋分

（作者于利民系安丘市委教育工委常务副书记，市教体局党组书记、局长）

序言二

致我的远方

周郎秉笔跨青骢，
君向山南我向东。
志夺高天驰塞外，
刚柔不误挽雕弓。

这首内含我名字的藏头诗，是朋友李万瑞的赠诗。李兄是潍坊市奎文区作协主席，听闻我援疆之事，这位安丘老乡赋诗为我壮行，让我很是感动。

陆游曾有“壮年不作故山归，老去方知浪走非”之叹，那是山河破碎、报国无门的感慨。辛弃疾“却将万字平戎策，换得东家种树书”之痛，则是才华难施、壮志未酬的感伤。而2018年于我而言，则是欣逢盛世教育报国、重续生命华章的开始，其间履痕已深深地刻进我生命的年轮中。这一年，我已过知天命之年，我的家庭、亲人乃至我自身职业生涯都有重大变化。此年八月，作为教育部等四部门“援疆万名教师支教计划”中的一员，我开启援疆支教行程，在那个遥远的地方，度过了两年别样时光。

情系援疆育桃李，爱洒西域铸师魂。西风浩荡，我追寻着张骞开辟的丝绸古道，经过万里之路云和月的追逐，阵阵驼铃声中，我到达的远方是一个叫麦盖提的祖国西北边陲小县，属于新疆维吾尔自治区喀什地区，距我的家乡万里之遥，位于我国最大沙漠塔克拉玛干沙漠边缘，居民以维吾尔族为主，无论是地理风貌还是民族风情，都与我的家乡大相迥异。在这里，我们这些来自东海之滨的援疆教师满怀“新载杨柳三千里，引得春风度玉门”的豪情，在山东省对口支援新疆工作指挥部、日照市对口支援麦盖提县工作指挥部和当地政府、教育局领导下，把麦盖提当作洒下汗水、奉献智慧的驰骋疆场和丈量雄心、锻造信仰的心灵故乡，讲政治、顾大局，不断增强做好援疆工作的责任感和使命感，克服多种困难，经受不同考验，转变角色，融入当地，充分发挥教学教研传帮带作用，努力提高学生国家通用语言文字水平和青年教师教学教研能力，倾情帮助受援学校不断提升教学质量和管理水平，用心用力用情当好教书员、指导员、宣传员，为文化润疆、为培养一批带不走的教育管理和科研人才队伍做出最大努力。

黄河落天走东海，万里写入胸怀间。2020年春天，那场突如其来的疫情延缓了我们进疆脚步，却未减弱拳拳援疆初心。我们积极响应山东省对口支援新疆工作指挥部号召，利用网络开展网上教学教研，利用居家时间编写校本教材，协调捐助紧缺医用物资和生活用品……山东各地尚未复学，我们就根据安排，肩负使命重返边陲大漠，如援鄂医疗队那样不畏艰险、逆流而上，坚定践行“舍家报国，忠诚担当，团结奉献，创新奋进”的援疆精神，善始善终地圆满完成两年援疆任务，在艰难困苦中淬炼成长，把万里征程写入胸怀间，以优异的援疆工作成绩响亮回答了“来疆为什么？在疆干什么？离疆留什么？”援疆人都要面对的灵魂三问，谱写了教育援疆精彩篇章。

泰山天山根连根，鲁疆人民一家亲。在麦盖提的两年中，我们援疆教师得到了当地人民亲人般的关怀，工作上支持，生活上关心，鲁疆两地组织和领导以及当地群众为我们搭建了援疆报国的最佳平台。对我们取得的微不足道成绩，他们看在眼里、记在心里，给予了崇高礼赞和至高荣誉。两年援疆路，一生援疆情。援疆结束返乡后，我们依然不忘援疆初心，离疆更爱疆，积极探索援疆支教新路子，回报第二故乡对我们的厚爱，在鲁疆两地留下一段段佳话。

人生不只有眼前的苟且，还有诗和远方。作为一个具有30年教龄的老教师兼老文青，成年累月生活在“家庭—学校”两点一线间，如井底之蛙的我，心中充满对诗和远方的渴望。有幸援疆支教，我万分珍惜这场与麦盖提的最美相遇，将其视为自己的“诗和远方”。在工作过程中，我深入学校、乡村等各个层面，履职尽责，真诚地与当地干部群众交朋友，饶有兴趣地去了解当地风土人情。身处祖国最西部的边陲县城，在学校的教室操场，在广阔的田间地头，在热闹的巴扎上，在炙热的大漠里……我都在以最真最纯的胸怀感受麦盖提大地充沛淳朴的气息。

所以入疆后的我，几乎每天都有新发现、新感受、新思考。我意识到，自己脱离原来生活轨道的这两年，必将成为人生旅途中独特的经历和体验，或许能够得到许多在家乡得不到的启示，并激发出一些思想火花，我应该记录下这段岁月。因此，在工作之余，我将感触较深的援疆见闻、比较成功的支教做法、有一定思考的人生感悟述诸笔端，断断续续写下数十篇作品。这些作品，多数发表在《麦盖提零距离》《日照援疆》《新疆支教》《新疆文学》《西部作家》《今日安丘》《风筝都》《山东青年报》《山东教育报》《齐鲁晚报》《人民教师》《学习强国》等媒体平台上，引起了较大反响。援疆结束返乡后，鲁疆两地部分朋友建议我将这些作品汇集出版，作为这段特别人生历程的纪念。这些朋友的真诚建议让人感动，我便利用余暇对援疆时的作品文字上做了润色，篇章上做了筛选，按作品体裁和题材内容分类，结集为《我的远方》一书，用以纪念我人生中浓墨重彩的一段时光，献给我的第二故乡麦盖提，向我的"诗和远方"致敬。

不是每一朵花都能盛开在雪山之巅，雪莲做到了；不是每一棵树都能屹立在大漠戈壁，胡杨做到了；不是每一个人都能无悔踏上援疆路，我和援友们做到了！在整理援疆作品时，过去的一幕幕再次浮现在脑海中，我仿佛又回到了梦绕魂牵的第二故乡。我很为当时能够留下这些粗糙的文字而高兴，更感欣慰的是有此机会把自己的一段心路历程和朋友分享。记载我的援疆之旅的这本薄书按内在逻辑共分四辑，第一辑"刀郎起舞"以散文随笔形式写作，是一些反映当地风土人情和自然风光等方面的作品；第二辑"西行走笔"以散文随笔形式写作，是一些援疆工作经历和思想感悟方面的作品；第三辑"瀚海留痕"以通讯报道、学术论文等形式写作，是一些援疆新闻报道和支教工作总结等方面的作品（部分以笔名"鲁江""鲁江源"发表的作品，一并收入）；第四辑"叶河行吟"收集我援疆期间的文学新作和修改的部分旧作。我力求以真实笔触展示自己的援疆心路历程，以个人视角展现边陲大漠独特的风土人情和瑰丽的自然风光，助力读者了解广大援疆人浓郁的家国情怀，也算是给一直关心我的领导及朋友的汇报和交代，故不揣浅陋，斗胆芹献于读者诸君面前。遗憾的是，限于个人认知水平和写作能力，本部作品文拙质陋，未能充分展现援疆大潮波澜壮阔的气势，未能完美展现援疆者更多的精彩故事和大美新疆的独特魅力。希望通过今后不断努力，弥补自己的不足。

如果说人生是一场修行，那么援疆就是寻找诗和远方的自我救赎。因为援疆就是援助自己，将自己从平庸和乏味中打捞出来，开启内心充盈的全新人生。两年援疆，是我最精彩的人生经历，它使我的思想认识、人生境界有了较大提升，让我遇见了更好的自己。知天命之年后得此机缘，我心里充满感激。我愿将此感恩之情，融入到新的工作和生活中，继“长风几万里，吹度玉门关”的出塞曲后，唱响“老骥骨奇心尚壮，青松岁久色逾新”的伏枥歌，活出更有意义的人生。

一切过往，皆为序章；所有未来，皆是可期。援疆结束返鲁的航程中，曾酬和援友打油诗一首，留记于此，兼做此序尾声：

万里云天万里程，
丹心一片家国情。
刀郎①起舞卡龙②奏，
故园再闻雏凤声。

周志刚

二〇二一年季夏

注：①【刀郎】代指麦盖提，麦盖提有“刀郎之乡”之称。
②【卡龙】即卡龙琴，是维吾尔族乐器里弦最多的古老弹弦乐器。

目　录

第一辑　刀郎起舞

第二辑　西行走笔

第三辑　瀚海留痕

第四辑　叶河行吟

第一辑　刀郎起舞

高亢激越的歌吟，伴着曲调由低回苍凉转向慷慨激昂，浩瀚的大漠风情画卷穿越旷古千年徐徐铺展开来……巍巍雪山，茫茫大漠，啸啸寒风，滚滚水流……一一闪过我的脑海，不觉间热泪盈眶。

刀郎初印象

只要叶尔羌河还在流淌
我就不会停止流浪
只有千年不倒的胡杨
才理解千年的向往
我依水而居
我逆流而上
沙枣花知道我爱过哪个姑娘
我数过星星
我摘过月亮
白杨树知道我怀念哪个村庄
刀郎啊刀郎
古老的刀郎
刀郎啊刀郎
勇敢的刀郎
刀郎啊刀郎
深情的刀郎
刀郎啊刀郎
永远的刀郎
……

塔斯肯深情而忧伤的歌声,倾诉的是对刀郎的热爱与眷恋。家乡的朋友听了我发在朋友圈的歌曲后,愈发激起了解麦盖提的兴趣,希望我能概括而全面地介绍一下。这个遥远的地方，我之前也是闻所未闻，来此至今不足一年，岂敢应允？但盛情难却，只能多方搜寻资料，多次求教于当地朋友，勉力为之。

万里之遥

我入疆时，从安丘坐客车到潍坊后，坐火车到济南，再乘飞机先到乌鲁木齐，然后转机飞喀什，从喀什坐客车最后到麦盖提。从安丘到麦盖提，高德地图显示两地距离是 5061 公里，是真正的万里之遥！

安丘介于东经 118° 44′ ~119° 27′ 、北纬 36° 05′ ~36° 38′ 之间，麦盖提地处东经 77° 28′ ~79° 05′ 、北纬 38° 25′ ~39° 22′ 之间。两地纬度差约在 2° ~3° ，因此从地图上看，麦盖提的地理位置在安丘西稍偏北。两地经度差 40° 左右，经度每相差 15° 时间相差 1 小时，因此两地时差近 3 个小时。这里的学校上课时间为 10 点，而安丘则是 8 点，就是时差原因。

看过这样一则资料，十八世纪时，清政府规定皇帝诏令到达喀什，加急，125 天。大清的诏书分为“限期”和“加急”。“限期”是驿站传递公文书时以马匹普通速度作为标准，也就是以骑马的正常速度作为标准；而“加急”多半用于军事行动，凡加急的驿站递送，是用快马以最高速度马不停蹄地将诏书送到下一个驿站，然后再换马将书信送到下一站，就这样接力传递下去。从北京到喀什，隔着高山大川，大漠戈壁，125 个黑天和白昼，我们可以想象当时传递诏书是怎样一个惊心动魄的场景！

不到新疆不知中国之大，不到喀什就不算到新疆。而麦盖提属于南疆，尚在喀什东南。现在可以想象一下，家乡安丘和新疆麦盖提之间隔着怎样大的时空距离！

刀郎之乡

百度数据，麦盖提县总面积 1.52 万平方千米，总人口约 30 万人；安丘总面积 1760 平方千米，总人口 96.2 万。大家可以自己计算二者的面积和人口比例的差距。

当地标志性的东西，似乎名称前都带有“刀郎”二字，如“刀郎大剧院”“刀郎木卡姆”“刀郎羊”等等。就连我所在的学校，前身也是原来的“刀郎双语中学”。经多方了解才知道,“刀郎”与“麦盖提”因何竟然如此浑然一体。

麦盖提县是叶尔羌河冲积塔克拉玛干沙漠形成的一片酷似新月的绿洲地带。数百年来,这片伟大的绿洲用她那甘甜的乳汁哺育了被称作“刀郎”的族群,孕育了富有民族和地域特色的“刀郎文化”。

关于“麦盖提”一名,当地有两种说法:一是古代“多浪”部族首领米盖提带领游牧民在这里定居,遂以首领之名呼作地名,后转音为“麦盖提”;二是说很早以前在今巴楚一带居住着很多游牧部落,因沙漠的侵蚀,迫使集镇中心地带的人迁来这里,故称“麦尔盖孜”,意为从中心地带搬迁来的人,后逐渐演变为“麦盖提”。

“刀郎”一词是维吾尔语的音译,原意为“一堆一堆”的意思,引申为“分散聚居的人”。在14世纪末,躲避战争灾难的人们就按部落散居在林木茂密、水草丰美的叶尔羌河中游,过着自由自在的迁徙流浪生活,于是就有了“刀郎”的称谓。如今,刀郎人早已告别了游牧、渔猎生活,走上了建设新农村的康庄大道。

麦盖提县是著名的“刀郎之乡”。此地的“刀郎”既指地名也指这里的人,更是核心的文化。世代生活在这里的维吾尔族“刀郎人”用勤劳和智慧创造了以“刀郎木卡姆”“刀郎麦西热甫”和“刀郎农民画”为代表的“刀郎文化”。

麦盖提县城道路两边的绿化树也是法国梧桐,林立的沿街商铺传出的也是当下最流行的音乐。如果不是熙熙攘攘的人流中多是身着民族服装的维吾尔族同胞,我还以为身在家乡县城呢!这里世居着维吾尔族、汉族、回族、哈萨克族等13个民族,各族人民头顶同一片天,同饮一河水,和谐安宁地生活在叶尔羌河畔。

我见到的麦盖提最新旅游宣传册封面语是:麦盖提·最刀郎 刀郎之乡 红枣之都 旅游之城。

舞姿翩翩

维吾尔族是能歌善舞的民族。而刀郎人会说话就会唱歌,会走路就会跳舞,从两三岁的孩子到七八十岁的老汉,举手就能跳,张嘴就能唱。我和援友们在乡村骑行中,有时一阵音乐声传来,常见附近田野里的农民立即放下手中的

坎土曼、路上行人脱掉外衣，如痴如醉地跳起舞来。下课时校园里的孩子们走着走着也跳起舞来，学校组织的节日庆祝活动，歌舞类几乎不用训练彩排，每个节目都美轮美奂。唱歌跳舞已成为当地人不可或缺的生活方式。

“刀郎木卡姆”和“刀郎麦西热甫”是当地歌舞的名称。“刀郎木卡姆”是集歌、舞、乐于一体的一种大型综合艺术，伴奏的乐器也很奇特，之前未曾见过。“刀郎麦西热甫”是千百年来“刀郎人”在狩猎和生产劳动的实践中创造出来的，反映“刀郎人”狩猎时粗犷豪放、节奏深沉、动作刚劲有力的民间乐舞，具有代表性的有婚礼麦西热甫、篝火麦西热甫等经典文艺节目。我去农村参加“民族团结一家亲活动”“五一”在刀郎乡里景点游玩时，都欣赏过，并深为欢快的氛围所感染。我看过以《永恒的刀郎》为名的乐舞表演，极具震撼力。

晚饭后我们一般散步到刀郎文化广场，那里几乎每晚都有当地群众跳舞。有几个援友迷上了这种活泼轻快的歌舞，现在也能在热闹的队伍中翩翩起舞。

大漠茫茫

麦盖提街上一些清扫不到的角落，总能见到一层沙土。冬春之交到春夏之交的几个月，时有沙尘天气。沙尘暴肆虐时，漫天黄尘，街上几米外看不清行人，狂风夹杂着沙粒把门窗拍打得“啪啪啪”响个不停，关门闭窗依然沙尘满屋。这都是拜塔克拉玛干沙漠所赐。

塔克拉玛干沙漠位于新疆塔里木盆地，有“死亡之海”之称，东西长约 1000 公里，南北约 400 公里，面积达 33.76 万平方公里，是仅次于非洲撒哈拉大沙漠的世界第二大沙漠，也是我国第一大沙漠。麦盖提素有“瀚海明珠”的美称，就是因为它位于塔克拉玛干沙漠西南边缘，沙漠面积占全县总面积的90%，县城距沙漠边缘仅有30多公里。

我曾在当地开发的塔克拉玛干N39°沙漠旅游探险基地游玩过，极目望远，沙丘连绵起伏，漫漫黄沙一望无垠。18世纪瑞典探险家斯文·赫定就从此地走进塔克拉玛干沙漠探险，1993年中英联合探险队更是实现了人类历史上的一次东西方向穿越，不久前也有过大规模的赛车活动。我不能如探险家般穿越，但也扑倒在沙海中，滑下高高的沙丘，尽享沙漠带来的炙热和童趣；也骑上骆驼，坐上越野车，体验沙漠的速度与激情。但没能沙漠露营，不能在寂静中仰望星河，窥见不到夜幕下瀚海的神秘，希望今后有机会弥补这个缺憾。

为了保护家园，当地政府实施百万亩防风固沙生态林建设工程，组织植树造林，探索大芸种植等林下经济发展模式，开发沙漠旅游景点，目前已有34万亩沙漠变为绿洲，实现了从"沙进人退"到"人进沙退"再到"点沙成金"的巨变。登上观景台，俯瞰郁郁葱葱的林海，远望茫茫苍苍的大漠，绿色和黄色交融，勃勃生机与沉沉死寂共存，你会别有一番感悟。

打卡景点

瀚海明珠麦盖提号称"旅游之城"，自是因美丽的风景给予的自信。如到麦盖提，除了到塔克拉玛干N39°沙漠旅游景区探险外，还有几处景点不可错过。

刀郎画乡。刀郎画乡是国家4A级旅游景区，位于有着"中国民间文化艺术之乡"和全国"特色文化乡镇"称号的库木库萨尔乡，整个乡村就是一个幕天席地的画作展厅，家家户户外墙上都绘有五彩缤纷的壁画，刀郎人用多彩的画笔抒发对幸福生活的礼赞和对美好未来的向往，置身其中如同走进一条浓彩重墨的画廊。村中的农民在画展厅内集中展出优秀画作，画法稚拙互见，疏密随意，设色大胆，让人在啧啧称奇中折服于刀郎人的艺术天赋。展厅内设有塔克拉玛干沙漠探险纪念馆，我也是在其中了解到了斯文·赫定的探险故事。

刀郎胡杨林场。胡杨是新疆古老的珍奇树种之一，维吾尔族同胞称之为"托克拉克"，意为最美丽的树。它有着"生而千年不死，死而千年不倒，倒而千年不朽，朽而千年不散"的美好传说，有"沙漠英雄树"的美誉。麦盖提县城东北

80余公里处，有连片26万亩的原始胡杨林，一望无际，蔚为壮观，一年四季给人迥异的震撼。我最喜金秋时期的胡杨林，蓝天白云下，徜徉于一片金黄灿烂中，会有格外深刻的人生感悟。

世界和平公园。位于叶尔羌河畔的世界和平公园，占地面积1830亩，如其名一样大气，是国家3A级景区。景区建设以生态建设和旅游经济为指导，以“世界和平”为主题，以叶尔羌河、胡杨林、生态湿地为依托，将“刀郎文化产业”“刀郎旅游产业”以及“刀郎木卡姆”“刀郎麦西热甫”等刀郎文化元素充分融入其中，是一个集文化创意、文化展示、传承弘扬刀郎文化、生态保护、湿地科研、科普教育等为一体的旅游、休闲、教育和文化娱乐场所。金秋时节在此举办“灰枣文化旅游节”，疆内外客商云集，各种农产品琳琅满目，歌舞表演美轮美奂，很是热闹！广场西侧建有“刀郎展览馆”，让来客了解刀郎悠远的过去。再向西不到2公里就是叶尔羌河，有“南疆第一桥”美誉的叶尔羌河大桥雄跨两岸，站在桥上俯瞰大河波涛滚滚奔涌向前，远望草深林密飞鸟翔集，很难让人相信这是大漠边缘。

刀郎乡里。国家3A级旅游景点刀郎乡里位于央塔克乡跃进村，是麦盖提刀郎文化的发源地，是刀朗木卡姆、刀郎麦西热甫继承人的家乡。我最初是在此地欣赏到原生态的刀郎歌舞，通过斗羊、斗鸡、叼羊等竞技节目和古朴村落、多样美食感受原始刀郎人的浓郁生活气息，体验刀郎风俗风情。在这里，沉浸在原生态刀郎文化带来的欢乐中，真的会让人流连忘返！

刀郎湖。据县城20多公里的刀郎湖，有“疆南水乡”之称。水域辽阔，面积达 2.3 万亩,湖面宽阔洁净,宛如明镜镶嵌在茫茫大漠。大小岛屿遍布其中,林木丛生,水草丰茂,鱼翔浅底,水鸟翩飞,天蓝花红,一幅旷世罕见的绝美画卷徐徐展现于眼前。我到这里游玩过一次,有置身于江南水乡之感。

刀郎文化广场。麦盖提县的中心广场就是刀郎文化广场,是国家 3A 级旅游景区。广场用凸显刀郎文化的艺术雕塑,中西合璧的廊柱、亭廊,庄严肃穆的汉白玉国旗台等,重点展现中华民族悠久的历史文化和博大的人文精神以及刀郎民俗风情。华灯初上时,全县的各族群众自发地聚集在此载歌载舞。在这里,既可以随着刀郎木卡姆的音乐跳起刀郎麦西热甫,也可以融入广场舞、交谊舞等诸多方队中。我留意到,一支广场舞的伴奏音乐是刚上映的电影《西虹市首富》里的插曲《燃烧你的卡路里》。我们几乎每天都到这里散步,好几个援友已加入到舞姿各异的舞蹈队中。

美食飘香

麦盖提的美食有浓郁的维吾尔族特色,面食、肉类、瓜果等各类美食种类繁多,深受各族人民喜爱。

馕是当地人的主食,做法和山东火烧相似,面粉中加入少许盐水和酵面,揉透,发酵后制成馕饼贴到馕坑壁上烤制。馕的品种有 50 余种,常见的有油馕、窝窝馕、芝麻馕、干果馕等。馕含水分少,久储不坏,便于携带,适宜当地的干旱气候,而且食用方便,香酥可口,是当地同胞待客的必备食品,也是远行必带干粮。

抓饭是用羊肉、胡萝卜、皮芽子(即"洋葱")、植物油、大米混合起来焖蒸而成的食物,维吾尔语叫"坡罗",因用手抓吃而得名。抓饭可用牛肉、鸡肉,杏干或葡萄干来做,味道独特,营养丰富。

拉条子也是当地的日常主食,是一种拉得很细很长的面,在锅里煮熟捞出后,用过油肉、炒青菜等菜肴拌着吃,所以还叫"拌面"。

烤包子是馕坑里烤出来的包子,馅为皮芽子、羊肉、羊尾油、胡椒粉和孜然粉搅拌而成,味道酥香。

烤羊肉串,要把羊肉切成小块薄片,串在钎子上,放在槽形炉子上烤,燃料用无烟煤或梭梭柴，肉上撒辣椒面、盐和孜然粉，双面烤熟后即可食用。味道和体量都比家乡的好太多。

烤全羊是新疆的一道最富有民族特色的传统珍馐佳肴。羊宰杀后，剥皮洗净，用姜黄、蛋清、盐等佐料涂抹在外面，然后放在坑里烤一个多小时。味香可口，食用时用刀切开，分食。

新疆大盘鸡的主要原料是鸡肉块和土豆块，类似于炒辣子鸡，分干煸和红烧两种，盛在大盘子里，配上皮带面（宽而扁的拉面）拌着吃。色、香、味俱全，爽滑、麻辣的鸡肉配上松软、糯润的土豆，辣中有香、粗中带细，是亲朋聚会食用佳品。

麦盖提灰枣是当地主打经济作物，因独特的光热水土资源和典型的沙漠气候，造就其个大、色艳、肉实饱满、香甜可口的特点，营养价值极高。

肉苁蓉素有“沙漠人参”之美誉，是一种传统的名贵药材，具有补肾壮阳、填精益髓、益精血、润肠通便、延缓衰老的功能。

麦盖提县素有“瓜果之乡”的美誉，独特的地理气候条件和富含微量元素的碱性沙质土壤，使麦盖提县的瓜果色香味俱佳，倍受好评。“黑珍珠”是当地西瓜的美称，具有皮薄、籽少、含糖量高等特色，吃上一口沁入心田，回味无穷。刀郎土瓜是麦盖提独有的原始品种甜瓜，既甜又脆，有“精绝奇瓜、沙漠翡翠”的美称。

此外，苹果、梨、西梅、桃子和杏子都是瓜果中的上品。甚至路边桑树上结的拇指大小的累累桑葚，也是我们的最爱。

……

只要塔克拉玛干风沙还在
我就不会停止歌唱
每当热瓦普轻轻的奏响
泪水湿润了眼眶
我走过荆棘
我追逐梦想
木卡姆伴着我回家的路上
我向天而歌
我迎风绽放
苍鹰它告诉我寻找的方向
刀郎啊刀郎
坚强的刀郎
刀郎啊刀郎
温柔的刀郎
刀郎啊刀郎
骄傲的刀郎
刀郎啊刀郎
永远的刀郎
……

在塔斯肯悠扬的歌声中，在麦盖提广袤的大地上，在艾捷克琴沉郁的旋律和刀郎麦西热甫飘逸的乐舞中，在烤馕悠悠的酥香中……我如同那个满怀期盼的巴郎子，怯生生地掀开了刀郎神秘的盖头，渐渐领略她古老、勇敢、深情、坚强、温柔、骄傲的神韵。麦盖提，这是一个说不尽的地方，我只粗略说出了易于表达的部分。假以时日，我将为你细细描绘她迷人的风采。当然，如果你能来到麦盖提，我们一起漫步于叶尔羌河畔，共赏她有别于齐鲁大地的瑰丽风情，更是人生乐事。

注：本文发表于《新疆文学》。

穿越时空的大漠风情画卷

首次入疆，在喀什机场，见到一幅麦盖提的宣传画，画中文字为："魅力麦盖提：刀郎之乡 红枣之都 旅游之城"。当时心中闪过一丝疑问：那个位于沙漠边缘的地方竟然是旅游之城？

在麦盖提安居后，浓郁的维吾尔族风情、浩瀚的大漠风光，引发了我极大的游览兴趣。独特的刀郎文化，更让我如痴如醉。观赏了大型歌舞剧《永恒的刀郎》后，我更深刻理解了"不到新疆不知中国之大，不到喀什不算到过新疆，不到麦盖提枉到喀什"的含义。

我很幸运，有机会两次观赏这部刀郎文化巨制。第一次观赏，华丽的舞蹈和独特的音乐让我感到新奇和兴奋。而听不懂的歌唱和未完全看懂的内容，激发了我深入探究刀郎文化的兴趣。初观不识剧中意，再赏已是剧中人。一年后再次观赏，我热血澎湃，几度热泪横流。面对这幅穿越时空的大漠风情画卷，我只有倾心膜拜。我曾和妻子说，因为《永恒的刀郎》，就值得来麦盖提一游。

这里说的"刀郎"，并非指那个因《2002 年的第一场雪》《披着羊皮的狼》等歌曲而走红的歌手名字。“刀郎”相对最为客观的含义是指“集中”“成堆地聚在一起”的一种居住方式。发源于喀喇昆仑山的叶尔羌河，经塔克拉玛干沙漠一路北去。在叶尔羌河两岸，有广袤的草地荒原和繁盛的原始胡杨林，在这片绿海中繁衍生息的人们把此地称为“刀郎之乡”。位于新疆维吾尔自治区喀什地区东部、塔克拉玛干大沙漠西南边缘的麦盖提县便是著名的“刀郎之乡”，此地的“刀郎”既指地名也指这里的人，更是核心的文化。世代生活在这里的维吾尔族“刀郎人”用勤劳和智慧创造了以“刀郎木卡姆”“刀郎麦西热甫”和“刀郎农民画”为代表的“刀郎文化”。千百年来“刀郎人”在狩猎生活中形成了民间歌舞艺术，是刀郎人生活中不可或缺的组成部分，也是刀郎文化最核心体现。新时代智慧的麦盖提人民以大型歌舞剧的形式将其生动展现于舞台，让人们得以品尝到刀郎艺术的饕餮盛宴，也让越来越多的人对这片热土有了更多了解。

我看过一些资料，了解到这部歌舞剧的大体相关内容。该剧由麦盖提县高标准精心打造，创作过程中得到中国舞蹈家协会、中央民族歌舞团有关专家领导的鼎力相助，是一台展示麦盖提县世界级非物质文化遗产保护项目“刀郎木卡姆”和“刀郎麦西热甫”为主要内容的文艺剧目，曾在北京、乌鲁木齐等大都市演出，非常火爆。整场表演有《远古呐喊》《生命欢歌》和《大漠礼赞》三个篇章，分为“序歌”“熬鹰刀郎”“红柳刀郎”“画家刀郎”“情诗刀郎”“鞭子刀郎”“胡杨刀郎”“摇篮刀郎”和“永恒刀郎——致伟大的阿曼尼莎汗”九个部分，展示了刀郎灿烂深厚的历史文化，反映了刀郎人的生存史、心灵史、奋斗史、文化史。剧目以刀郎先民的传说为主线，通过歌舞诗画等丰富的艺术形式，穿插民俗、服饰、特产、节日等多彩文化元素，体现了刀郎人自强不息、薪火相传的发展历程，书写了一曲刀郎儿女勤劳智慧、建设美好家园的生命赞歌。

两次观剧，都在距援疆教师公寓楼十多分钟步行路程的刀郎大剧院。这是一座维吾尔族特色传统建筑风格的剧院，外部建筑和内部装修有鲜明的民族风情。演艺厅共有两层，墙壁上悬挂着维吾尔族民族乐器和生活用品，充满了浓郁的民族风情。座席满满，人们屏声敛息，静候好戏开场。

“情人啊，你是来把我瞧瞧，还是来为了把我燃烧？莫不是要让熄灭的情火，又在我心田里熊熊燃烧？”猝不及防中，乐声大起，灯光骤亮，大幕开启。一声长调激越，几个满面沧桑的古稀老者，持着各色刀郎乐器，演绎着悠远深邃的刀郎木卡姆之巴亚巴西宛木卡姆，和着悠长乐音从舞台中间升腾而出，随之三五个小男孩活泼起舞。高亢激越的歌吟，伴着曲调由低回苍凉转向慷慨激昂，浩瀚的大漠风情画卷穿越旷古千年徐徐铺展开来——巍巍雪山，茫茫大漠，啸啸寒风，滚滚水流……一一闪过我的脑海，不觉间热泪盈眶。

鼓声铿锵，琴音激越，歌声悲怆，灯光变幻中，“序歌”声起。一群男男女女载歌载舞，展现刀郎先人筚路蓝缕创业的艰辛。

据我借阅的《麦盖提县志》记载，远古时麦盖提人烟稀少、林深草密、土壤肥沃，是游牧部落居住放牧的好地方。在长期同大自然的斗争中，麦盖提人把狩猎放牧、喜庆丰收、生活欢乐的情境，经过创造演变发展形成为歌、乐、舞一体的刀郎麦西热甫。“序歌”中的刀郎麦西热甫演奏大致分为四个阶段，表现同野兽斗争和胜利后的喜悦之情。第一阶段且克提曼（跟踪），舞者整装入场，踏着手鼓的节奏结伴起舞，男人伸展双臂，做拨开树枝草丛、寻找野兽踪迹状，女人一手背在身后，一手高举，表示举火把照明，左右轮换，紧随男人行进。第二阶段赛乃姆（搏击或较量），随着乐曲变调，舞姿紧张敏捷，从左到右巡视防卫，围歼猎物。第三阶段塞尼凯斯（消灭），乐曲改变，节奏加快，舞蹈也随之改变，动作剧烈跌宕，表现野兽突窜，男女相向，围成圆圈，猛烈歼击之状。第四阶段赛尔勒玛（欢呼或喜悦），乐曲昂扬激烈，喜庆欢快，恢

复双人对舞，急速旋转，气氛达到高潮，充分表达了胜利后的喜悦之情。

在刀郎卡龙琴由细微渐趋洪亮的琴声中，“熬鹰刀郎”开始。一个雄壮的刀郎人和一只“雄鹰”对舞，翻腾辗转，互相冲击，刀郎人最终征服雄鹰。随后一群雄鹰涌出，伴着刀郎人载歌载舞，人、鹰成为亲密的伙伴。

我读过尚昌平的《刀郎》一书，其中《鹰之刀郎》一章中对刀郎人熬鹰有过细致描写。以狩猎发祥的刀郎人因环境变化结束了以弓箭狩猎的时代，保留、发扬了以鹰捕猎的手段。驯化一只猎鹰是刀郎人的骄傲，熬鹰是训练猎鹰的传统方式。真正的熬鹰非常残忍，双方都在崩溃的边缘徘徊，直至鹰的意志被彻底击垮，进而服从人的各项指令。较量中，鹰最终被驯服，但皓空中从此失去了一个桀骜自由的灵魂。

一群披着淡红纱裙的少女翩然而出，演绎着“红柳刀郎”的美丽多姿。轻快的刀郎热瓦甫琴声里，或红或绿的纱巾飞扬在黄沙漫漫的瀚海中，红柳女郎翩如惊鸿，摇曳生姿，尽显刀郎女儿的坚强和美丽。

红柳在麦盖提随处可见。酷热的烈日下，漫天的风沙里，红柳在盐碱地、戈壁滩、沙丘里，遍地生根、开花、结果。面对严酷的生存环境，它们棵棵互近，枝枝相连，根深植于地下，一丛丛细枝自沙层表面伸出，顽强地开出淡红色的小花。不畏风沙狂，尽显本色俏，难怪人们视之为刀郎女儿的象征。

一个手持画笔的维吾尔族妇女边舞边歌登台，讲述“画家刀郎”的故事。故事大概是，女画师热爱绘画，丈夫先是反对，后又支持。重归于好的夫妻守着满圈刀郎羊，幸福地歌舞着奔向新生活。

刀郎人天生就是艺术家，这从刀郎农民画可见一斑。走进麦盖提村庄，都可见每家屋外墙上绘有五彩缤纷的壁画，如同走进一条画廊。画的作者就是土生土长的农民。刀郎农民画是我国现代民间绘画艺术百花园中的奇葩，以强烈的色彩对比表现画面，极限地运用夸张手法表达情感，画法稚拙互见，疏密随意。我多次到有“画乡”美誉的库木库萨尔乡游玩，琳琅满目的刀郎农民画让人大饱眼福。当地朋友曾送我一幅刀郎画，我炫耀般贴在宿舍墙上，让援友们很是羡慕。

此后的“情诗刀郎”“鞭子刀郎”“摇篮刀郎”，也都是以舞蹈加歌唱的形式表现刀郎人的日常生活。“情诗刀郎”用舞蹈讲述浪漫如月、热烈似火的爱情主题。“鞭子刀郎”讲述刀郎人用鞭子相互抽打传达爱意的特殊方式，完成“打是亲骂是爱”的艺术再现；在惩罚犯错之人身上“烤包子”的游戏，以喜剧情节表达刀郎人自我娱乐、自我教育的特殊文化。“摇篮刀郎”表达刀郎人血脉的延续及对孕育美好未来的期待。这几篇章，风格轻快风趣，歌词婉转动听，各色乐器合奏，是对“艺术来源于生活”的生动阐释。

“胡杨刀郎”则在歌舞中对胡杨给予了最高的生命礼赞，表达人与自然间的互助相守。形式接近“红柳刀郎”，演员是孔武有力的维吾尔族小伙。胡杨有“活着一千年不死，死后一千年不倒，倒后一千年不朽 ”的美誉，是大漠英雄树，也是刀郎人战风斗沙坚强不屈的精神象征，值得为之狂歌热舞。

尾章“永恒的刀郎——致伟大的阿曼尼莎汗”，是肃穆地向五百年前的伟大维吾尔族艺术大师阿曼尼莎汗致敬的一曲颂歌。

据《麦盖提县志》记载，阿曼尼莎汗于 1534 年出生于麦盖提县尕孜库勒乡木什买里村，从小学弹乐器、唱木卡姆，后入宫为王妃。她收集整理、规范了十二木卡姆，使之系列化，成为中华文化的艺术瑰宝，她也因此被视为木卡姆鼻祖。如今，她的后人将刀郎艺术进一步发扬光大，成为中华艺术百花园中的一朵奇葩，天国中的她会更加欣慰吧。

观剧时我注意到，在舞台台口两端，建有四个造型独特的穹顶窗。在各章节演出的同时,窗内也上演着一幕幕:爷爷教孙儿打手鼓,母亲为女儿忙梳妆,父亲教孩子弹卡龙琴,夫妻伴着艾捷克对唱,女人筛枣、织棉做衣裳,男人牧羊、狩猎奔波忙……走马灯般闪现的片段,散发着浓郁的刀郎文化气息,为观众打开了解刀郎人朴实温情、乐观幸福生活的又一扇窗。

整场演出,麦盖提的艺术家们狂野的嘶吼尽显质朴与粗犷,遒劲的舞步旋转着对生活的热爱,曼妙的身姿变幻着对幸福的憧憬,刀郎卡龙琴、达甫、热瓦甫、艾捷克弹奏出过往的追思和未来的向往,配以千变万化的光影切换组成的舞台背景,强烈地感染着观众,让人从心底里激发出要与之同歌共舞的冲动。我和大家一样,或静静倾听,或大声喝彩,或开怀大笑,或黯然神伤。艺术是相通的,在欣赏这幅穿越时空的大漠风情画卷的瑰丽表象的同时,我们领悟了蕴含其中的丰富内涵。

曲终人未散,谢幕后的艺术家们走入观众席间,邀请人们共舞。这一刻,大家都成了能歌善舞的刀郎人,嘶吼着,狂歌着,扭着腰,跺着脚,剧院成了一片欢乐的海洋。

第一次观剧,是日照市对口支援麦盖提县工作指挥部安排我们援疆人集体去的。走出剧院时曾奢想:这么精彩的歌舞剧,有机会再看一次该多好啊!天遂人愿,妻子于隔年后的暑假入疆探亲,恰遇旅游团,我们得以随团观剧。精彩绝伦的刀郎艺术让妻子震撼得无以复加,她才相信了我当初说的“因为《永恒的刀郎》,就值得来麦盖提一游”确实不虚。

朋友,假如你想来一次说走就走的旅行,假如你想领略独特的维吾尔民族风情,那就来新疆麦盖提吧。大美新疆会让你饱览西域河山之壮丽雄浑,最美刀郎会让你陶醉于维吾尔民族艺术的瑰丽神奇,你会因此爱上新疆、爱上刀郎,一定会有“不虚此行”之感!

来吧,朋友,我在麦盖提等你,等你共赏那幅穿越时空的大漠风情画卷!

注:本文发表于《新疆文学》。

巴扎，巴扎

有时逢巴扎天，我和援友们会去麦盖提县城附近的巴扎，有时是为了去购物，更多时候是为了体验民族风情。

“巴扎”是维吾尔语，意为集市，有点像山东有些地方的“赶集”。这种以农牧产品交易为主的巴扎遍布新疆城乡，规模大小不一，开放时间也不一样。维吾尔族同胞把赶巴扎的日子称作“巴扎天”。每逢这天，方圆几十公里的人们便会从四面八方赶到巴扎，游逛、交易、娱乐，度过充实而快乐的一天。

麦盖提县城附近的巴扎天是星期日，我们因此有时间光顾。从实验中学北门出来，沿着文化路向东行数百米的路口向北拐，就是英巴扎路。顺着这条路向北走大约十多里路，就是麦盖提县城附近的巴扎。路上行色匆匆的人流和川流不息的车流，目标都是巴扎。青年人骑着摩托车，中年人开着三轮电动车，急匆匆地向前赶。戴着巴旦姆花帽、留着一把蓬松白胡子的老人则不紧不慢地赶着驴车，车上拉着老伴和小孙子，优哉游哉地前行。看到步行的我们，会热情地招呼上车。我们往往也不客气，跳上驴车，和老人一家人一路聊着天，说说笑笑就到了巴扎。

巴扎设在一个很大的场院中，里边整齐排列着一排排大棚，划分了食品区、蔬菜区、服装区、家具区、五金区、牛羊区、杂货区等许多区域，既方便交易，也便于管理。商贩们在大棚内占位设摊，高声叫卖，有的摊位还提早录好叫卖声用小喇叭循环播放。卖冰水、酸奶的人们推着小推车，叫卖着穿插其间。一些当地群众把自家的瓜果、蛋禽、牛羊、手工制品之类也拿到巴扎上兜售。顾客根据自家需求，在不同摊位前转来转去。一时人如潮涌，声音嘈杂，热闹非凡。如果不是眼前所见都是鲜明的民族服饰，耳边响着的都是维吾尔族语言，我还以为在家乡赶乡镇大集呢！

我们随着熙熙攘攘的人群走着，在感兴趣的区域停留的时间会长些。我们会特意去牛羊区看沙漠之舟骆驼，还有当地特有的品种刀郎羊。刀郎羊又称多浪羊、麦盖提羊，是麦盖提土种羊与阿富汗的瓦尔吉尔肥羊杂交的肉脂兼用型绵羊品种。它的长相很有特点，脸小而成弓形，鼻弓如鹰，宽大的耳下垂如芭蕉扇，臀部尾化成 W 形或 U 形，显得丰满有韵致。老乡们以特有的方式辩论牛羊优劣，讨价还价。据说有的刀郎羊价格高达数百万元，在暗暗称奇的同时，我们也会掏出手机拍个不停。

我们在瓜果区待的时间也不短。卖家把西瓜、哈密瓜切成小块，殷勤地递给摊前的人们品尝。我们吃了一块又一块，买了这样再买那样。在甘甜的新疆瓜果面前，谁能把持得住？

在美食区，我们更迈不动腿。又香又酥的烤包子，大小不一的烤馕，外酥里嫩的烤羊肉串，十全大补的抓饭，五彩缤纷的拉条子，爽甜可口的手工冰激凌……各种色香味俱佳的美食，不吃个肚儿圆怎舍得离开？

我发现，眼前的巴扎并不完全等同于山东各地常见的农贸市场。巴扎不仅是一个商品交易场所，也是一个人际交流空间，还是个娱乐休息之地。交易结束了，肚子也饱了，人们并不急着回家，因为还有好多事情要做呢。在飞禽区一角，尘土与羽毛齐飞，那是在斗鸡。斗鸡是当地一项历史悠久的民间娱乐活动，当地特有的土鸡双腿健壮，脖颈俊秀，骁勇善战，很适合这项活动。两鸡一般旗鼓相当，斗得难分难解，直至其中一只铩羽方罢。围观的人们一边评头论足，一边喊好催战，盎然兴致不亚于球迷看一场激烈的球赛。

在一个空着的大棚下，来自四面八方的人们围坐在一起亲热地交谈着。伴着卡龙琴、达甫奏响的悠扬而舒缓的乐曲，一位老者自发走入中间引吭高歌，人们便纷纷离座，慢旋、轻快地跳起麦西热甫。有老有少，有男有女，人越聚越多，氛围越来越高涨，我们也加入队伍模仿着老乡翩翩起舞。跳到不得不回家的时候，大家才互相告别，摩托轰鸣，驴车辚辚，尽兴而归。

巴扎涵盖了维吾尔族同胞日常生活中的多个方面，从中可以了解当地人的生活和风土人情，所以只要时间允许，我们都会去逛一逛。为了更好地了解巴扎文化，我还阅读相关书籍，拜访当地老人，力图穿过历史云烟和大漠风沙，对巴扎多一些认识。

麦盖提所在的西域之地拥有广袤无边的沙漠，也有延绵不息的河流，由此衍生出繁星点点的沙漠绿洲。这些绿洲被沙漠所分割，形成了相对封闭的地理空间。先民们为了满足生产生活的需要，在绿洲中垦荒拓业，形成自给自足的绿洲农业。随着生产力的提高和手工技术的进步，先民们在满足自身生活所需的同时，还与其他各地民众进行劳动产品交换，由此形成了以商品交易为主体的早期巴扎。古丝绸之路的凿空以及东西方文化交流的不断发展，促使以沙漠绿洲为基点的贸易路线得以延展。商贸的发展带动了绿洲功能的完善，作为商品交换地的巴扎开始逐步出现服务设施和附属建筑物，诸如“达尼”（客栈）“萨玛瓦尔哈纳”（茶坊）“哈玛木”（浴池）和金银交换店等。

余秋雨在《文化苦旅》一书中的《西域喀什》这样解说喀什的地理位置：“古代由西域通向整个亚洲腹地，有北疆的草原之路和南疆的丝绸之路。丝绸之路又分南、北两路，然后在一个地方汇合，翻越帕米尔高原而继续前去。两条丝绸之路的汇合处，是西域开发最早的城郭叫‘疏勒’，也就是现在中国最西边的城市喀什，又叫喀什噶尔。”麦盖提是喀什的一个县，叶尔羌河从中流过，形成塔克拉玛干沙漠边缘的一处绿洲，这里也因此成为丝绸之路的一个落脚点，游牧民、探险人、商贸者都要在此地歇歇脚。正如余秋雨写的：“两千多年前张骞出使西域的时候，已经发现喀什有非常像样的商贸市场。”

“巴扎产生的社会环境——绿洲农业和商业传统”是《新疆的巴扎文化》一文提出的观点：古丝绸之路的兴起，把地处丝路要冲的喀什变成著名的“国际商埠”，成了东西方货物交汇最佳的中转枢纽。靠丝绸之路发大财的粟特商人、波斯商人、东罗马商人熏染着喀什人，喀什人的劳作观念开始发生改变，改变了原来单一的畜牧经济，转而从事农业和工商活动，成了漫漫丝路上最活跃的商人，在向东和向西的贸易中得到巨大利益。“新疆的巴扎不是与生俱来的，它几乎是民间百姓的即兴之作。仿如画师的第一笔，作家文章的起头，有了开始便有了下文。维吾尔族人生性豪爽，豁达开朗，常常扎堆凑热闹。哪里人多，哪里热闹，哪里就有巴扎。古漠之地原本无巴扎，起初只是一两人、三五人在那里摆摊设点。有了摊铺（实则有的只是铺一些旧报纸而已）就有了好巴扎者络绎不绝。天长日久，摊铺越集越多，排列成行，有了气势，形同市场。人们流连于此，或购物，或聊天，或品尝。新疆南部地区那些布满城乡的几百个巴扎，大多都是这么形成的。”

现在的巴扎自然不会再保持原生态，而是与时俱进，有了便于交易的建筑设施和规范管理等，却又让人觉得刻板与乏味。《走进刀郎》一书作者就说他眼中的巴扎："在突出了商品交易功能的同时，巴扎的其他传统功能似被忽视和弱化了，传统巴扎的那种乡土气息、民间色彩也好像有所淡化。"可谓见仁见智。但巴扎意识早已在新疆各民族中牢牢扎下根基这一点是公认的。巴扎具有广泛的民众基础，逛巴扎已成为维吾尔族同胞日常生活中不可或缺的一部分。有这样一句维吾尔族谚语："鸡没有锁骨，赶巴扎的没有请帖。"这充分体现了巴扎的开放自由和全民共享。还有这样的谚语："父亲巴扎，母亲巴扎。""巴扎上除了父母之外，什么都可以找见。"表现的则是巴扎的丰富性和重要性。人们通过巴扎开展诸如商品交换、品尝美食、亲友聚会、休闲娱乐、信息交换等各式活动，巴扎已成为当地同胞共同的精神家园。

经济建设发展给古老的巴扎注入新活力。今日的巴扎既是当地农牧副业产品的集散地，是外地外省商品乃至进口商品的销售市场，又是当地的文化中心、交通中心、新闻信息中心以及展示当地民俗风俗、特产风味的广场。闻名遐迩的喀什中西亚国际贸易市场，之前是一块盐碱不毛之地。某一年，附近乡村的几户农民凑在一起，出售土盐巴、干柴草等商品。后来许多农民赶着毛驴亦步亦趋，也在此处安营扎寨。改革开放后，经营者猛增，很快便形成了有千余人经营的热闹非凡的"东门大巴扎"。我曾于去年暑假到坐落于乌鲁木齐的新疆国际大巴扎游玩，这个世界规模最大的大巴扎，集中华文化、伊斯兰文化、建筑、民族商贸、娱乐、餐饮于一体，是新疆旅游业产品的汇集地和展示中心，各色物品琳琅满目，中外顾客摩肩接踵，歌舞表演美轮美奂，重现了古丝绸之路的繁华，集中体现了浓郁西域民族特色和地域文化，让我惊叹不已，流连忘返。

入疆以来，麦盖提这方土地的一切都让我们感到神奇，其中巴扎就是经常探讨的话题。明天又是巴扎天，我们几个援友早已约好再去巴扎体验一把西域民族风情。那个弥漫着人世间烟火气、洋溢着民族风情的地方焕发出的独特魅力啊，已深深地把我们吸引。

注：本文发表于《新疆文学》。

烤包子

2018 年国庆节下乡参加“民族团结一家亲”活动，我们几个坐的是学校宿管科科长艾斯卡尔·司马义的车。半道上经过一个乡驻地，他停车下去，不一会儿回到车上，手里多了一个袋子，说请大家尝尝烤包子。

打开袋子，酥香扑鼻，我们马上开吃。一口下去，但觉肉香汁浓，味蕾大动。吃到第三个时，我才开始仔细观赏，慢慢品味。

手里的烤包子，还带着烫手的热度。焙烤的麦香味、羊肉的膻香中混杂着洋葱和孜然粉的辛香，味道特好！和家乡的褶子圆包、柳叶型包子形状不同，它是长方形的，黄亮表皮上布满白芝麻。入口皮脆肉嫩，汁满味鲜，大家连呼“好吃”。

此后路上的话题，我们就围绕着“烤包子”展开。艾斯卡尔很热情健谈，有问必答且多有发挥，让我们这些山东人对陌生的“烤包子”有了更多的了解。

烤包子在当地叫“萨木萨”，是维吾尔族同胞喜爱的食品，每天清晨一碗奶茶外加两个“萨木萨”就是他们一顿营养丰富的早餐。烤包子做法简单，但在用料上一点不能马虎。包子馅的主料是当地新鲜羊肉和皮牙子（即“洋葱”），肥瘦均匀的羊腿肉最好，配以多脂肪的羊尾巴为佳，皮牙子选用白色的那种。把羊肉、皮牙子切成玉米粒大小的肉菜丁，加入适量胡椒粉、孜然粉、盐拌匀。无须加太多调料，否则就不是地道新疆味道。

做烤包子皮用“死面”做，擀成长方形，要比饺子皮厚一些。放上馅料，四边对折，就成生包。

烘烤包子用的是馕坑。最好的燃料是红柳或胡杨烧制的木炭，因成本原因，现在多用无烟煤。贴进馕坑里的生包十几分钟即可烤熟。趁热吃最佳，热中闻香、尝鲜，才能吃出烤包子的正宗味道。

这是我第一次吃烤包子，感谢艾斯卡尔兄弟。此后，去巴扎或在麦盖提县城的大街小巷中闲逛时，看到烤包子，都会买几个吃。

在县城北七八里路程的大巴扎，饮食区内有几个卖烤包子的摊点，现烤现卖，生意很好。馕坑里贴满的包子发散着越来越浓郁的香味，刚出坑的一堆烤包子油光发亮，摊点前的长桌上围坐着维吾尔族同胞，男女老幼都有，边吃边聊，安闲惬意得很。我们也学着他们的样子坐定，要一碗热热的羊汤，来几个喷香的烤包子，边慢慢品尝，边看着熙来攘往的人流，尽享慢时光。

近距离观赏维吾尔族同胞做烤包子也是一种享受。他们做烤包子的动作很灵活，一会儿的工夫面板上就躺满了生包。生包光面朝上，用刷子把碗里的蛋黄液刷在光面上，撒少许白芝麻。一手端碗，一手把碗中水撣入馕坑。水是盐水，可降低馕坑温度，以便快速将生包贴到坑壁上。坑壁上贴满包子后，再次往坑中撣入大量盐水。热力下的盐水变成蒸汽，能保证包子烤熟后不过于僵硬。一个个白白的包子贴满坑壁，煞是壮观。随着坑底红红炭火高温的烤炙，包子渐渐由白转黄，香味慢慢飘出馕坑时，就可以出坑了。一手持长柄铁铲，一手拿铁笊篱，把一个个黄亮亮、香喷喷的包子铲进笊篱中，倒到面板边的大簸箕中。烤包子特有的醇香顿时随风弥漫开来扑进鼻中，摊主热情的一遍遍吆喝“依布拉音·艾利克斯拉木……”声声入耳，大堆酥黄的色泽在阳光下泛着光直晃眼睛，逛巴扎的人们便再也挪不动脚步。那就在长桌前坐下，先来几个烤包子解解馋吧。至于今天还没买到手的那些东西，吃完烤包子再说，反正它们也没长腿，跑不了的，反正太阳还老高，有的是时间。

县城里卖烤包子的摊铺没有专门为食客而设的长桌，只能买回宿舍吃，因出坑时间长了点，口感会差点。但如援友们闻味上门，还是会很快吃个精光，还会一致夸赞："真好吃！"

烤包子好吃，主要在它的馅好。羊肉是主料。羊是纯食草动物，肉质细嫩，容易消化，高蛋白、低脂肪、含磷脂多，较猪肉和牛肉的脂肪含量都要少，胆固醇含量少，是冬季防寒温补的美味之一，可收到进补和防寒的双重效果。而麦盖提羊肉又有独特之处。麦盖提的羊叫"刀郎羊"，是麦盖提土种羊与阿富汗的瓦尔吉尔肥羊杂交的肉脂兼用型绵羊品种。这里的牧民依然延续着古老的天然游牧方式，羊在半野生状态下生长，吃的是漫山遍野的党参、野茴香等各种中草药，喝的是喀喇昆仑山脉融化的冰川雪水，肉嫩多汁少膻味，肉质更好。

另一种馅料皮牙子有发散风寒、强效杀菌、促进消化、扩张血管等功效，对高血压、高血脂人群有很好的保健作用。而且，为了保证油多味美，肉馅中有羊尾巴等肥肉部分，加入洋葱后可有效除去羊肉膻味，降低肥肉高脂，使烤包子营养搭配均匀，吃起来肥而不腻。这种搭配法，可算得上是维吾尔族千百年来民族智慧的结晶之一。

作为不可或缺的调味品孜然粉，也是新疆地道特产，其中的特殊香味可以提香去膻，是制作羊肉菜肴的调味佳品。

优质原料为馅，以当地筋道面粉为皮包裹，用成熟焙烤技术烤制而成的色、香、味、形俱佳的烤包子，吃一口就让你无法自拔。吃惯了"发面"大肉（当地称猪肉为大肉）白菜蒸包的山东汉子，怎会不视之为极致美味呢！往往吃完大家还会讨论一番：如此美味，是如何发现的呢？

这一点，我们二中的援友早已了解。当初请我们吃烤包子的艾斯卡尔兄弟，介绍了烤包子的来历及演变。据他说，很早很早之前，新疆牧民沿河放牧，大都只带馕、刀、面粉等，做饭时先宰一只羊，羊肉洗净剁碎，加皮牙子、盐拌匀，用和好的面包住。再找来三块石头，两块当支架托起平整的一块，用胡杨或红柳枝把石头烤热，把包子放石上烘烤而食，这就是原始的烤包子。再后来牧民定居下来，就用烤馕炉膛烤包子，肉馅也加入胡椒粉、孜然等调料，味道更加醇香鲜美。美食流传快，也造就了美食家，依布拉音·艾利克斯拉木就是几百年前以烤包子誉冠西域的名厨。现在烤包子出馕坑时，卖家会高嗓长调连声喊："依布拉音·艾利克斯拉木……"此举一是向宗师致敬，二是宣示自家技术来自真传以招揽顾客。可见，羊肉与烧烤结合的精华美食烤包子的历史，就是新疆人民饮食文化的文明发展史。

在山东老家，我吃的包子多为"发面"猪肉大葱蒸包，味道和新疆烤包子各有千秋。女儿很喜欢吃岳母做的水煎包，味道因有煎的工序和烤包子有一点接近。听我说麦盖提的烤包子比姥姥做的水煎包还味美，她就有些神往，昨天电话里还说等来看我时一定要带她去大巴扎吃地道的烤包子。一番话勾起了我肚中馋虫，放下电话我就和几个援友约定：

周末一起再到大巴扎吃烤包子去。

注：本文发表于《新疆文学》。

烤全羊

多年前就听说,烤全羊是新疆珍馐,吃上一顿新疆烤全羊,才算真有口福。一直念兹在兹,终于在麦盖提实现了夙愿。

2020 年 6 月底的一天, 我支教的学校麦盖提县第二中学的钟书记为援疆教师饯行,地点设在乡下一个维吾尔族老乡家里。

我们赶到那个开满鲜花的院子时,老乡正在大案板前收拾一只杀好的羊。老乡说这是只不到一岁的羯羊,肉嫩膻味少,上午就完成了宰杀、浸泡、晾控等工序。他特别强调,这只羊宰杀后,在加了啤酒、陈皮、八角、花椒、葱、姜、蒜、盐、味精等多种佐料的水里浸泡了两三个小时。

老乡正在做的工序是涂抹配料。他先用小刀在羊腹腔内和后腿内侧肉厚的地方割了不少小口,然后把一些糊状的东西均匀地涂抹遍羊腹内外全身。他介绍说这是用面粉、精盐、鸡蛋、姜黄、花椒粉、孜然粉、酱油、红糖等调成的配料,还说这只羊宰杀前几天就开始喂撒了盐水的草料, 都是为了让调料味道更好地浸入羊体内。

老乡从厨房里拿来一根特制木棍,长约三尺,直径一寸多,一端穿有大铁钉,一端钉以一尺多的横档。他用木棍将全羊从头至尾穿上,羊脖子卡在铁钉上,后腿固定在横档两端,使其向两边张开。然后用铁钩子钩住全羊,头部朝下挂放在馕坑内。馕坑在院子东南角,坑底红红的木炭发散着热量,早已将馕坑烧得热热的。盖严馕坑,用泥封好坑口,主人就招呼我们入席。

酒桌就设在老乡的葡萄架下,一道道富有维吾尔族风味的菜肴端上桌来,我们大快朵颐,气氛融洽热烈。过了两个小时左右,压轴大菜烤全羊上桌了。

在桌中央,一只烤羊卧在一个特制木盘里,羊头上挽系红彩绸,羊嘴放有绿绿的香菜，如卧地吃草模样。烤羊色泽金黄油亮，香气四溢，顿时让人馋涎欲滴，恨不得立即一吃为快。

看我们跃跃欲试的样子，钟书记说当地吃烤全羊有特定礼仪。边说边用小刀在羊脸部割下一块肉恭敬地递给年龄最大的援友老耿，再把刀子交给他，指导着老耿把割下的肉给了酒桌旁主人的小孩。钟书记笑着说这种礼仪体现了中华民族尊老爱幼的传统美德，我们应该传承下去。

简单仪式后，我们一人一把小刀，争先恐后地割烤肉，大吃特吃。我细细咀嚼着一块焦黄的外部肉，只觉热酥中带点麻辣，直通味蕾。再割下一块绵软的内部肉慢慢品味，鲜嫩中含有清香，不油不腻，不膻不燥，从味蕾直达内心。我觉得，这应该是我五十多年来吃到的最好的肉了。

在这道大菜前，主人热情，客人豪气，伊犁老窖一杯又一杯，就连一直号称不喝酒的援友老王也是杯杯见底。“烹羊宰牛且为乐，会须一饮三百杯”，李太白此言不虚。

微醺中，我做打油诗一首：

外酥里嫩烤全羊，
色香味佳垂涎长。
狼吞牛饮君莫笑，
兄弟同心看鲁疆。

掌声中，主人亲斟老窖一杯，我一饮而尽。

酒酣耳热之际，钟书记夸赞起烤全羊。据他说，新疆的羊与国内其他省份的不同，这里的羊饮着阿尔泰山、昆仑山、天山等山脉融化的冰川雪水，吃着漫山遍野的党参、野茴香等各种中草药，完完全全的原生态，烤出来后风味更佳。而麦盖提的羊又有特异之处。这里的羊叫“刀郎羊”，是麦盖提土种羊与阿富汗的瓦尔吉尔肥羊杂交的肉脂兼用型绵羊品种，肉嫩多汁无膻味，营养价值高，烤出来后更感醇香。在麦盖提招待最尊贵的客人，一定会有烤全羊，这是当地最为隆重的礼数。

钟书记一席话又引来掌声一片。我提议“当浮三大白”，大家高声称“好”，一一尽饮。

当夜,笑语欢声,畅述鲁疆情谊;酒酣淋漓,尽享新疆美食。如此良宵,岂不是人生快事?

第二天醒来,仍觉口齿留香。翻看床头的几本新疆风物书籍,对烤全羊又有了更多了解:我国烤全羊历史悠久,《诗经》中就有烧烤羊肉来祭祀上苍、祈求丰年的记载:“取羝以軷,载燔载烈。以兴嗣岁。”元末明初朝鲜李朝流行有汉语教科书《朴通事》,其中《柳羔羊》记载了烤羊技巧:“元代有柳羔羊,于地做炉三尺,周围以火烧,令全通赤,用铁箅盛羊,上用柳子盖覆上封,以熟为度。”被维吾尔族同胞称为“吐鲁尔卡瓦普”的新疆烤全羊也经历了漫长发展历程。传说当年南疆一带的商人,骑骆驼带货物跨越戈壁大漠开拓丝绸之路,途中遇有羊群买上几只宰杀烤食,发现味道比煮食更佳,以后才逐步改进,烤制技艺不断提高,发展到现在的工序繁复、鲜香独特的新疆烤全羊。新疆解放前,烤全羊是巴依老爷逢年过节或庆祝寿辰招待尊贵客人的珍馐佳肴。解放后,烤全羊为疆内各族同胞所食用,进入寻常百姓家。

麦盖提两年时光,给我们留下了太多回忆。时至今日,和援友们谈起援疆岁月,还都会提到麦盖提的烤全羊。念念不已中,大家都有共同的感慨:时光流逝,唯有大爱和美食,我们没有辜负!

注:本文发表于《新疆文学》。

烤羊肉串

相信很多人和我一样，对烤羊肉串这种新疆美食的认识，是从多年前朱时茂和陈佩斯表演的小品中开始的。后来不知从何年开始，一到夏天，我的家乡马路两边，一个挨一个的烧烤摊如雨后春笋般冒出来，其中的烤羊肉串大受欢迎。我吃过几次，觉得一般般，不理解为什么食客们如此偏好这一口。

当吃到正宗的新疆烤羊肉串后，我被彻底征服了，至今念念不忘。

烤羊肉串是新疆一种非常常见的民族特色美食，维吾尔族同胞称之为“卡瓦普”。在我援疆之地麦盖提县城的街头巷尾，在巴扎上，都能看到一些维吾尔族同胞在烤炉前上下翻烤着羊肉串，香味扑鼻，让人馋涎欲滴，挪不动脚步。自从和几个援友逛巴扎时吃了第一支烤羊肉串后，我就不能自已。此后逛街或去巴扎，往往闻味寻到烤炉前，吃上几串解馋。拿在手里的烤羊肉串，色泽焦黄油亮，麻辣中带着鲜香，不腻不膻，外酥里嫩，肉质鲜美，别具风味，吃一块满口火热鲜香，嫩滑、焦酥、鲜咸、麻辣，一瞬间都在口中翻腾起来，不停撩拨着味蕾，怎不让人吃完一串再来一串？

我曾和援友们对家乡和麦盖提的烤羊肉串做过对比分析，结论是家乡的烤羊肉串远远不如麦盖提的。首先是这里的羊肉质好，麦盖提的羊叫“刀郎羊”，又称多浪羊，是麦盖提土种羊与阿富汗的瓦尔吉尔肥羊杂交的肉脂兼用型绵羊品种，对不同气候条件适应性强，牧民依然延续着古老的天然游牧方式，羊在半野生状态下生长，吃的是当地比较耐盐碱的草，喝的是盐碱性较大的河水，肉嫩多汁无膻味，营养价值高，烤出来的肉吃起来更感醇香；其次是调料好，新疆是我国孜然的重要产地，新疆独特的气候条件使这里的孜然质量相对好一些，烤羊肉串时适量放入本地上好的孜然粉，味道自然更好。第三是工艺更成熟。新疆各族游牧历史悠久,人们平时习惯吃羊肉,积累了丰富的烤羊肉串经验,又经过多年改良,做出来的羊肉串自然更加独到。还有一点,家乡的烤羊肉串肉块小如拇指,而麦盖提的则大如鹌鹑蛋,大块烤肉的口感自然更好。

吃烤羊肉串最尽兴的一次,是在我支教的学校麦盖提县第二中学的钟书记为我们送行的宴席上。不但吃得肚圆,我还几乎全程参与了烤制。

2020年6月底的一天,钟书记为我们援疆教师饯行,地点设在乡下一个维吾尔族老乡家里。在老乡开满鲜花、中间有葡萄架的大院里,我们和老乡一起动手准备菜肴,我选的是帮老乡烤羊肉串。

案板上有两根洗净的羊腿,老乡说这就是烤羊肉串最好的羊后腿。老乡先把腿上的肉剔下来,再切成一块块鹌鹑蛋大小的肉块。切好后的肉块放入瓷盆里,加入嫩肉粉、盐、酱油、味精等佐料。腌制10多分钟入味后,就开始串肉块。之前我吃到的羊肉串用的钎子都是铁钎子,长约30厘米,一头尖,一头装有木柄。而这次老乡准备的是用红柳细条截削而成的木钎,在水桶里用冷水浸泡着。在老乡指导下,我也拿起钎子串肉。一根钎子串肉七八块,肥瘦相间最适宜。

烤炉由槽形铁皮制成,分上下两层,中间隔板成孔状,下边是正在燃烧的木炭。老乡把串好的肉串疏密均匀地排放在烤炉上,用扇子扇着炉火烤。青烟冒起,肉串“滋滋”冒油,肉色泛着金黄,肉香飘散开来。这时老乡撒上辣椒粉、孜然粉等调料,三五分钟后肉色渐渐转成酱红色,再如法炮制翻烤另一面。双面烤好后,连同钎子放在旁边的盘中。

刚烤好的肉串，羊肉的膻香、辣椒的辣香、孜然的辛香等等各种味道混杂在一起，形成一种特别的香味，香气四溢，直向鼻孔里钻。正在忙着做其他菜肴的援友，都迫不及待地拿起一串，大吃起来。

我吃了一串后，向老乡提出自己来烤的要求。刚开始没掌握好要领，有几支烤焦了。老乡说这是烤出来的羊油滴到炭火上，催生了很高的火焰把肉烤焦的。他教了解决方法，即在火中撒些盐。接受了教训，再烤出来的肉串色泽酱红，嫩滑酥香，大家都说好吃，连老乡也竖起大拇指一再说“亚克西”。

宴席中大快朵颐时，钟书记问我们现在吃的烤羊肉串和之前巴扎上吃的味道有什么不同。经他一再提醒，我们细细品味，才发觉吃到嘴里的肉串，浓郁的肉香中还有一股淡淡的清香。钟书记解释说这是因为这次烤制燃料是木炭而非无烟煤，钎子是红柳的而非铁质的，还说这才是正宗新疆烤羊肉串的做法。听此一说，我们连呼“荣幸”，口中的肉串更觉美味了。

麦盖提援疆两年，我的味蕾早已被烤羊肉串在内的新疆美食征服。我曾撩拨家乡的朋友：有机会来麦盖提撸串吧，正宗的新疆烤羊肉串一定会满足你所有的想象。

在等待返乡的日子里，我有点担心：等我再次坐到家乡的烧烤摊前，已经被地道的新疆烤羊肉串熏染过的嘴巴，还能咽得下那小如拇指的肉块吗？

注：本文发表于《新疆文学》。

馕

最早听到“馕”这个字眼，是在岳云鹏的相声中。他提到一个词“打卤馕”。当时一笑而过，没有细想。

2018 年 8 月 27 日傍晚，抵达麦盖提县援疆教师宿舍时，已经过了饭点，援友郝洪涛去为我买了一个馕。我早已饥肠辘辘，吃到嘴里的馕简直就是人间美味。这是我与馕真正的“第一次亲密接触”，也从此对这个圆圆的东西产生了浓厚的兴趣。

在我住的援疆教师楼所在的实验中学，南门外的胡同里就有一家馕店（我吃的第一个馕，就产自这里）。漫步在麦盖提的大街小巷，不时可见馕店。去大巴扎的道路两边，馕店一个挨着一个。经过馕店时，我大都会停留一会儿。即使不买，闻一阵那醇香的味道也是一种享受。

我所见到的馕店，都是临街而设。外边是馕坑，高约一米，肚大口小，形似倒扣的宽肚水缸，据说是用羊毛和黏土做成，馕坑四周围用土坯垒成方形土台，以便烤馕人在上面操作。坑底有明火消失的木炭或煤炭，红红的向周围发散着热量。靠馕坑的那面墙上，凿有四方孔洞或窗户，也有的开了一扇小门。

我曾多次在不同的馕店前驻足，饶有兴趣地观察馕的做法。有一次受热情的维吾尔族馕店主人一再邀请，在他的指导下过了一把打馕瘾，亲历了烤馕完整过程。

打馕至少要两人合作，一人在屋内制作馕坯，一人在馕坑前烤制。馕的主要原料是面粉，清油、牛奶、糖、盐等都是不可缺少的原料。制作馕坯要先发面，在面粉里加少许盐和发酵粉等，和匀、揉透，放到面板上。面发好后，把一个个小面团擀成或大或小的圆形馕坯，中间薄，边沿略厚，抹点清油，涂上芝麻、皮牙子(即"洋葱")、葵花籽等其中一种佐料，放到布托上，从门洞中递出。烤馕人把馕坯贴到馕坑壁上，靠坑壁热度和坑内热量内烙外烤，十多分钟后外观发黄，即可取出。

打馕时，还有一道工序，即在馕坯表面打上格式花纹。有的花纹富有民族特色，有的图案如象形文字，抽象的图案纹理都很清晰，烤制成型后非常美观。维吾尔族同胞爱美的天性，在馕上也得到充分体现。

馕的品种据说有五十多种。我见到的麦盖提馕店里最多的是芝麻馕、皮牙子馕，两面都有芝麻或皮牙子。窝窝馕也经常见，因中间有个小窝窝而得名，是馕的品种中最厚的，当地人称之为"格吉德"馕。有一种甜馕，在馕坯表面抹一层冰糖水，烤熟后表面亮晶晶的，当地人叫"西克曼"馕。有一种罕见的大馕叫"艾曼克"馕，直径足有40—50厘米，而最小的馕也是做工最精细的馕，则茶杯口大小，叫"托喀西"馕。在麦盖提县招待所附近有一家馕店做的干果馕很受援疆者欢迎，这是一种内有葡萄干、核桃仁、巴达木等多种干果的馕，每次返乡时我们都要去抢购甚至提前预订。

馕和山东的硬面火烧有相似之处,都是麦面烤制而成。但因新疆日照时间长、昼夜温差大等特殊气候条件,这里的面粉特别筋道。馕里有盐和芝麻等丰富的佐料,味道、口感也比火烧好多了。刚出坑的馕,表皮色泽金黄光艳,麦香扑鼻,色、香、味俱佳。芝麻馕上缀满了一粒粒的芝麻,更增醇香;干果馕浓郁的焦香中夹杂着葡萄的甜味、核桃的香味,撩拨人的味蕾。咬一口,只觉面很筋道,细细咀嚼,酥软可口,口齿留香。我经常买馕吃,馕到手后会立即开吃,往往还没到宿舍,一个馕已经下肚。

维吾尔族同胞对馕有着特殊的感情,从古至今认为馕象征着吉祥和力量。当地有一句谚语“宁可三日无肉,不可一日无馕”,足以证明馕在维吾尔族人民生活中的重要地位。据了解,当地有很多关于馕的风俗,比如不允许数数,不能把馕渣丢弃到脚踩到的地方,掉在地上的馕渣要拾起来放到高处给鸟儿吃,款待客人必须有馕,结婚时新郎和新娘要吃醮着盐水的馕以示有福同享、白头偕老,亲朋邻里生了小孩要送馕表示祝贺等等。在维吾尔族人民眼中,馕就是生命,他们有句名言是“馕是信仰,无馕遭殃”。馕的美味在千年传承中已经渗透到维吾尔族同胞的骨子里,打上了深深的民族文化烙印。

馕之所以成为新疆饮食的主流文化,这同地域与气候有关,也是千百年来人与自然和谐与共的一种选择。新疆地域辽阔,游牧民族以草原、河畔为家,馕具有易于制作、便于携带、久存不坏、富有营养的特性,加上一捧山泉水或一碗奶茶就足以充饥,各族人民喜爱它就不足为怪了。

我读过一些关于新疆风土人情的书籍,书上说馕在新疆的历史很悠久,已经有两千多年了。汉代张骞出使西域后把它带入中原,从汉到五代、宋一直在中原流行,对中原的饮食文化有强烈影响。馕古称“胡饼”,白居易在《寄胡饼与杨万州》诗中说:“胡麻饼样学京都,面脆油香新出炉。寄与饥馋杨大使,尝看得似辅兴无。”我们潍坊人贾思勰著的《齐民要术》中摘录了“食经”关于做馕的技术资料,可见馕在中国食谱中由来已久。传说当年张骞出使西域返回长安、玄奘取经穿越沙漠戈壁时,身边带的食品便是馕,是馕助力他们走完艰辛旅途的。

在新疆，馕的重要地位无可替代，还因为它寄予着新疆人民对美好未来的莫大希望。看新闻了解到，2018 年自治区提出大力发展馕产业的重要部署以后，新疆馕产业发展进入新时期，馕已经从一种普通的主食变成一个文化符号、一个产业、一个扶贫的抓手。新疆各地正在加快推进馕产业基地建设，建立馕产业园、馕文化园，依托农村合作社带动乡村打馕车间，加大馕产品开发力度，推动馕产业化、规模化经营。麦盖提每年灰枣节在世界和平公园、“五一”和“十一”在刀郎乡里旅游景区，各乡的展览区都把馕作为重要的特色产品展出。据央塔克鲁疆爱心小学的援友说，麦盖提县在央塔克乡开办的馕产业园很红火，当地群众把满满的幸福收入“馕”中。

经常有朋友和我交流新疆美食，问我新疆美食的代表是什么，我的回答：“是馕”。我认为，新疆的馕文化是新疆饮食文化的代表，也是新疆民俗文化代表，衔接起了新疆的过去和现在，乃至拓展到未来。所以在新疆，我下了一番功夫了解新疆馕文化，了解它如何走过了两千多年的岁月，了解它为什么受到新疆人的如此挚爱，慢慢地我也爱上它了。我在新疆的两年，买了看到的各种馕，有的是为充饥，有的就是为了解和品味。每次回家，我都会带一些各种口味的馕给家人和朋友品尝，都会受到热烈欢迎。

听过一首名为《新疆馕》的歌，那富有新疆特色的音乐、优美的歌词，让我如畅饮醇香的伊犁老窖一样沉醉不已。歌中唱到：

每当看见东升的太阳
就想起了新疆的圆馕
圆圆的馕圆圆的馕
太阳一样圆圆的馕
每当看见天边的月亮
就想起了新疆的圆馕
圆圆的馕圆圆的馕
月亮一样圆圆的馕
父亲那双筑天筑地的手伴我入梦乡

母亲那颗温情暖爱的心随我去远方
太阳一样的馕
馕一样的太阳
新疆的圆馕是我圆圆的梦想
月亮一样的馕
馕一样的月亮
百十来个身上藏
策马中华好儿郎
新疆馕啊美名扬
脆酥焦黄香味长
……

歌声中,我又想起岳云鹏说的那个梗。他提到的"打卤馕",实则是原产于意大利的披萨。真希望馕作为新疆特色美食代表,乘着歌声的翅膀,走出戈壁大漠,如披萨一样,漂洋过海走向世界,让各国人民都品尝到这种美食。

注:本文发表于《西部作家》。

抓饭

初到麦盖提时，见到县城的饭店里或者巴扎上，都有蒸熟的大米饭在卖。令我不解的是，米饭里掺有肉和蔬菜，有的维吾尔族同胞不用筷子而是直接用手抓着吃。后来才知道，这就是名闻遐迩的新疆抓饭。

抓饭是我在麦盖提吃得最多的新疆美食。吃的多了，对它的了解也就多了。抓饭，维吾尔语称为“坡罗”，是新疆各族人民喜爱的一种饭食，因最初是用手抓食的，故汉语称为“抓饭”。抓饭材料简单易取，做法简便，营养丰富，味道极美，是新疆各族普通家庭餐桌上偏爱的主食，也是招待客人的上等佳品。麦盖提当地群众婚丧嫁娶或逢“古尔邦节”“肉孜节”等节日，都要做出大锅抓饭招待亲朋。

我第一次吃抓饭，是在2018年国庆节，那天我们到库尔玛乡铁热木买里斯村（即“九乡三村”）参加“民族团结一家亲”活动，午饭吃的就是抓饭。在二中住村工作队队长亚校长的陪同下，我们目睹了抓饭的制作过程。

在村委会大院一角，有几个维吾尔族妇女正在忙着，有的在切菜，把已洗干净的胡萝卜切成细条丝状，洋葱（这里叫“皮牙子”）剥皮后切成碎丁状；有的在剁羊骨头。羊头、羊皮就扔在地上，看样子是刚杀的羊。铁锅旁边几个大水桶里泡着大米。

这里支着一口大锅，锅底的木柴燃烧着。就见她们先在锅里倒入清油，油很快烧滚，再放入肉块，开始炒肉。翻炒一会儿，肉七八分熟的样子时，放入胡萝卜、洋葱，加食盐、白糖、孜然等料，再炒几分钟菜，菜半熟取出。刷净锅后，几个人分工按一层大米、一层胡萝卜、一层羊肉的顺序把备料下锅。向锅内加入大量水后，盖上锅盖，先是大火猛烧至水沸腾，一个妇女用一个大擀面杖翻搅着，把米和肉菜搅拌均匀，再用小火焖炖，大概过了四五十分钟，浓郁的香味溢出，一锅油汪汪的抓饭就做好了。

吃饭在被称为“村民议事中心”的大厅里。我们和村民在地毯上坐好后，几个年轻人一手端盆一手执水壶，请大家淋洗净手，再递上干净毛巾擦干。随后，一盘盘抓饭端来，放到面前。刚出锅的抓饭热气腾腾，饱满雪白的米粒、金黄的胡萝卜丝、白紫相杂的洋葱，再加上大块的羊骨，油亮生辉，鲜香四溢，勾人食欲。

盘子里备有小勺。我吃了一勺，大米的饭香、羊肉的膻香、蔬菜的清香撩拨着味蕾，只觉满口生香，回味无穷，越吃越爱吃。

周围的年轻人大多和我们一样用勺子吃，一些年龄大的村民则用手抓着吃。只见他们将右手的食指、中指和无名指三个手指伸直，指尖聚拢，用手指呈稍弯曲状压紧面前盘子里的米饭，抓入嘴中，细嚼慢咽，边吃边品尝。亚校长介绍说，这些老人的吃法就是传统的抓饭吃法，“抓”法看似简单，其实很有讲究，右手除小指外的手指都要非常有技巧地将米饭攒在盘子边上，压紧摁实，然后用四指将饭一托送进嘴里，手上、脸上都要干净不沾饭粒，否则会闹出笑话。这种吃法，古朴中带有一丝悠闲，我感到新奇，跃跃欲试，却又怕出丑，只得作罢。

此后，抓饭的醇香吸引着我翻阅了不少新疆美食书籍，在其中一本中看到了关于抓饭的一段传说。大意是，一千多年前有个叫伊本·西拿的医生，身体虚弱，吃药很多无济于事。后来他选用羊肉、胡萝卜、洋葱、清油、羊油和大米加水加盐后小火焖熟，早晚各一小碗以此食疗，半月后身体竟渐渐强壮起来。村民非常惊奇，以为他吃了什么灵丹妙药，他就把这个“药方”公之于众。这种饭色、味、香俱全，很能引起人们的食欲，便渐渐成为维吾尔族同胞普遍吃的抓饭了。

这个传说是否真实尚待考证，但抓饭营养丰富却是公认的。从其原料看，羊肉性热，含大量蛋白质、脂肪和氨基酸，具有壮阳益肾补血之功效；胡萝卜富含维生素，俗称“小人参”，可以解除肉汤的油腻，并能帮助消化；洋葱有发散风寒、抵御流感、强效杀菌、增进食欲、促进消化、扩张血管等功效；大米和植物油也包含大量人体必需成分。用诸类食物混合在一起制作，自然便是一种富有营养、别具风味的特色饭食。因此,新疆抓饭还有个雅致名字叫“十全大补饭”。

因为喜欢,所以饕餮之徒如我,就找一切机会开吃。在麦盖提的多个饭店里,在大巴扎上,在朋友家里,我吃到过种类多样、风味不一的抓饭。在巴扎,我吃过用牛、马、鸡等肉做的抓饭,味道也很好。在实验中学北门外一家小饭馆里,我吃过素抓饭,不放肉,用葡萄干、杏干、核桃仁等干果做的,别有一番风味。在朋友老李家,我吃到了传说中营养最丰富、味道最佳的抓饭,是用奶油、雪鸡肉做的。在同事阿孜古丽家里吃抓饭时是炎热的夏天,她做的抓饭维吾尔语称之为“克德克普捞”,抓饭里放了“毕也”(即“木瓜”)和酸奶子,有开胃、消暑、利消化之妙用,麦盖提热辣的阳光根本没有影响到我的食欲。冬季的一天,老乡韩书记招待我吃的是当地维吾尔族同胞最讲究的抓饭“阿西漫吐”,即在每碗抓饭里放有五六个薄皮包子。当地风俗,只有贵宾,才会得到这种款待。

在朋友家做客吃抓饭时,除了丰富的大菜外,一般都有一些咸菜、素菜之类的配菜,其中最常见的是“皮辣红”凉拌菜。这种菜做法简单,用洋葱、辣椒、西红柿切成小块或细丝状,加食盐、香油拌在一起即成。抓饭里的油很多,食用者容易犯腻,有了这道辣爽甜脆的小菜,就足以解腻开胃。

在山东老家,米饭是我家的家常便饭,也是女儿的最爱。听到我夸耀过新疆抓饭的美味后,女儿就坚定了来新疆探父的决心,还说要我领她吃遍各种新疆抓饭。我当然乐见其成。我是真希望女儿快些来到,因为到时我就可以再多吃些新疆抓饭这种普通又独特的美食。

注:本文发表于《新疆文学》。

叶尔羌之歌

在麦盖提一年四季的好时光里，我们漫步在叶尔羌河畔，欣赏她迷人的风采，探寻她幽深的过往，吟咏着千古流传的《叶尔羌之歌》……

——题记

初相识

2018年8月首次入疆，在喀什机场下了飞机，坐车赶往麦盖提。沿着麦喀高速公路前行的这段近200公里的路程，有很大一段是荒无人烟的戈壁大漠，天上不见飞鸟，地上没有树木。这是在家乡从未见到的情景，引起我内心极为强烈的震撼。后来公路两边有了挺拔的白杨树，看到或远或近稀疏的村庄，地里有了庄稼，心里才舒缓了些。

傍晚时，车从一座雄伟的大桥经过，桥下是奔涌的水流，两岸是翠绿欲滴的杂树和芦苇，绚烂的晚霞如火焰般映照着大河，河面上浮光跃金。匆匆一瞥，就让人惊艳。司机师傅介绍说：这就是叶尔羌河，过了这条河，前方就是麦盖提县城了。哦，叶尔羌河！我低低地叫了一声。

车里一位乘客的手机正放着一首歌，我入神地听着，觉得这首歌就像从自己心中飞出的一般：

离别了故乡，我来到一望无边的大沙漠／晨光中风轻轻，人在梦中，依旧是铁马冰河／我看见了黄沙绵延去万里／我听见驼铃声声／沉沉地伴随着遥远的故事／一路上慢慢地说……

离别了故乡，我来到千古流淌的叶尔羌河／什么人开出了一片绿洲，驱散了你的寂寞／大西北从此回荡着那一曲壮丽的生命之歌／辽阔的田地间浩瀚翻腾／我看见落日如火……

再相见

麦盖提位于天山之南(即南疆),入疆前我做过相关功课,从地图上看,麦盖提像是一片胡杨树叶,落在塔克拉玛干沙漠。但当我看到:县城大街两边法桐枝叶繁茂,月季鲜艳,冬青碧绿;野外地里成片的灰枣树、核桃树、苹果树、桃树果实累累,一个个椭圆形的刀郎土瓜躺满瓜地,棉花白云般绽放,青青小麦碧玉般光亮,道路两边皆有水渠且流水潺潺,提水泵站随处可见;大漠边缘绿树成荫,一片林海……我有点疑惑了,这是滴水贵如油的大漠边缘?

后来,当地朋友告诉我,上苍用塔克拉玛干大沙漠的风击沙打锻造麦盖提儿女的强健筋骨,用叶尔羌河乳汁般的水流滋养麦盖提儿女的柔软血肉,我们何其有幸!“叶尔羌”在维吾尔语中意为“土地宽广的地方”,叶尔羌河是喀什地区第一大河流。水源主要来自喀喇昆仑山乔戈里峰的冰雪融水,全长996千米,自西南流向东北,流经喀什地区、克孜勒苏柯尔克孜自治州、和田地区和阿克苏地区,一路高歌注入滔滔的塔里木河,滋养了塔什库尔干、叶城、泽普、莎车、麦盖提、巴楚6个县和兵团第三师10个团场,被南疆各族儿女奉为母亲河。

这些都是当地朋友老李告诉我的。老李是当地干部,这位山东籍的疆二代,对我们这些山东来的援疆人格外有感情,繁忙工作之余常开车带我们到麦盖提各地赏景游玩、品尝美食。说这话时,我们正站在叶尔羌河东岸的河堤上。那是9月的一天,正是洪水期(老李说叶尔羌河每年5—9月为洪水期,12月至次年2月为枯水期)。只见汹涌的水流夹杂着泥沙在宽阔的河道里奔涌向前,激起一朵朵大浪花。我伸手入水,又立即缩回,河水冰凉刺骨。来自世界第二高峰的冰雪融水,即使经过数百公里奔波,即使在30多度高温炙烤下,本色依然。

水边长满芦苇、香蒲等喜水植物,还有一些我们不认识的杂草。老李介绍说,那些根茎粗而长、顶端生三棱状倒卵形小坚果的近半米高的植物叫荆三菱,是一种中药,具有祛瘀通经、破血消症、行气消积的功效;那些成株秆丛生、侧枝生有多个聚集成头状小穗的细弱的植物是褐穗莎草,对庄稼有危害。这些依水而生的杂草,在骄阳之下闪烁着碧绿光泽,迎风摇曳,仿佛在欢迎我们这

些陌生的来客。

沿岸长满了成片茂密杂树，我们认识的只有白杨树，其他两种大家都未见过。老李指着那些淡灰褐色树身、树皮下部条裂、叶子已有些橙黄的树介绍说，这是大名鼎鼎的胡杨。它耐寒、耐旱、耐盐碱、抗风沙，是荒漠地区特有的珍贵森林资源，生命力顽强，有“沙漠守护神”的美誉；木质坚硬，耐水抗腐，历千年而不朽，是上等建筑和家具用材，楼兰、尼雅等沙漠古城的胡杨建材至今保存完好；树叶富含蛋白质和盐类，是牲畜越冬的上好饲料；叶和花均可入药，可以说胡杨全身都是宝，是沙漠中的宝树。那些红棕色细瘦枝条上开满粉红色圆锥小花的，老李说当地人称“红柳”，学名叫“多枝柽柳”，枝干坚硬、燃烧时间长，既是当地居民的重要燃料，又是编筐、做农具把柄的重要原料，细枝嫩叶还是养驼业的重要饲料；也可入药，用于感冒、麻疹不透、风湿关节痛等症……胡杨橙黄的树叶和红柳红棕色的枝叶杂然交织，与瓦蓝的天空、灰绿色的河水组合成一副静中有动、绚丽斑斓的图画，令人陶醉。微风过处，枝摇叶响，是在和我们打招呼吧。

几只水鸟扑棱棱地从前边芦苇丛中飞出，又飞落到胡杨林中。随之香蒲丛中发出一连串响亮的鸟叫声，一群水鸟嘎嘎叫着飞出又飘落到河中。老李介绍说，落到胡杨林中的是豆雁，落到河中顺流而下的是绿翅鸭。他还说，随着生态环境的改变，叶尔羌河流域的水禽越来越多，有记录的鸟类总数就有210多种。正说着，又有几只羽毛艳丽的飞禽惊起，我们都认得，那是野雉。

我们沿着河堤漫步前行，远远看到一座桥，凌空飞驾于叶尔羌河之上，如巨龙饮涧，似长虹卧波，极为雄伟壮观。我记得这就是最初进县城时经过的大桥。老李说，这是麦盖提大桥，1995 年国家投资 4000 多万元架起，长达一公里，当时是南疆第一、新疆第二长桥，吸引了众多游人目光，成为喀什地区独占鳌头的旅游和观光景点。

近前看，只见大桥雕栏玉砌，桥面平坦如砥，桥上东来西往的车辆、人流络绎不绝。老李说，麦盖提三面环沙漠，一面临大河，之前当地人西出他地，只能靠独木舟渡河，交通极为不便（他顺便解释：维吾尔语称独木舟为“卡盆”，用粗大胡杨干材凿制而成，因为胡杨木材具有很强的抗腐性，浸水后抗腐性更强），我们所在的地方就是麦盖提的千年古渡；叶尔羌河大桥的建成，解决了麦盖提经济发展的瓶颈，加快了麦盖提脱贫致富奔小康的步伐，所以我们都称此桥为“致富桥”。

凭栏远眺，蜿蜒的叶尔羌河欢唱着流向远方，两岸绿意盎然，连绵土地里的庄稼丰收在望，绿树环绕着一个个村庄，依稀看得见在地里辛勤劳作的人们，到处是一派岁月静好、安居乐业的景象。汹涌奔腾的叶尔羌河滋养了 440 万亩绿洲，哺育了南疆几百万各族儿女，是南疆维吾尔族、汉族、回族、塔吉克族、乌孜别克族、哈萨克族等十三个民族人民的母亲河。但据老李说，麦盖提先人们对她是又爱又恨。生活在大漠边缘的人们由水而生、依水而居、因水而兴，有了可持续绿色水资源，沙漠生命得以延续，绿洲上的人类社会及其生命活动得以健康发展。作为沙漠母亲河，同时也是新疆最不可控、洪水多发性的平原河流，叶尔羌河自古以来给当地百姓带来福祉的同时，也带来了水患。它是一条季节性河流，具有春旱、夏涝、秋缺、冬枯的特点，每年 5 月至 9 月，随着气温升高，帕米尔高原上雪山上的冰雪大量融化，叶尔羌河进入汛期，河水从高原涌下，房子被冲走了，农田被冲毁了，家里的牛羊淹死了（因 5 月前后正是当地桃花盛开季节，故称桃花汛。名字很美丽，实则很凶险）。沿河居民纷纷砍倒好不容易种大的树木，装车运到河两岸，连日连夜筑起多道防洪坝，防止水流湍急冲毁沿河下游田地及其他设施。整个汛期，人们吃住都在河堤上，两眼不眨地死盯住咆哮的滚滚洪流。由于防洪坝是由沙土、沙袋 、树干、树枝等物建设，汛期一过基本就已被河水和大风损毁，所以年复一年的夏季，县里九成以上的劳动力都要浩浩荡荡前来重建防洪坝，物资投入更是无法计算。这样的母亲河，怎会让人一心一意地爱她？中华人民共和国成立以来，党和政府带领当地各族百姓加固河堤，修建水库，做了很多治水工作。比如2014年全面启动叶尔羌河综合治理世纪工程，建设防洪灌溉功能于一体的大型水利枢纽工程，叶尔羌河流域千年水患被彻底驯服（老李说到此处，我想到了和唐彦廷、韩召忠、贾增贵等援友骑行几十公里去看过的烟波浩渺的前进水库和颇有水乡神韵的刀郎湖）。现在，洪水少了，灌溉用的水多了，庄稼瓜果大丰收，塔克拉玛干沙漠百万亩生态防护林不断扩展，生态环境更优美了，人们对叶尔羌河再也没有恨，只剩下爱！这样造福子孙后代的好事还有很多，整齐的安居富民房，宽阔的公路，现代化的产业园，各族人民品尝着叶尔羌河赐予的甘甜，幸福地生活在祖国的怀抱中，伴着生生不息的河水，一路欢歌！

我们还沉浸在叶尔羌河前世今生的波澜起伏中，老李指着不远处说："我们到那里去尝尝叶尔羌河的特产吧。"

沿河前行二十多分钟，一排简易的房子出现在眼前，用胡杨枝条做篱笆圈起了院子。这是一家维吾尔族老乡开的农家乐性质的饭店，我们选了一间能看得到叶尔羌河面的屋子坐下，不一会儿，一个巴郎子（维吾尔语，意思是"小伙子"）就把新疆大盘鸡、烤羊肉串等菜肴一道道陆续端上桌来。耳边响着维吾尔族民歌，喝着够爽够劲的"夺命大乌苏"，品尝着维吾尔族风味的佳肴，看着浪花翻滚的河水，大家自然是心旷神怡。可是，叶尔羌河特产何在？老李笑着说：我们一起去看看。

院子西南角有两个老乡在忙碌着，地上挖有一坑，坑内架起的木柴冒着熊熊火焰。一个老乡从一个大桶内捞起一条活蹦乱跳的大鲤鱼，看样子有五六斤重，在案桌上收拾着：刮净鱼鳞，去掉内脏，用两条小木棍从鱼的上部和下部横穿而过，再用一根稍长的红柳木棍由尾穿到头。一个巴郎子则将这些串上鱼的细木棍沿坑边一一插好，围成一个圆圈，像是等待受检阅一样，场面特别壮观！

老李说这就是叶尔羌河的特产——刀郎烤鱼。古刀郎人临水而居，在叶尔羌河流域渔猎为生。他们驾着独木舟河中捕鱼，河畔就地燃起篝火烤制，醇厚的鱼香和粗犷的歌声在叶尔羌河两岸飘荡。一代代刀郎人不断改进烤鱼之法，流传至今成就了不可复制的刀郎烤鱼美味。刀郎烤鱼的最大特点就是独具特色的原生态，食材必须是出自叶尔羌河的野生鲜活大鲤鱼或草鱼，这种鱼生长周期长，肉紧味鲜腥味弱；生火必须用河边胡杨树枯枝干木，穿插木棍则用河边红柳枝条；佐料则必须是当地产的孜然、辣子、皮牙子等。

鱼香慢慢飘了起来，老李说这是烤得差不多八分熟了。这时就见老乡一次次给鱼上撒一些粉末状的佐料（老李说这就是刚才所说的孜然粉、辣子面、皮牙子末和精盐），另一个人则不停地把烤鱼调换位置，南边的换到北边，东边的换到西边（老李说这是因为火势因风向变化而变化，这样调换烤鱼会受热均匀）。老李说，做刀郎烤鱼要有十足耐心，鱼多，还要佐料撒匀、周身炙烤，需慢慢地翻腾着来回烤，格外费工夫。他笑言，山东是心急吃不了热豆腐，我们这里则是心急吃不了刀郎烤鱼。

当鱼香味道越来越浓时，老李说我们回去等着吧。刚坐到桌前几分钟，烤鱼特有的浓郁香味扑鼻而来。放在薄木板上端上来的烤鱼颜色金黄，香味四溢，直撩拨人的味蕾。细细品尝，外部肉酥脆，内里肉嫩香，浓郁的鱼香中还有一股淡淡的清香（那是红柳和胡杨的木香），进入口中的那种润滑感更给人一种特别的享受。

大快朵颐时，老李说刀郎烤鱼原生态特点还表现在环境方面。品美食的环境很重要，吃西餐要环境优雅，吃火锅则喧闹环境为宜，而吃刀郎烤鱼就需应时应景。他提议去河边，得到大家一致响应。

浩浩叶尔羌河畔，直把他乡作故乡，已视远朋为近亲。我们几个山东各地市的援友、麦盖提的老李及特邀的两位维吾尔族烤鱼老乡，席地而坐，天为穹庐，地为毯席，品美食、看美景，其乐何极！

得知我们是援疆教师，两位老乡站起身来，那位年老些的慢旋轻拂跳起刀郎麦西热普，那个年轻的巴郎子则引吭高歌，粗犷的歌声在广阔原野中飘荡开来：

遥远的天边有一条河／那是古老的叶尔羌河／蜿蜒千里，静静流淌／啊，倾诉那万古传说／叶尔羌河啊，古老的河／你穿过戈壁，流过大漠／你让茫茫

荒野变成绿洲 / 你是大地跳动的脉搏 / 你像母亲，用那甘甜乳汁哺育我成长 / 你的两岸，鸟语花香，琴声多悠扬 / 你是我们西部儿女梦中的天堂 / 叶尔羌河啊，古老的河 / 经过多少岁月沧桑 / 九曲回旋奔向远方 / 叶尔羌河啊，母亲河 / 日夜在我心中流淌 / 我要永远把你歌唱 / 永远把你歌唱……

传 奇

枯黄的芦苇在瑟瑟北风中摇曳着，光秃秃的红柳落叶凋零，风韵不再，胡杨却满树金黄璀璨如金，黄叶在阳光照耀下熠熠生辉。叶尔羌河几个月前浪奔涛涌的气势不见了，瘦弱的细流蜷缩到河床底部，中间凸现的一个个小沙洲把河水分割成更瘦弱的发辫状支流。一些丘鹬和白头鸭在苇丛中和沙洲上翩翩起舞，唱着清越的歌儿，为这枯寂的季节增加了生气。

正值秋冬交替之时，昆仑山诸峰已是冰天雪地，叶尔羌河早已断流。麦盖提典型的温带大陆性干燥气候迅猛地将河床里的水大量蒸发，而更多的河水则被干旱的大漠收入地下，进入枯水期的叶尔羌河只得把她坦荡荡的河床滩涂裸露在我们面前。

行进在河滩中的我们没有一丝因河的消遁而感伤，反而有点跃跃欲试的兴奋，因为这次是老李带我们来捡玉。他说，叶尔羌河是新疆著名的玉河，清代《西域闻见录》中就说叶尔羌河所产之玉“大者如盘如斗，小者如拳如栗，有重三四百斤者，各色不同，如雪之白，翠之青，腊之黄，丹之赤，墨之黑者，皆上品。一种羊脂朱斑，一种碧如波斯菜而全片透湿者，尤难得。”与其他源自昆仑山中的河流一样，叶尔羌河上游有原生玉矿，下游河流中就会有玉石。河中玉石主要来自原生玉矿风化剥离的石块，经山洪冲蚀及搬运带入河中。受地势影响，叶尔羌河麦盖提段并不是捡玉、捞玉的佳地，但有时沿河放牧的牧民、在河边休憩的农民也会偶有所获，所以此次我们来就是碰碰运气。

大家在松软的河滩上四散前行，看到一块鹅卵石就以为是玉石而高兴地叫嚷起来，附近的援友就急忙聚拢围观，往往是争论半天也难辨真假。捡到稍有点艳色的小圆石块，则不亚于捞到了和氏璧，自己暗自得意，他人也会眼红呢。老李笑言，玉石玉石，玉就是石，石就是玉，不必当真。

河滩上枯草萋萋，一群羊由远而近。这是一群刀郎羊，脸小如弓，鼻曲如鹰，大耳似扇，和山东绵羊外观上有较大不同。大家马上大呼小叫着靠前来赏羊。牧羊人是一位维吾尔族老人，戴着民族特色的皮帽（老李说这种样式的帽子当地人称赛尔皮切吐玛克）、留着一把蓬松白胡子。和善的老人乐呵呵地帮我们辨别手中的“玉石”，也很愿意回答我们的问题。老人说，叶尔羌河啊，是一条玉河，也是一条金子般的河，哺育了一代代刀郎人，流传着英雄的故事。他抬起头来，望向叶尔羌河流来的远方，满脸肃穆的表情，将一个传奇娓娓道来：

在久远的年代，喀什南部的昆仑山脚下有个普通的小村庄，村里有个叫叶尔羌的巴郎子，从小父母双亡，吃百家饭长大，身体壮硕，胆量过人。

叶尔羌18岁那年，村里遇到了一场百年不遇的大旱。村民们集会商定挑选一名机智勇敢的巴郎子去寻找水源。大家思来想去，觉得叶尔羌最合适。

被选中的叶尔羌非常感动，认为这是报答乡亲们养育之恩的好机会。朝乡亲们深鞠一躬后，他就背着东家送来的烤馕、西家送来的葡萄干，沿着干涸的河床，义无反顾地开始踏上艰难的寻水之路。

翻过了一座又一座山，两个月过去了，水源尚未找到，身上的干粮却吃完了。又一座大山横在眼前，疲惫的叶尔羌没走多远就倒在枯草中。他躺在软绵绵的枯草上做了一个梦，梦见覆盖着厚厚积雪的连绵群山在烈日的照射下，积雪慢慢消融，变成一条小河流向远方的村庄。

不知过了多长时间，叶尔羌揉了揉惺忪的睡眼，带着笑容醒了过来，眼前依然是枯草朽木。他暗暗自责：“村里人都等着用水，我怎么能躺在这里睡大觉呢？”他硬撑着从地上爬起来，继续向前寻找。

终于，翻过了九十九座大山，走过了九十九条山路后，一座雪山横亘在眼前，满山的积雪在阳光下发出耀眼光芒。在山下，叶尔羌遇见了一位须发都像雪一样白的老人，就喘着粗气把村里闹旱灾的事告诉了老人。老人语重心长地说：“孩子啊，要找到水源可不是一件容易的事，只有吃得起大苦，才能成功。”他从老人的话中看到希望，赶忙说：“尊敬的长者，天大的苦我都能吃。只要能让乡亲们用上水，我甘愿赴汤蹈火！”老人被叶尔羌的真诚打动了，微笑着从怀中拿出一个水葫芦,郑重地说:“你把这个宝葫芦带回去。回村后站在最高地,把葫芦里的水倒出来,就会有泉水涌出。记住,站得越高,水流越大。”叶尔羌小心地接过宝葫芦,谢过老人后便没日没夜地往回赶。

回到久别的家乡,叶尔羌顾不上与乡亲们打声招呼,就拼尽全力往村后那座最高的山上跑。太阳已经偏西,快爬到山顶时,他被荆棘绊了一下,手中的宝葫芦跌入山涧。宝葫芦倒下的地方立刻冒出一眼清泉,只是流量很小。跪在山坡上的叶尔羌悔恨交加:这么小的泉眼怎能养活全村老小呢?他纵身跳下山崖,跌入汩汩的泉眼。顿时,那眼清泉变成一条波浪翻滚的大河,欢唱着涌出山涧,奔向干涸的大地。落日如火映在水中,发出金子般的光芒。

从此,村里干旱状况得到彻底改变,昔日毫无生机的大地上,鱼跃鸟飞,草深林密,五谷丰登,六畜兴旺。为了纪念这位拯救了全村的巴郎子,两岸安居乐业的人们给这条河起了一个英雄的名字——叶尔羌河。

叶尔羌河还有一个如此悲壮的传奇故事!望着河水蜿蜒流向的远方,我们一时默然。

老人的话匣子一打开,就关不住了。他说,从他爷爷那辈起,他一家三代都是叶尔羌河的摆渡人,在刀郎文化展览馆展出的“卡盆”,就是他父亲当年用过的(我记得躺在馆里的那只独木舟,用一棵胡杨凿制而成,平口圆底,舟形如梭,土灰色的舟体朽蚀斑驳,尽显岁月沧桑)。叶尔羌河汹涌湍急,河水系高山融化的冰雪水,自昆仑山上奔涌而下,即使盛夏也冰冷彻骨。夏天汛期时,河面有四五十米宽,深不见底,过河是件极不容易的事。很早以前,刀郎人要走出大漠必须西渡叶尔羌河,过河要骑骆驼,或用麦草捆成堆漂着渡河,后来用旧轮胎当筏子。但麦草堆和轮胎都不好控制,稍不留神就被河水卷走,每年都有数量不等的人丧身于激流中。他从18岁起接过了父亲手中光滑的船桨,每天看着太阳按时“上班”,早出晚归,即使刮风下雨都要去,因为这是走出大漠的唯一通道,逢巴扎天时渡口最忙碌,中午只能掰块馕就着河水充饥。但人再多,水再急,风再大,他的渡船从未翻过。摆渡三十多年,渡船就坏了两只。由于常年飘荡在水上,每到阴天膝盖就痛得厉害。叶尔羌河大桥建好后,“失业”的他不顾儿女劝阻，养了一群羊，每天到河边放羊，就是为了能天天看到这条河。“看到叶尔羌河，我就浑身舒坦，因为它早已流进了我心里。”老人沟壑纵横的脸上满是笑意。

真是谜一般的老人啊！在我们饱含敬意的目光中，老人扬起鞭儿赶着羊群，哼唱着顺流而下，身后飘来的歌声，满满的沧桑中似也在诉说着传奇：

金子般的叶尔羌河啊／平静安详地流淌／流过瓜果飘香的村庄／也流过牛羊成群的草场／金子般的叶尔羌河啊／幸福欢乐的流淌／荡漾在小伙的琴弦上／也滋润着姑娘的心坎／金子般的叶尔羌河啊／我要用最美的歌声把你歌唱／你载着古老故事的辉煌／也带来美好明天的向往／金子般的叶尔羌河啊／你就是生养我们的母亲／在这片胡杨林的故乡／有我们永远的爱情与梦想……

沧桑

作为连省城都没去过几次的小县城教师，向往远方的心一直跃动不已。在这“土地宽广的地方”，我或在叶尔羌河畔低首吟哦，或在塔克拉玛干大漠边缘仰天长啸，或在图书馆里埋首读书……只为感受这方大地岁月的沧桑。

读过一位新疆诗人一段如诗的文字：奔流不息的叶尔羌河，滋养着如彩墨晕染的叶尔羌流域的片片绿洲，河流经过的地方，流淌着漫漫长河经年岁月的歌，河水淌过的每一片土地历经时光的洗礼，蕴藉着厚重丰盈的绿洲文明。叶尔羌河，一条有历史有岁月沧桑之河，有太多的故事向世人诉说。被叶尔羌河沧桑岁月所吸引的，当然不只诗人。

素有“文化行者”之称的作家尚昌平多年环塔里木盆地考察，在麦盖提大地的叶尔羌河畔，她一次次走进刀郎人聚居村落，探访一个个升华的心灵，留下很多珍贵照片和文字。在她的眼里，麦盖提从地形上看像一架卡龙琴，流入麦盖提的叶尔羌河和提孜那甫河就如同是两支主弦，河水流过的地方激荡起的琴音就是麦盖提的全部，而居住在麦盖提的刀郎人就像琴弦发出的一个个音符，在这片土地上演绎着生命的旋律。在她所著的《刀郎》一书中，对刀郎人用卡龙琴弹奏出的一个个“音符”做了深入考证，让我以读书笔记的形式演绎

给您倾听吧:

叶尔羌河、提孜那甫河流经平原地带,分布着湖泊和沼泽,生长着茂密的胡杨林,刀郎人自古以来就生活在这片戈壁绿洲上,至少距今三千年前后就有人类在麦盖提生存。据《汉书·西域传》记载,汉宣帝神爵二年(公元前 60 年),西汉政府置屯田校尉于莎车国垦边。麦盖提是莎车国屯田辖属地,以其自然地理环境的基础资源,生产方式由渔猎时期逐渐转型为半牧半耕方式。

东汉明帝永平十六年(公元 73 年),汉王朝派遣军司马班超经由麦盖提北上至疏勒平定龟兹与疏勒争端。

据《后汉书·西域传》记载,汉武帝时,西域内属汉王朝有三十六国,至西汉末汉哀帝时,自相分割为五十五国。这些分解出的小国,就有疏勒等"城郭之国"。这表明汉魏时期,疏勒国实际控制范围兼有莎车国及麦盖提地界。

魏晋时期,麦盖提为疏勒国属地。唐上元二年(公元 675 年),设置疏勒都督府,麦盖提为都督府治下的屯田区,至今仍保留当时屯田挖掘的引水渠,麦盖提刀郎人称之为"唐王渠",表明唐代麦盖提已形成以农耕经济为主的格局。

……

从公元九世纪后开始,麦盖提民间文化艺术,尤其是刀郎乐舞作为传承历史的载体,将古老的麦盖提社会形态在乐舞中继承并保留下来。

追溯麦盖提历史,在古代不同时期都曾有人类生产活动,但由于东部毗连塔克拉玛干沙漠,处于半封闭状态,即使是进入农耕时期,仍有散布于河湖之间以渔猎为生存方式的土著人,因此,经济发展相对滞后。直到百余年前,在偏僻的乡野仍有以渔猎为生的族群,分散在沿河林丛之间聚居,这些人被称做"刀郎人"。

"刀郎"原义为"一堆一堆",引申义为"分散聚居的人"。它是对古代渔猎土著人生存状态逼真的写照。

……

那是一个冬日的下午,在县图书馆阅览桌前坐下后的我一直在读、在记,浑然不觉时间的流逝。我看到,从蛮荒时期的渔猎刀耕到大汉时的牧渔耕耘,从汉宫秋月到大唐盛世，从唐玄奘西行取经的坚定步履到阿曼尼莎汗整理十二木卡姆的反复吟唱，从莎车古国到刀郎之乡麦盖提，从帕米尔高原石头城到阿克苏，叶尔羌河一路浪花如歌汇入滔滔历史长河。我更看到，历经千帆岁月的叶尔羌河，今日守护山河安澜的从容与自信。

当时，我还记下了一首名为《叶尔羌河》的诗：

你的河湾
如舒展着鹰舞的臂膀
你的浅滩
如活泼欢腾的手鼓
你的波涛
如在热瓦甫上流淌的欢唱
你流动的腰肢
比三月的柳条更柔软
比鹰笛的旋律更婉转
你妩媚的眼神
闪着昆仑玉石的晶莹
泛着待嫁少女的羞颜
喔，谁听懂了你的喁喁私语
就能读懂这些绿洲和村庄
和大地上隐秘的诗行

我真的希望，假以时日，我也能听懂叶尔羌河的喁喁私语，读懂麦盖提大地上那些隐秘的诗行。

援疆公寓外的小花园里有棵馒头柳，它飘摇的柳枝传递着春天的气息。老李打电话说明天再去叶尔羌河畔走走吧，春天的叶尔羌自有特别的神韵。我自然是求之不得。

好吧，那就让我和叶尔羌河共同期待着春日的相会吧。

第二辑 西行走笔

秋日的麦盖提，天高云淡，瓜果飘香，景色宜人。观景台上，远望塔克拉玛干沙漠黄沙漫漫，俯瞰百万亩防风固沙生态林郁郁葱葱，聆听着动人的沙海绿歌，我们张开双臂，高声呐喊着加入到绿色之歌的大合唱中……

我要去新疆

2018 年 6 月 1 日,这天是儿童节,从早上微信朋友圈里就充满了对逝去的儿时时光怀念的文章,我这个年过五旬的粗糙汉子心里竟也荡起了涟漪。午饭后,倚在床头上,想再看看这些煽情的文章,却发现学校四校区管理群里有了新消息。打开一看,心里顿时波涛汹涌。

消息是分管人事工作的副校长发的,大意是:市教育局政工科要求市直学校推荐一名语文教师参与援疆,今天下午三点前报送。援疆?到新疆去?看到此消息,我的第一反应是:我想去。

下午到校后,先了解了有关情况。原来,潍坊市教育局前段时间组织援疆教师选拔,负责语文教师选拔的某区没有合适人选,这个指标就分到了安丘市。回到自己的办公室,我粗略地看了相关文件后,就到了校长徐军民的办公室。徐校长说援疆是大局,我真想去的话,学校大力支持。他还详细询问了我孩子的工作情况和爱人的态度,表示家庭如有困难,学校会帮助的,让我安心援疆。

几天后,局政工科通知我,经领导研究,决定让我参加援疆,并让我尽快填写信息采集表,连同身份证照传去。此后,就是等待。也曾联系过其他学校的援疆老师,也是茫然无知;也曾和潍坊市教育局联系过,得到的答复是等待。好在放假前工作很多,工作之余也有不少事情处理,等待也减少了几分焦急。

报名前后,我考虑最多的还是家人的感受。他们会支持我援疆吗?结婚后,和妻子就从没有过长期分离,真正的"长相厮守"。开朗的外表下面,妻子有一颗脆弱的心,身体也不是很好。我还感觉到,随着岁月的流逝,我俩的感情越来越深厚,早已把爱情转化为亲情,彼此间的依赖与日俱增。她会同意深爱的丈夫长达两个 365 个日日夜夜不在身边?当初我是半开玩笑、轻描淡写地和妻子说的，妻子也没当回事："你这个年纪了，上级会让你去？好好在家给我待着吧。"甚至在我告诉她得到批准的消息时，她还以为我和她开玩笑。我把相关领导的谈话内容详细说了后，她沉默良久，脸色慢慢沉了下来。

我和妻子都是二十世纪八十年代通过考学跳出的"农门"，两个来自农村家庭的教师组成的小家庭，家境可想而知。好在她持家有方，靠我俩省吃俭用，住房从结婚时住的一间狭窄小房，换成了现在的120平方米的楼房，前几年还买了轿车。工作之余，一家人一起散步、旅行、读书，精神生活也蛮充实。女儿已大学毕业，有望考取公务员。日子越来越好，妻子对和我一起慢慢变老的现状很满意。现在，这种生活状态就要改变，她的亲人要远赴异域，她怎能不落泪？

女儿倒很大度。在我送她去培训的路上，我把想去援疆的事一说，她就云淡风轻地说："我支持你，老爸。家里有我呢，你就放心吧！"亲爱的女儿，你让老爸放心，老爸却怎能放得下心呢？去年毕业的你，正在考取工作的路上奔波，如果老爸赴疆，谁开车陪你各地培训、参考？

从大四那年，女儿就开始了考编之路。一本本的资料、习题，除小山般堆满书桌外，还充满了几个大纸箱；某公、某图等培训机构开设的培训班，一个接着一个地上，其间还夹杂着某笔的网络学习；三支一扶、事业编、公务员编，一类接一类去考；潍坊、青岛、济南等山东各地市，乃至外省的杭州等地，都留下了女儿应考的足迹。在全力以赴考取工作的关键时刻，没有父亲的支撑，稚嫩的女儿，你行吗？

最牵挂的还是父母。老父今年已是83岁的高龄，身体有病，还越来越虚弱，前年还住院治疗了一段时间。母亲身体好些，但也是近80岁的老人了。虽然二老在威海那边得到了弟弟和弟妹很好的照顾，但我是长子啊！二老和弟弟都理解我因离家远而不能经常回家，但"父母在，不远游"的古训呢？还有，一直对二女婿疼爱有加的岳母，年过八旬，自己独自在乡下生活，如果经常去探望她老人家的女婿长时间不去了，她会怎样想？面对迫切需要儿女照顾的二老和岳母，我能毫无挂牵地长达两年到外地工作吗？

"我们新疆好地方，天山南北好牧场，戈壁沙滩变良田，积雪融化灌农庄。我们美丽的田园,我们可爱的家乡,麦穗金黄稻花香,风吹草低见牛羊,葡萄瓜果甜又甜,煤铁金银遍地藏……”在歌曲中,在电视的画面里,大美新疆带给人的是美的冲击。可是,女儿在高德地图上输入新疆喀什麦盖提县刀郎二中,显示路程5061公里。“真正的万里之遥啊!”女儿的惊叹,让妻子更加担忧。黄沙漫漫,戈壁茫茫,最西边陲……陌生的环境,不同的气候,亲人们怎能不担心呢?

人到中年万事难休,那堪离愁别绪绕心头。今年已过五旬,自觉精力已不如前;一去就是两年整,万里云天万里程。天有不测风云,人有旦夕祸福。我也在悄悄地问自己:你能行吗?

可是,我还是想去,到那遥远的新疆去,在我五旬之年。静下来的时候,我也在梳理散漫的思绪。我问自己:为什么要去援疆?几经思索,我找到了答案。从大处而言,我是一个二十多年党龄的老党员,自觉响应习总书记的援疆号召,积极响应国家万名教师援疆计划,支援新疆建设,助力新疆教育事业发展,为建设团结和谐、繁荣富裕、文明进步、安居乐业的中国特色社会主义新疆贡献力量。从个人方面来说,集中在这几点:

报国建功。“男儿何不带吴钩,收取关山五十州”“黄沙百战穿金甲,不破楼兰终不还”“愿将腰下剑,直为斩楼兰”……每每读到这些慷慨激昂的边塞诗,我总是热血沸腾,长恨不能横戈马上为国戍边而建功立业。现在,有这样一个支援边疆建设的机会摆在面前,焉能不心动?

诗与远方。要么读书,要么远行,身体和灵魂总有一个在路上。读万卷书,行万里路。可能学文科的都有点浪漫主义情怀,向往诗和远方。驼铃阵阵的丝绸古道,万里之外的南疆,茫茫的戈壁,奔放的维吾尔族风情,将会满足我对诗和远方的所有想象。

影响女儿。女儿正在考编制,有极大可能进入体制内。我想通过自己的经历让她知道,人既要有一份工作而生存下去,更要有理想追求,把人生理想和国家命运联系在一起,在奋斗中释放青春激情,追逐青春理想。我不想女儿成为一个只注重自我的小女子,我想让她做一个有情怀、有担当的大写的人。

我也知道,现在的我,已经不仅仅是独立的个体,我还有多重身份。独立个体之我的追求，必须得到其他身份之我的同意和配合。我是一个需要陪伴妻子的丈夫，但我相信通情达理的妻子最终会同意的，就像多年前我带队下乡支教一样；我是一个正在考编女孩的父亲，我相信已经在公务员笔试中取得第一名的女儿，面试一定也会取得好成绩；我是年迈双亲的儿子和高龄岳母的女婿，就让老人家的其他儿女替我尽一份孝心吧，我替兄弟姐妹们多多为国尽忠。我的亲人啊，我们彼此的牵挂，将会让相隔万里的心贴得更紧！

道阻且长，行则将至。一个齐鲁汉子在这个酷热的夏季，怀着一颗同样火热的心，做出了人生中几乎最重大的决定：我要去援疆！大美新疆啊，我将沿着张骞开辟的丝绸古道，不远万里来到你的身旁，你可欢迎？

雕像与头像

“你啥时换的头像？我还以为群里加新朋友呢。”

一个朋友发来的微信问话，让我想起刚入疆的情形。

2018 年 8 月 27 日上午，我乘坐的 CZ6811 客机，从乌鲁木齐到达喀什。之前接到领队通知，有人在机场接我。抵达机场不久，我就坐上了梁作华局长的车。

梁局长是日照支援麦盖提县指挥部领导，今天来山东省对口支援新疆工作指挥部汇报工作，我因此得以搭顺风车。入疆第一天，就能随领导见识山东对口援疆最高指挥机关风采，我感到很荣幸。

山东省对口支援新疆工作指挥部在喀什城区的一幢独立大楼里，有很宽敞的院子。梁局长进楼汇报工作，我就在院子里溜达。大院东边，菜畦里西红柿泛红，韭菜叶宽色绿，葡萄架上垂挂着串串翠玉般的葡萄。东北角几棵白杨树如哨兵般挺拔直立，树下一组雕像吸引住了我。

白杨树下，站着一位中年人和一位老人。中年人是位汉族男子，近一米八的个头，浓眉大眼，神色坚毅，面带微笑，上衣衬衫扎进腰里，袖子挽起，左手扶老人胳膊，右手被老人握在双手中。可以看出，这是一位山东援疆干部的形象。老人比中年人稍微矮点，头戴花帽，深目高鼻，一部蓬松的连腮胡，身穿长袍，眉眼含笑，双手紧紧握住中年男子的手，好像有满腹的话要说。从外貌上不难看出，这是一位典型的维吾尔族老人形象。他们身后有一匹高头大马，安详悠然，马头微侧，似在听主人说些什么。

雕像栩栩如生，形象饱满，如从远处看，真会以为是两人站在树下亲切交谈呢。好生动的鲁疆携手雕像！在山东省对口支援新疆工作指挥部大院里树立这么一组雕像，让进出大楼里的人随时就能看到，提醒人们不忘援疆初心、牢记援疆使命，太有意义了！我边想边拿出手机拍了下来。

梁局长汇报完工作，我们一起乘车回到麦盖提。在车上，热情的梁局长向我介绍了不少当地风土人情和援疆经历，让我对援疆之地和援疆工作有了初步了解。也许都是援疆人的缘故吧，虽是第一次见面，我对这位老援疆凭空产生了信任感和亲切感。看着他的侧影，我突然觉得，他的神态有点像那雕像中的援疆干部。

抵达麦盖提后，我和援友们接续参加日照市对口支援麦盖提县工作指挥部召开的援疆干部人才动员培训会、领队召开的援疆教师支教工作专题研究会、入校了解校情和学情，开始进备课组和同事们一起备课上课……在离家万里之遥的这个边陲大漠的小城，我的援疆生活开始了。

援疆者面对的，有诗和远方，更有困难和考验。干燥的沙漠气候，不可口的饮食，繁重的工作，对家人的思念……最初，几乎面临的一切，都是对援疆人的严峻考验。

又一个难以入睡的深夜，我思绪如潮：入疆前后的思考，泪别老母的凄然，告别妻女的不舍，家乡领导和亲友的殷殷叮嘱，陌生的异域风情，支教学校领导和同事的深切期盼，维吾尔族学生的可爱笑脸……一幕幕走马灯般在脑海里浮现。

翻江倒海中，心境暮然空明。我打开手机，更换了微信头像和相册封面。

之前我的微信头像，颇有一丝古意：万仞高山下，一位古装老者坐于苍松下，神色恬淡，头微抬望向群山，山峰之上云卷云舒，两峰中一条瀑布垂下流向远方。微信封面选自我在崂山一地拍的照片，由峭壁、乱石、海浪等景象组成，极富苏轼《赤壁怀古》“乱石穿空，惊涛拍岸，卷起千堆雪”词意。

我新换的头像，就是在山东省对口支援新疆工作指挥部大院里拍的那组雕像。封面则是在 N39° 沙漠基地拍的一幅大漠风景图：浩瀚苍穹下，沙丘连绵，黄沙漫漫，如巨幅黄色绸缎覆盖大地，一直延伸到天际；一棵胡杨矗立于大漠之中，树身壮硕挺拔，树叶灿烂如金。原来的个性签名“三千年读史，不外功名利禄；九万里悟道，总归诗酒田园”，我也改为“新栽杨柳三千里，引得春风渡玉关”。

“像”由心生。不同时空的微信头像，反映出不同的心态。中年之后的我，争竞登攀之意渐微，随意恬淡之心潜滋。玩微信初换过多个网名，最后固定使用的是“坐看云起”。我喜欢王摩诘《终南别业》诗中“行到水穷处，坐看云起时”蕴含的意境。然而，虽已过知天命之年，内心深处还是存有些微对波澜人生的向往。这应该是我当初毅然决然赴西域的心理基础吧。

“来疆为什么？在疆干什么？离疆留什么？”这是每个援疆人都要面对的灵魂三问。品味出那组雕像中饱含的深意，读得出大漠胡杨的精神象征，追寻梁局长这些老援疆的脚步，这三问的答案，就不难找到。这也是我当时更换微信头像的心境。

变一种心态，换一个头像。入疆近两年，我勇于面对磨难和考验，一直到即将结束援疆生活的现在。因为援疆，我的视野开阔了不少，阅历也更丰富了，自觉心态和格局也有改变。梁局长等援疆干部和身边援友一心扑在援疆事业上的忘我干劲感召着我，当地各族干部群众战天斗地脱贫奔小康的昂扬精神激励着我，鲁疆携手雕像做的微信头像更是随时提醒我牢记担负的使命。“不忘初心，牢记使命”，耳熟能详的这句话，在祖国的边陲大漠，我有了更深刻的认识。

窥一斑而知全豹。微信头像呈现的信息比较单一，但能揭示内心世界，是心态的真实匹配。当有的朋友同我探讨援疆缘由等灵魂深处的话题时，我都会笑答：

还记得我之前的微信头像吗？和现在的做一比较，你就晓得了。

注：本文发表于《新疆文学》。

地震来袭

一大早就被手机来电叫醒了,睡眼朦胧中看到是老婆大人的,赶紧接。她的声音很急促:“你那里地震了,没事吧?”

地震?我一下子彻底醒了,赶紧一骨碌爬起来。仔细听了听,没有任何动静:“哪有地震啊。我很好的。”“你真行,喀什地震了。”妻子的语气明显轻松了,话语中却满是责备:“一定又熬夜了吧,说你多少回了也不听。真有你的,地震都震不醒你。以后睡觉警觉些,千万注意安全啊!”

看来是真的了。我看看手机,快七点了。再拉开窗帘,窗外依然一片漆黑。在潍坊,现在早已是天光大亮了。打开微信,发现“麦盖提教育援疆生活群”中都在谈论地震的事。5∶55 贾增贵老师发微信:“床在动。”不少老师也跟着发言,赵江老师说:“一个小时前,感觉床在动,大约两次。我以为自己呼吸太重,还起来摸摸墙,感觉不像地震,很轻很轻。我又看了看有没有避震的地方,想到了墙角落的桌子旁,就又放心地睡了。”日照市对口支援麦盖提县工作指挥部孙葆春副局长在其中安慰大家:“问题不大,习惯就好。”还把中国地震台网的几则地震消息发在群中。我逐一打开这些消息,得知“9 月 4 日 5 时 51 分喀什地区伽师县附近发生 4.6 级左右地震”,接着就是 4.7 级、5.5 级(我写到这里,是当日 19∶13,查看中国地震台网发现,当日伽师县共发生 13 次地震,最大震级 5.5 级,最小震级 3.0 级)。蔡玉斌主任、梁启冰领队也在劝慰大家:“不要惊慌,小震而已。”“小震经常,习惯就好。”孙局长提醒大家:“给家人报个平安,别让家人担心。”

吃早饭时,大家交流的都是地震的事,有的明显余悸未消。有几个援友因当时楼外呆时间久了,还有点感冒。震中距离麦盖提仅仅百公里,大家不能不担心。但中午吃饭时，就没有谈论的了。似乎大家都忘记了地震这回事。这里有这么多新鲜事，对地震的担忧早就随着微风飘走了。

我却想起了有关地震的一些事情。对地震的最早记忆，是小时候唐山大地震后，晚上家家都在院子里睡觉，不敢回屋睡。那时我八岁，依稀记得在星光下躺在父亲用麦秸编制的凉席上和姐弟玩闹的情形。那年我上一年级了，学校在邻村周家店，班主任郭老师用当时很少见的收音机增强学校的吸引力，至今犹记得听到的解放军战士在地震的废墟上开展“批邓反击右倾翻案风”活动的新闻。前些年看电影《唐山大地震》时，我就觉得真实性差些，因为电影没有把当时的政治气候展示出来。汶川大地震时，救援、捐助、祈福的情景宛在眼前。那年我的人生也刚经历了一场地震。现在，新唐山、新汶川早已涅槃重生，坚强如初的灾区人民正在创造着人间奇迹。我也早走出了人生低谷，快乐充实地享受着生活。想不到在离家乡万里之遥的援疆地，遇到了地震。但现在的我等闲视之，没有丝毫忐忑。

关心我的人却不是这样。妻子、女儿都打了电话，语气中包含着满满的牵挂。其他亲朋好友也以各种形式表达了关心。同学陈爱玲第一个通过微信表达了对我的关切。看着这些饱含情义的微信，听着这些满怀关爱的话语，我除了感动还是感动。亲人朋友的关怀，值得我铭记在心。

这是初入疆时经历的第一次地震，此后记不清经历了多少次，大家也渐渐熟悉了“小震不断”的情形。从第二次地震起，大家就不再有大的反应，除了微信群里几个援友简单交流外，再没有人惊慌失措跑到楼外，深夜的援疆楼里，一派岁月静好的氛围。“小震不用跑，大震跑不了”，成为大家的共识。

地震来袭，震起心海连绵波涛。夜色微澜中，站在麦盖提实验中学的操场上，我面向家乡所在的东方，深深地凝望。亲人啊，朋友们，唯愿我们每个人都平安！

明月万里寄相思

一轮皎洁的圆月高高挂在深蓝的天空，月光如流水般倾泻在麦盖提实验中学的操场上。在这个中秋之夜,我漫步在有些空荡的操场上,任思绪翻飞。

今天是进疆后的首个中秋节，日照市对口支援麦盖提县工作指挥部领导把所有援疆教师请到指挥部的食堂里,吃了一顿团圆饭,热烈的气氛把大家的思乡情绪冲淡了不少。返回宿舍楼已是十一点多,我却没有一丝睡意。

那就去赏月吧。操场上有几个援友各自沿着跑道慢慢走着，我也加入其中。一边走着,一边望着天上的圆月,不由得想起和家人一起过中秋的情形。

记忆中儿时的中秋,圆月升起时,月光透过东墙边那棵大梧桐树叶,投下斑驳的银光,把天井映得亮堂堂的。一家人团团围坐在饭桌前,母亲拿出一个大月饼,父亲用菜刀切成五块,我们姐弟仨眼巴巴地瞅着,直咽口水。捧着分到手的一小块五仁月饼,仔细瞧着里边的红丝儿、绿丝儿以及白白的的冰糖,一点一点地舔着吃,那甜甜的香香的味儿直钻进鼻孔。吃完了,咂摸着嘴回味着月饼的味道，一家人说着笑着,不知不觉间我就在洒满月光的草席上睡着了。那些在父母身边度过的清苦而快乐的中秋时光，多让人怀念

啊!

忽然记起刚看过的电视剧《人间正道是沧桑》中立仁的父亲说过的一句话:一个家就像一头蒜,父亲是蒜柱,孩子们是围着蒜柱的蒜瓣,母亲就是包裹蒜瓣的那层蒜衣。孤零零地躺在山脚下蒜柱似的父亲,在那个世界里,您已经和爷爷奶奶团聚了吧。作为蒜衣的母亲,经受这番打击,衰萎日显,还要为远游的长子担忧。母亲,儿不孝啊!蒜瓣似的姐弟仨呢,在这月圆之夜,可曾想起聚在父母身边的小时候?

偌大的操场上,月光下的我慢慢走着,心又飞到了自己的小家。记得刚成家的那几年,每年的中秋,喝完酒、吃完月饼,一家人都要到距家门口几步之遥的操场上走走。女儿的小手被我和妻子牵着,仰着小脸望着圆月,用稚嫩的童声背着古诗“小时不识月,呼作白玉盘。……”那情景,似乎就在昨天。可那个不识月的女孩,现已大学毕业,正兴奋地做着公务员上岗的准备,是否想到了远在万里之外的爸爸,因不能为她送行而郁郁寡欢?举家团圆的今晚,妻子和女儿的中秋过得可好?但愿那温暖的小家,不会因我出门在外而降了温度。

就着月光,打开手机,看到妻子在“大周小院”里发了一条微信:今晚共同赏月吧,我和女儿在咱家,你在南疆。我们一起仰望夜空,赏同一轮明月。但愿人长久,万里共婵娟!

顿时心头一热。明月的清辉,照着离家的我,也照着家中的亲人啊。万里共婵娟,何需明月寄相思!

“明月出天山，苍茫云海间。长风几万里，吹度玉门关。”脑海中突然涌出李白《关山月》的诗句。望月怀远，古今情同。我的家人，也在“高楼当此夜，叹息未应闲”啊！

又想起聚餐时丁指挥的祝酒词“援友们舍小家顾大家，为了祖国大家庭，为了 56 个民族的大团结，来到遥远的新疆，这是真正的大爱！”是啊，援友们都有共同的家国情怀。我呢，作为七年级 11 班的语文教师，把维吾尔族学生当做自己孩子，从培养良好学习习惯入手，注重课堂效果，多方面提高学生们的国家通用语言文字水平；作为兼职教研员，主动听课、评课，和语文教师开展结对帮扶活动，同学习共进步。工作中，得到了麦盖提二中领导无微不至的照顾，维吾尔族同事不时为我的水杯续水，孩子们特意带给我的灰枣，都让远离家乡的我感受到了亲人般的温暖。在这里，没有离家万里的孤寂，有的是不一样的充实和温情。我们都是中华大家庭的孩子，我们共享这一轮明月。新时代的援疆人，虽和千年前的戍客一样“望边色”，却没有“思归多苦颜”，有的是激昂的报国热情。

和一群志同道合的人，一起奔跑在理想的路上，回头有一路的故事，低头有坚定的脚步，抬头有清晰的远方，这不就是我想要的生活方式吗？

让明月作证，我将在刀郎之乡用辛勤汗水书写壮丽诗篇，收获宝贵经历。亲人啊，请放心吧！

举头望明月，明月何皎皎。操场上看不到他人了，夜深了。我也回吧，在麦盖提的明月相送下，回到我的 412 宿舍。有麦盖提月亮的陪伴，希望今晚能做个好梦，做个和亲人们一起欢度中秋的好梦。

做客维吾尔族亲戚家

处在以维吾尔族为主要居民的麦盖提县，自然想尽量多地实地了解维吾尔族民族特色。2018年国庆节那天，很高兴被学校领导邀请到乡村做客，让我对当地民族风情、精准扶贫政策多了一些感性认识。

在村委会大院里

据学校领导介绍，学校负责库尔玛乡铁热木买里斯村（即“九乡三村”）的扶贫工作，两单位在今天联合举行庆祝祖国69华诞联谊活动，特意邀请我们参加。我们八人兴高采烈地准备了大米、面粉、食用油等物品。到亲戚家做客，哪能空手去呢？

从县城到村子50多公里，车子跑了两个多小时才到村委会。该村常驻扶贫工作队长是二中校长亚库甫江·吐尔逊，老师们称之为“亚校长”，他早就在村委会大院门外等着我们了。

亚校长大约30岁，身材有点瘦弱，不像常见的维吾尔族男子那样壮硕。在村委会宽敞大院里一排宣传牌前，亚校长热情地介绍了一些情况，让我们对该村的村情和当地扶贫政策有了一定了解。

这是一个当地较大的村子，距乡政府约1公里，5个村民小组，总户数711户，总人口2500人，其中汉族居民15户53人；村民中有党员45人，村干部9人，“四老”人员6人，网格长22人，双联长39名。

村委会大院总面积约7亩，耕地数量更显新疆“地大物博”特色。全村耕地16098.5亩，其中棉花9162.5亩，灰枣280亩，麦子1994亩，玉米745亩，茴香136亩。

该村是深度贫困村，脱贫攻坚任务艰巨。全村711户2500人中，通过2017

年两次复核本村建档立卡贫困户 304 户 1050 人，其中，稳定脱贫（不再享受政策）139 户 572 人，继续享受政策的贫困户 165 户 478 人，分别占全村总户数的 42.8%，总人口的 42%。通过实施“六个精准”（脱贫成效要精准、扶贫资金使用要精准、措施到位要精准、对象要精准、项目安排要精准、因村派人要精准）、“五个一批”（发展生产脱贫一批、灾后重建帮扶一批、低保兜底脱贫一批、易地搬迁安置脱贫一批、医疗救助脱贫一批）、“三个加大力度”（加大教育扶贫力度、加大健康扶贫力度、加大基础设施建设力度），2015 年至 2016 年脱贫 45 户 155 人，2018 年计划脱贫 80 户 261 人，2019 年计划脱贫 40 户 62 人。

根据贫困户家庭实际情况，村委会扶贫工作组逐户逐人分析致贫原因，因户、因人施策，做到脱贫措施精准。现有贫困户 165 户 478 人中，因病致贫 16 户 46 人，因残致贫 18 户 47 人，因学致贫 1 户 1 人，缺生产技术 61 户 208 人，缺耕地等生产资料致贫 56 户 150 人，缺资金致贫 3 户 7 人，因灾致贫 1 户 6 人，丧失或无劳动力致贫 9 户 13 人。

扶贫资金项目安排井井有条。该村 2018 年共安排各类扶贫项目资金 105.7 万元（其中:拱棚项目 93 户，金额 27.9 万元，贫困户生产巩固提升 122 户 61 万元，扶贫羊户 210 只 16.8 万元）。通过土地清理再分配，就业扶贫、产业扶贫等“九大工程”和加大培训力度、作风建设、强化监督指导等多项保障措施，确保项目有序推进、资金监管到位、各项扶贫举措落地生根。

全村脱贫贫困户现已实现吃不愁、穿不愁“两不愁”，达到“三保障”。关于教育保障，该村幼儿入园率达 100%，4～6 岁儿童全部入园，其中建档立卡贫困户家庭 4～6 岁儿童 93 名入园；义务教育入学率达 100%，符合义务教育年龄段的学生全部上学，其中建档立卡贫困户家庭 222 人上学，未出现辍学的学生。基本医疗方面，农村合作医疗保险参保率达 100%，建档立卡贫困户全部参加农村合作医疗保险，2018 年医保费用已全部缴纳完毕。住房安全保障方面，村里建档立卡贫困户中，已建安居富民房 294 套，今年计划建设 6 套。

作为深度贫困村应该具备的“五通七有”也落实到位。通水、通硬化路、通动力电、通广播电视、通通讯网络等“五通”已全部实现；“七有”方面，卫生室、文化室、村阵地、村民服务中心、幼儿园、惠民超市已全部建设完毕,有稳定的村集体收入。其中:卫生室位于村委会院内,面积 40 平方米,配备医务人员 1 名,医疗设施按照乡村卫生室标准配备;文化室位于村委会院内,面积 40 平方米,可同时容纳 20 人在室内参与活动,每周开放时间不少于 40 小时;村阵地总建筑面积 1500 平方米,达到村两委服务村民和村民议事的要求;村民服务中心建成于 2015 年,建筑面积为 600 平方米,达到"一户一平方"的要求;因该村紧邻乡政府幼儿园,幼儿可以就近上学;惠民超市拟于年底建设,建筑面积 50 平方;去年村集体经济收入 23 万元。

以上这些内容和数字,我一边听亚校长介绍,一边拍下相关宣传牌。他还指着宣传牌,介绍了扶贫工作组织领导等方面的情况。我也边听边把相关牌子用手机拍了下来。

听了介绍,我的感受可以用"组织完备,职责分明"概括。村第一书记任组长,"访惠聚"工作队队长任副队长,成员涵盖村各支力量的扶贫工作领导小组,统筹各项扶贫工作、推进项目实施、确保各项政策措施落地、研究脱贫攻坚各类重大事项(亚校长排在领导小组的第二位,职务是党工委书记、"访惠聚"工作队队长、扶贫工作领导小组副组长);在自治区党委的统一部署下,该村在原基础上充实脱贫攻坚第一书记 1 名、高校扶贫工作队队员 1 名,形成以第一书记牵头,工作队、村两委班子共同参与的扶贫工作力量,成立了村扶贫工作站,职责规范,分工明确,机制完善,脱贫攻坚各项工作有序推进(排在第一位的,和扶贫工作领导小组第一位的,都是第一书记宋四江,是脱贫项目总负责、脱贫攻坚第一责任人,当时他有其他公务不在村里);在四个村民小组分别成立了扶贫工作队,由 1 名扶贫工作站成员、1 名村干部、1 名小组长组成,具体负责各村民小组的贫困户基本信息采集、致贫原因分析、政策宣传、项目督促落实等工作。

精准扶贫是南疆的重要工作,作为村扶贫工作队队长,亚校长责任重大。已经驻村 2 年多的他,工作熟稔,一连串数字脱口而出。从他的介绍中了解到,政府非常重视精准扶贫工作,惠农政策力度不断加大,从医疗、教育、住房到农牧业生产资料和文化消费等许多方面都有政府补贴，乡村基础设施建设较前几年变化很大，硬件设施与县城相比已没有太明显差距，农民收入逐年增加，脱贫致富的劲头越来越大。怎样把惠民政策与提高农民现代意识、现代技能以及竞争精神结合起来，怎样进一步搞好农村治理，是需要进一步解决的难题。

亚校长已经几个月不回家，工作到深夜是常态，国庆期间更是繁忙。他的喉咙有些沙哑，脸上挂着劳累之色。听完介绍，我们提出去看望几户贫困户，他不顾我们再三劝阻，一定亲自作陪。

在维吾尔族亲戚家里

通过二中的同事了解到，当地的公职人员，除了要做好本职工作外，还要参加“访惠聚”活动（全称为“访民情，惠民生，聚民心”活动，是新疆维吾尔自治区针对当前区情和形势提出的密切联系群众、融入群众、服务群众、践行党的群众路线的具体体现），和当地群众开展“民族团结一家亲”联谊活动，以“四同四送”（“四同”指同吃、同住、同劳动、同学习，“四送”指送政策、送法律、送温暖、送文明）形式参与精准扶贫工作。在亚校长陪同下，我们以二中教师的身份到村中几家贫困户里走访。

这村子比山东的村庄要大很多很多，道路全部硬化，两边有路灯，村民房屋建在道路两旁。这些房屋屋顶都是平的，多数人家在上边建有鸽子笼，一群群的鸽子咕咕叫着，这家的成群飞上蓝天，那家的又结对落到平顶。外墙是如大漠般色彩的黄色，画着鲜艳的民族风情画，铁制的大门镂刻有色彩艳丽的花纹，门楼上有太阳能灯，引人注目的是每家门楼上都有一面国旗在迎风飘动。大门一侧，有三个表牌，一张是包户干部基本信息（有包户干部的相片、姓名、单位、职务、联系方式等信息。我看到其中一户的包户干部是二中教师）、国家基本公共卫生签约服务公示牌（有预防接种、儿童健康管理、老年人健康管理等多个项目），一张是两个全覆盖（四同四送）联系卡（有住户干部的照片、姓名、单位、联系电话等信息，以及走农户姓名、地址等信息。农户地址以 X 村 X 组 XXX 号表达。我看到其中一户住户干部是二中教师），一张是精准扶贫明白卡（有帮扶干部和户主基本信息，以及该户生产资料、脱贫措施、各项收入和各项补贴等，很具体）。每家院子里都有葡萄架，郁郁葱葱的葡萄藤爬满木架，洒下浓浓的绿荫。有的院子还有灰枣、石榴等果树。院子一侧有一排房子，看样子有四五间。据亚校长介绍，为了让各族群众住得上房、住上好房，新疆从2010年6月开始实施“富民安居”工程，按照“面积、功能、质量、产业二十年不落后”的要求，高起点、高标准推进工程建设，一般户户均补助2.85万元，低保户、农村分散供养特困人员、贫困残疾人家庭、建档立卡贫困户等四类人员户均补助4.32万。

我们走进第一户，家里有位老妇人躺在病床上，旁边坐着一位老者。一个年轻人和我们打着招呼，端来盛着核桃、葡萄干、灰枣的几个盘子放到我们面前。亚校长介绍，这家的两位老人体弱多病，大妈常年卧病在床，儿女不在身边，由经营拖拉机维修部的侄子照顾着。

援友魏金星举起相机拍下年轻人俯身和老人说话的镜头。亚校长指着米面油介绍说是援疆老师带来的礼物，表示一点心意。我把口袋里不多的钱都掏出来，悄悄放在盛着葡萄干的盘子盘底。这样的青年人，值得我们以实际行动为他点赞。

走进第二家院子时，一个四五岁模样的小男孩正追赶着一只刀郎羊，一位老人坐在葡萄架下，一个四十多岁的妇女闻声从屋里出来迎接我们。亚校长说，这妇女丈夫年前遇车祸重伤至今无法下床，家里缺少种地劳动力，土地转包出去，收入很少。

女主人能说不是很流畅的普通话，但我们都能听得懂。听到亚校长介绍援疆教师来看望她时，女主人眼含泪水不停表达着谢意，还说到她的女儿正在县城上高中，女儿很喜欢援疆老师的课。那个小男孩偎依着妈妈，忽闪着大眼睛，一头卷发，一逗就笑个不停。看着这个可爱的孩子，我有点遗憾疏忽了没给孩子带点礼物。希望以后有机会弥补这个遗憾。

接下来走访的两户家庭也有不同的困难，但我们受到的热情欢迎是相同的，我从中感受到他们对党和政府精准扶贫政策的浓厚感激之情。走访完毕后，亚校长带我们去看灰枣。灰枣是当地主要经济作物，都是成片种植。当下的

灰枣正处在成熟期，晶莹红亮的大枣小灯笼般挂满枝头，掩映于绿绿的枣叶间。摘一颗轻轻一咬，甜脆爽口满嘴香。亚校长介绍，灰枣收获期还需一个多月，那时枝头上的枣子已晒干，轻轻摇晃枣树，枣子就会铺满一地；这里的土地是灰色的，没有土坷垃、石块，面粉般细腻；用耙子收起来的大枣都带着一层细细的灰土，所以叫灰枣。

“麦盖提灰枣营养价值很高，销路很好。我们还大力推广棉花种植、刀郎羊养殖业，群众逐渐富裕起来。国家扶贫政策好，拨发充足扶贫资金助力脱贫攻坚，我们村有信心在2020年摘掉贫困村的帽子。”亚校长神情振奋，“到时我又可以回到校园，又会和家人经常在一起了。”

在村民服务中心

等我们再回到村委会大院时，大院里已经满是村民，孩子们快活地跑闹着，东北墙角处几口大锅冒着热气，空中飘着米饭和羊肉的味道。

东边那排房子里传出的响亮音乐声，把大家吸引了进去。这就是被称之为“村民服务中心”的地方，一排从南到北很长很长的大厅，地上铺着地毯，南墙上挂着印有“第二中学和铁热木买里斯村2018年‘庆国庆·同欢心’民族团结一家亲联谊活动”红底黄字横幅。

在地毯上盘腿坐好，我们和身边村民随意交谈着。他们能听得懂我们的普通话，年轻点的会说普通话。我了解到，村民对现在生活是满意的，都说比之前好了很多，很感激政府和干部的帮助。一位乡干部模样的中年男子讲话后，一盘盘的干果、切好的西瓜摆到面前。我吃了一块西瓜，只觉汁液满嘴，甜到心里。

一个小男孩蹭到我旁边坐下，我看着有些面熟，经援友提醒，才发现是刚才去过的那家孩子。我给他一块西瓜，他摇头不要。一会儿上来了抓饭，是大米饭里加上胡萝卜、皮牙子、羊肉炒制而成，别有一番风味。我把自己饭盒里的一块大羊肉递给小男孩，他张开小嘴笑了，抓起来就香甜地吃起来。

欢快的音乐声再次响起，刚才还正襟危坐的村民们脸上溢出笑容，纷纷离座到南边空地处，慢旋轻拂跳起“刀郎麦西热甫”。这是当地特有的一种舞蹈，不分男女老少，不论汉族、维吾尔族，都在一起欢跳。只见舞者先由相对起舞，很快变化成圆形群舞，浑身舒展，舞姿轻盈，忽而微颤，忽而旋转，手摇足踏，头摆脖扭，“环行急蹴皆应节，反手叉腰如却月”。乐曲悠扬舒缓，歌手引吭高歌，舞蹈风情万种，整个村民服务中心充满欢声笑语和盎然情趣，看得我们目眩神迷。

几个漂亮的“古丽”和“巴郎子”载歌载舞到我们面前邀请一起跳舞。喜欢跳舞的耿老师笑着接受了邀请，我们几个则忙着拍照、录视频。在一圈套一圈的舞蹈队伍中，我看到去看望的第一家的老人、第二家的女主人也在舞蹈队伍中，都一扫之前的悲戚之色，脸上洋溢着喜悦。那个小男孩也在其中，和一些大大小小的孩子们模仿着大人的舞姿，亦歌亦舞地跳得正欢，不时从人群间隙溜进场地中央，舞姿毫不逊色于大人，反而因童稚更显生动可爱。

麦盖提的维吾尔族人，有一个特有称呼：刀郎人。入疆后听说，刀郎人会说话就会唱歌,会走路就会跳舞,从两三岁的孩子到七八十岁的老汉,举手就能跳,张嘴就能唱。今日一见,此言非虚。作为传统民族艺术,刀郎麦西热甫已成为刀郎人不可或缺的精神营养。他们以此表达团聚的喜悦,以此承受生活中的悲欢离合,以此赋予祝福和希望。这种艺术形式,已经浸润进刀郎人血液里,渗透到生活各个方面。在离家万里之外的地方,置身于浓郁民族风情中,和维吾尔族亲戚一起庆祝祖国生日,我很为又有了新体验而高兴。

告别时,亚校长和亲戚们一直送我们到村口,不停地挥手。我看到,在人群最前面,那个小男孩也在朝着我们用力地挥动着小手。

这次下乡,是我第一次深入南疆农村。在维吾尔族亲戚家做客时间不长,收获却不小。此次三村之行,我目睹了当地农村社会现状以及农民生活情况,对国家脱贫攻坚政策在南疆的实施有了初步了解,也亲身感受到民族团结一家亲的情谊,增强了自身援疆责任感。今后我们援疆教师利用各种机会,更多地深入当地社会,加强同当地群众接触交流,以开阔视野,增加感性认识,我认为很有必要。

注:本文发表于《新疆文学》。

在维吾尔族亲戚的棉花地里

当我和援友们到达目的地时，映入眼帘的是一片棉花地。放眼望去，连片的棉花棵棵浓密的深紫色叶子间，点缀着间或可见的雪白棉花，在风中微微抖动着，像是在点头欢迎来收获的我们。

这天是10月3日，沉浸在国庆70周年喜悦中的援友们，在日照市对口支援麦盖提县工作指挥部领导的带领下，来到尕孜库勒乡拉依勒克帕合特勒克村一家维吾尔族亲戚的棉花地里，帮助亲戚拾棉花。

入疆后了解到，当地的公职人员，除完成本单位工作外，还要和群众结对认亲，以“四同四送”（“四同”指同吃、同住、同劳动、同学习，“四送”指送政策、送法律、送温暖、送文明）形式参与精准扶贫工作。去年国庆期间，我和二中的援友们就带着米面油，到二中的帮扶村库尔玛乡铁热木买里斯村参加过走亲戚活动，亲身体验了“民族团结一家亲”的珍贵情谊。

参加今天活动的援友们也和我们当初一样高兴，每人拿一个尼龙袋，一字排开，从地头向棉田延伸。这里的棉棵比山东的要矮些，间距和行距好像也密些，但棉铃明显多。虽有浓密叶子的遮蔽，依然看得见累累的棉铃挂满了棉棵。鸡蛋般大的棉铃，多数还没裂壳，安静地等待着绽放的那一刻。那些咧开嘴的棉铃，则骄傲地吐出一团团柔软洁白的棉花，期待着人们摘拾。

由于当地沙尘天气所致，棉叶上蒙着一层灰扑扑的细尘，我们的衣服上不一会儿就沾满了灰色的尘土；裂开的棉铃分成几瓣，顶端尖尖如针似刺，被绽开的棉花掩盖着，拾棉花时不小心手指就可能被刺到。但这丝毫没有影响到援友们的劳动热情，大家一边说笑着，一边把棉花拾进袋里。有几个摄影爱好者在棉棵间穿行，拍下援友们劳动的镜头。

我也学着援友的样子，双手捧起收获成果，留下劳动的印记。棉花捧在手里，软软的，让人爱不释手。如双手用力相合，能感受到棉籽的坚硬。棉铃未绽开时硬硬的，吐露的棉花软软的，而包裹其中的籽粒又硬硬的，是不是很奇妙？

其实对棉花，作为农民的儿子，我是不陌生的。记得小时候，挎着篮子去地里拔喂兔子的野草，是不能拔棉花地附近的，因为棉花需要经常打药灭虫，兔子吃了沾上药的草是会死掉的；也多次跟着大人们到棉花地里捉棉虫、拾棉花，不过玩时多、干时少；拾来的棉花在生产队的场院里堆成了大堆小堆，像一座座高高矮矮的雪山，我和小伙伴们曾想偷偷地爬上去，但往往刚靠近“山脚”就被大人们赶跑了。稍微大些大包干后，村里就不再种棉花了。不见生长着的棉花，算来也有小四十年了。在离家万里的新疆，竟能再次与它亲密接触，一股暖意涌上心头。

我旁边是指挥部的江主任，这地就是他结对的维吾尔族亲戚的。我们一边拾着棉花，一边聊着。据江主任介绍，新疆的棉花是长绒棉，纤维长、强度高，品质要比山东的细绒棉优良；产量也高，现在我们拾的是头遍棉，以后还有二遍棉、三遍棉。他还说，棉花是当地群众重要的经济来源和主要油料作物，拾棉花劳动量大，所以请我们来帮忙。

“过段时间二遍棉时才壮观呢。那时棉叶脱落了，棉铃大多绽开，地里像下了层厚厚的白雪。到时你可一定要来啊。”江主任笑着发出了邀请。

他的亲戚也在近旁忙碌着，是一对四十岁左右的维吾尔族夫妻。他们的脸上始终挂着感激的笑容，用不是很流畅的普通话和我们交谈着。他们说，感谢江主任这位好亲戚帮他家脱贫致富，现在的日子越来越好了。还说，核桃、灰枣和石榴快成熟了，到时一定送些给我们尝尝。

这两位维吾尔族亲戚，男主人身材壮硕、深目高鼻，女主人眼大睫长、黄褐发色，他们朴实、诚恳的性格和我们山东人相同，两个不同民族亲戚间的交流毫无隔膜，就像一家人聊天一样。我心海微澜起伏：不到新疆，怎能有这种切身感受？

就这样边拾边聊边想，渐渐到了棉田深处，绽开的棉花似乎多了些，大家的欢笑声也大了些。干得正欢时，我被叫到地头，领导安排了一项新任务：准备接受新疆电视台新闻联播节目的采访。推辞不掉，只得在地头低头踱步，想着该说些什么。

该说些什么呢？我想起了刚学习过的习总书记国庆70周年的讲话，想到了援疆支教教师担负的使命，想到了维吾尔族亲戚的那些淳朴话语……想着想着，豁然开朗：何不根据所见所感，围绕民族团结主题来组织？

正在构思着，新疆电视台的记者到了，很快就在地头支好了采访设备。第一次接受如此高规格的采访，还真有点紧张。我稳了稳神，面对镜头，还算流利地回答了记者的提问：

“在庆祝祖国70华诞的日子里，我们聆听了习近平总书记讲话，观看了国庆大阅兵，深受鼓舞，倍感自豪。来到新疆，我亲身感受到新疆各族人民团结一家亲、脱贫致富奔小康的家国情怀。习总书记指出，70年来，全国各族人民同心同德、艰苦奋斗，取得了令世界刮目相看的伟大成就。我越来越深刻地体会到，最伟大

的力量是同心合力。新征程上,越是接近目标,越是形势复杂,越是任务艰巨,就越要高举团结的旗帜,把各方面智慧和力量凝聚起来,形成心往一处想、劲往一处使的强大合力。作为援疆教师,我们要不忘援疆初心,牢记支教使命,像爱护眼睛一样爱护民族团结,像珍视生命一样珍视民族团结,和各族同胞像石榴籽一样紧紧抱在一起,让民族团结之花开遍天山南北。"

记者说了一声"好!",掌声响起,围观者鼓起了掌。那对维吾尔族夫妻也在其中,鼓得格外起劲。抬望眼,蔚蓝苍穹下,棉花云朵般耀目,灰枣压弯枝头,石榴笑裂了嘴……金秋十月的麦盖提大地,到处是一派硕果飘香的丰收景象。

人多力量大,半天工夫,亲戚的棉花拾完了,援友们把一袋袋盛满棉花的尼龙袋装上三轮车。维吾尔族亲戚和我们一个个握手,一遍遍说着感谢的话。江主任紧紧握着亲戚的手说:"等拾二遍棉时,我们再来!"

告别亲戚来到大路上,我停下脚步,回望着劳作过的土地,回望着这片希望的田野。那里,维吾尔族亲戚依然在向我们挥手……

注:本文发表于《新疆文学》。

父亲的劝诫

小张老师今天又来到我的办公室，拿出一张获奖证书给我看，证书上“一等奖”三个大字格外醒目。她有点羞涩地说是特意来向老师汇报的，低垂的眼帘遮不住满脸的喜色。

一个毕业不到两年的青年教师，第一次参加县里组织的课堂教学比赛，就有大收获，哪能不高兴呢？看到自己指导的青年教师在专业发展之路上有了大进步，我也真心为之高兴。

来到麦盖提县第二中学支教，除了任课教师这一身份外，我还是语文“兼职教研员”，教学的同时还要承担教师培训任务。这所2018年3月建校的学校，教师多数是从甘肃、四川等周围省招聘的大学生，受过系统师范教育的很少，教育教学水平和能力亟须提升。40多个语文教师，超过三十岁的仅有3人，都充满活力，谦虚好问，我上课时教室后更是坐满了听课的同事。听课评课，组织语文组教研活动，指导备课，作学术报告……在这些和女儿年龄相仿的年轻人面前，我利用各种机会，毫无保留地把三十多年的教育教学经验和心得倾囊相授。从备课到上课，从知识传授到学法指导，从课本研读到名著阅读，年轻人各方面都在不断进步，而小张是其中进步较大的一个。

在援疆教师的推动下，麦盖提县将举办首届青年教师课堂大赛，学校推荐包括小张在内的教师参赛，我责无旁贷地担任参赛教师的指导教师。小张选的课文是诸葛亮的《诫子书》，我听完她的试讲后，觉得课上的不出彩。评课时，我把优点诸如教师基本功较好、教学目标清晰、教学重点突出等方面说得很充分，接着提出两点建议：充分考虑当地学生语文尤其是文言文基础差的现状，发挥好教师引导、示范作用，重点词语解释、重点语句翻译要师生互动解决；结合文章写作背景和内容，巧妙设计教学环节，引导学生围绕“父亲的劝诫”这一核心理解文章内涵，以达“古文今用”育人目的。

这两点中的后者是我最新的感悟。《诫子书》是诸葛亮写于蜀汉建兴十二年（234 年）的一封家书。这一年二月，诸葛亮第五次率师北伐，八月病逝于征程中的五丈原。北伐前他放心不下朝廷，给天子刘禅写下呕心沥血的《出师表》；北伐中他放心不下家庭，给八岁儿子诸葛瞻写去言辞谆谆的《诫子书》。在即将油尽灯枯之时写就的这封家书，包含着一代贤相浓郁的家国情怀和深厚的“父欲令子善”的真情。青年时讲解此文，我也是按照文言文教学的一般步骤走的。上了年纪，尤其是随着女儿长大，我对此文的理解不断加深，来疆后又有了新认识。

来疆后我最放不下的就是女儿，离家数百里，职场新人，人地两生，女儿如何面对？万里之外的我内心的焦灼无以言表，只能效仿先贤，前日苦心孤诣给女儿写去一信。也就是在和女儿的交流中，我对《诫子书》内涵有了进一步的认识。前几日我上这一课，引导学生围绕“父亲的劝诫”理解文章内容，效果很好。这也是我向小张提出深挖文章意蕴建议的原因所在。

小张老家甘肃，一年前应聘到麦盖提。一个刚走出校门的女孩子，离开父母来到人地两生的异地打拼，其中艰难我能体会得到。在她的身上，我看到了女儿的影子。我很愿意帮助这些年轻人，同时也希望刚进职场的女儿，也能遇到无私指导她的前辈。

小张很聪慧，采纳了我的建议，重新写了教案。但因我参与组织这次全县比赛活动，时间紧张，没有再听她的试讲。比赛时我负责甲组的评委工作，无法得知分在乙组参赛的二中教师情况，但我对小张她们充满了信心。果不其然，比赛通报公布，我指导的四名老师全部获奖，小张还荣获一等奖。

正和小张聊着，其他获奖的老师也来了，办公室里顿时热闹起来。趁着高兴劲，我提出下周教研活动建议：获奖教师上汇报课，谈参赛心得。他们都毫无难色地答应了。我很高兴，因为这情形之前简直不可想象，安排一节公开课，往往是你推我、我推你的，半天确定不了人选。看来，这些年轻人现在确实有了底气，确实在不断成长。

笑谈中，小张提出"请周老师撮一顿"的建议得到积极响应。不顾我的一再拒绝，大家一窝蜂地笑闹着出去准备了。看着这些年轻的背影，我不由地想到了女儿。前日发去的信件有点啰嗦，女儿会怎样理解父亲的劝诫呢？

女儿啊，希望你能读懂那封家书，真正理解为父的劝诫，像小张这些同龄人一样，在逐梦前行中不断提升自我！

我和我的维吾尔族学生

“送给你小心心 / 送你花一朵 / 你在我生命中 / 太多的感动 / 你是我的天使 / 一路指引我 / 无论岁月变幻 / 爱你唱成歌 / 听我说谢谢你 / 因为有你 / 温暖了四季……”

一个接一个维吾尔族孩子轮番闪现,一边做着比心手势舞,一边唱着《听我说谢谢你》,最后定格在一张班级师生合影中。

这是我支教的学校同事李老师发来的一个小视频。我一遍遍回放着小视频,看着一张张熟悉的面孔,听着暖心的歌曲,禁不住热泪满面。心情激荡中,我仿佛又置身于那所熟悉的校园,又回到了那群可爱的维吾尔族孩子之间……

山东老师好

我支教的学校是新疆喀什地区麦盖提县第二中学。我们入校后,根据学校安排,进行了为期二周的听课教研等熟悉校情活动。

据介绍,2018 年 3 月,原麦盖提县刀郎中学一分为二,为麦盖提县第一中学、第二中学,第二中学学生都是维吾尔族,来自于麦盖提偏远的几个乡镇。之前只能通过电视见到的维吾尔族孩子,现在就真切地站在面前,这些学生更质朴,对老师也很尊重。不论是在教学楼内,还是在校园里,碰到老师,学生们都会礼让、暂停、鞠躬,道一声:“老师好。”走进课堂听了几节课后,学生对我们格外热情、尊重,经常有学生课后随着我们走出教室边走边问一些问题,校园碰面后有不少学生会恭恭敬敬地说:“山东老师好。”我想,大概是他们的老师在班里介绍了我们的缘故吧。

在深入班级的时候,我了解到维吾尔族人姓名表现方式是和汉族不同的。维吾尔族人名的构成形式是“本名 + 父名”,例如有个学生名叫阿依古丽·库尔班,阿依古丽是她的名字,她的父亲叫库尔班。日常称呼为“阿依古丽”,作业本上等书面表达要写全称“阿依古丽·库尔班”。记住短则五六字、长则八九字的学生名字,对我们援疆教师来说困难不小。

坐在教室里听课的时候,我很注意观察学生们的学习状态。多数学生的听讲是认真的,能够根据老师的要求进行读、写,课堂纪律也很好,个别学生不认真听讲但也不干扰他人。但发言不积极,发言正确率低,讨论问题也仅仅停留在形式上。尤其是书写姿势不端正,多数学生是斜着身子,握笔的右手伸到左边写,显得很费力。

通过教研,我更感到作为一名援疆语文教师责任之重大。麦盖提县的学生2017年10月才开始学习国家通用语言文字教材,班级中很大一部分学生认不

全国家通用语言文字，一些浅显现代文学习也很吃力，古文更是艰难，作文教学尤其困难，讲普通话、写规范字习惯多数尚未养成。国家通用语言文字教育，任重而道远！

学校领导和老师对援疆教师寄予厚望，学生们也很期待我们的授课。不止在一个班级，也不止一个学生，忽闪着大眼睛，问同一个问题："山东老师，你什么时候给我们上课啊？"

老师，我读懂了

"老师，我读不懂。"阿曼古丽·吐尔逊忽闪着大眼睛，一脸的迷茫。

一个不算难的思考题，难倒好几个学生。阿曼古丽这个语文成绩还算优秀的学生，也是如此。

两周的听课教研活动，让我对学生的语文学习状况有了一定了解，但当我登上讲台正式上课时，孩子们的学习表现依然令我心焦。好在对学生语文学习现状有充足心理准备，我也和同事们研究好了解决办法，我的课堂改进逐步展开：

"一去二三里，烟村四五家。亭台六七座，八九十枝花。这首《山村咏怀》古诗，读三遍，说说写的是什么景色。"边学初中课本边学小学教材，提高学生语文学习兴趣，增加字词积累；

"看这个字的笔画书写顺序……""跟我一句一句读……" 加强教师读、写的示范作用，多领读，多板书；

"今天我给同学们朗读的是《小英雄雨来》的片段……"有计划地开展课外阅读，指导阅读方法；

"眼离书本一尺远，胸离桌子一只拳，手离笔尖一寸宽……" 随时纠正学生的坐姿、写姿，对学生耳提面命"三个一要做到"等要求……

就这样，读着一篇篇文章，经过一堂堂语文课，我和我的学生们一点点改变着语文学习状况。我班的班级成绩，第一学期期中考试时居中游；第二学期期中考试时一跃为前三名。令人更高兴的是，孩子们对语文学习的兴趣不断提高，上课精力分散的没有了，下课后围着我提问题的越来越多。虽然不少孩子的读音不是很标准，但都能放声朗读，书写也越来越规范，有几个孩子的作文能写四五百字了。

其中进步最大的是语文课代表阿曼古丽，课堂上举手回答问题最踊跃，去办公室拿作业时也要问几个问题。在维吾尔语中，“古丽”意为像花儿一样的女孩、姑娘，不少女学生的名字中都有这两个字。阿曼古丽既如花儿般美丽大方，又如花儿般阳光向上。有一次她去拿作业时我正在读一期《读者》，她就提出能不能借她看看。我找出其中一篇精短故事说：“你能把这篇文章读懂，这本杂志就奖给你。”

她有点不相信地瞪大了眼睛看着我：“老师说的是真的？”看我点头后，一把拿过杂志就低头读了起来。几分钟后，她抬起头，忽闪着大眼睛，满脸的喜悦：“老师，我读懂了。这个故事说的是……”

入疆带的10多本杂志，我都是以这样的方式送给了学生，出乎意料地带动了班里的课外阅读，促进了语文学习。当越来越多的学生说出“老师，我读懂了”这句话时，我都会想到花儿般美丽的阿曼古丽。真要感谢这个喜欢阅读的孩子起到的带动作用。

见过大世面的艾力

我任教的班中有个“大明星”，名字叫艾力·阿布拉。在维吾尔语中，“艾力”意为阳光活泼的男孩、少年。人如其名的艾力有一头茂密的卷发，大眼睛，高鼻梁，个子比同龄人高半头，担任副班长，是个品学兼优的好学生，同学们称之“见过大世面的艾力”。之所以得到这样一个称号，是因为他参加过“泰山天山根连根，鲁疆少年心连心”活动，走出过大漠，见到了大漠之外的风景。

据了解，“泰山天山根连根，鲁疆少年心连心”是由山东团省委、山东省对口支援新疆工作指挥部和新疆喀什地区团委联合举办的融情交流活动，山东省对口支援的喀什地区疏勒、英吉沙、岳普湖、麦盖提等四县的部分优秀中学生参加结对交流活动，艾力是其中之一，和小伙伴们参加了不少活动。他们走进济南解放阁，接受革命传统和爱国主义教育，缅怀革命先辈的丰功伟绩，还参观了山东省博物馆、趵突泉等人文景观；走进曲阜“三孔”，切身感受中华优秀传统文化；在日照体验海洋科技、品味海洋文化，体会山东海洋经济的独特魅力，还和当地同学开展“五个一”活动：一场破冰游戏、一次结对活动、一次合影留念、一场足球友谊赛、一场文艺演出，加强了解、增进感情。艾力得到了海螺、许愿瓶等礼物，回赠出维吾尔族花帽、瓶装的塔克拉玛干沙漠黄沙等礼物。七天的融情交流活动，艾力和小伙伴们加深了对山东经济社会发展情况的了解，领略了齐鲁大地的历史文化底蕴，在山东结交到了心连心的好朋友。

融情交流活动结束回到学校的艾力，成了明星般的人物，一到课下就有同学围着他。一次语文课后，我把艾力带到办公室，详细了解融情交流活动情况，和他商定在班里组织一次汇报演讲会，让他先写出讲稿给我看看。

艾力的语文成绩优秀，他答应得很痛快，我觉得也没有什么问题。但当我看了一遍讲稿后，才发觉过于乐观了。稿子只有不到两页纸，基本是流水账，没有写出山东文化的风貌特点以及一个大漠孩子的感受，和他神采飞扬地为围在周边同学的讲解对比，简直有云泥之别。我做了充分准备，又对他进行了细致指导。先让他懂得“我手写我口”的道理，指出演讲稿和一般作文的区别，指导如何列提纲、如何将记叙和议论相结合，还把网上搜到的相关景点介绍、风光照打印出来交给他。聪明的艾力领悟得很好，不到三天就交给我五张半纸的演讲稿。这次的稿子言之有物，感情饱满，我做了几处修改，鼓励了他一番，让他做好准备。

汇报演讲安排在周五的作文课上。我先播放了一段山东风光短视频，把学生情绪调动起来后，艾力的演讲开始了。初始他有点紧张，离不开稿子，不时看坐在后边的我，我都是微笑着点点头。慢慢地，他不再低头看稿，脸上表情丰富了，表达流畅了，声情并茂的演讲赢得同学们三次鼓掌，演讲结束后掌声更为热烈。艾力眼含热泪，快步走到我面前，深深地鞠了一躬。

这次演讲会后，班里同学对山东有了更多认识，不少同学表示将来要去山东游玩、考山东的大学。艾力“见过大世面”的名声也在此后传开了，班级工作更积极，学习成绩一跃成为级部前几名，语文学习更是突飞猛进，几乎每篇作文都作为范文在讲评课上朗读。他对我很感激，特意从家里带给我几个大苹果，还经常约一两个同学到办公室向我问这问那，成了援疆教师办公室的常客。

艾力，这个阳光活泼的男孩，我也真的喜欢他，他让我看到了维吾尔族孩子聪明上进、阳光感恩的优秀潜质。

想家的阿不都拉

“老师，我能用一下您的手机吗？”

下课后，我正在收拾讲桌上的教材，一群学生涌到桌前，异口同声地说。最前面的，还是瘦小的阿不都拉·如斯塔姆。

这是经常发生的一幕。每次一下课，就有不少孩子向我提出这样的要求。他们通话的对象都是家长，往往也没有什么要紧的事情，几分钟就说完了。有时想打电话的人多，孩子们会自动排队等候，往往排在第一的就是阿不都拉，因为他就坐在距讲桌最近的第一排，有近水楼台先得月的优势。

最初我不明白孩子们为什么这么热衷于和家长通话，经向同事了解知道了原委。麦盖提的初中学生都在县城上学，吃住在学校，一月回家一次。十多岁的孩子刚离开家长，自然想家。我对阿不都拉印象深刻的原因一是他打电话最多，二是这个孩子最初几次打电话都会哭。往往在我的安慰下和其他同学的催促下，才收住哭声把手机传给其他同学。

同事说学生宿舍楼装有电话，如果学生没有特殊事情可以不用每次都借出。但看到眼前一张张可爱的笑脸，我总是有求必应。能缓解一下孩子们想家的情绪，我搭上点话费也值得。

有一次我在操场边散步，阿不都拉和几个同学围拢过来。孩子们已经和我很亲近了，我们毫无隔阂地坐在旗杆底座平台上交谈着。孩子们问我山东学校的事情，还说希望初三时我还能教他们……阿不都拉还问我是否也想家。我说当然想啊，但看到他们时就不想了。我还说了自己当年带干粮步行 15 里路上初中的求学经历，勉励他们珍惜大好时光和优越学习条件，聚精会神学习，考上大学去看看大漠外的世界。他们都很感兴趣，也很受触动，懂事地连连点头。阿不都拉说：“老师，我也要把精力放到学习上，考上山东的大学去看您。”

渐渐地，借我手机的孩子少了，但我桌上的东西却多了起来。孩子们每次过大周返校，我的办公桌上都会出现应季的土特产，灰枣、苹果、杏子……有时我碰上了，知道是谁送来的；有时一进办公室就看到桌上放着东西，也不知是哪些孩子送来的。有一次阿不都拉带来一个很大的刀郎瓜，说是他爸爸特意到地里为我挑选的，还说现在他已不是很想家，这次考试得了进步奖。

说这话时，阿不都拉清澈的眼睛看着我，满脸高兴神色。接过我送他的一支中性笔后，激动得小脸通红。

这些可爱的孩子们，我是越来越喜欢他们了。

照张全家福

我站在讲台上，眼睛如雷达般一遍遍扫描着正在安静地写作文的学生们。我努力地把每张面孔和对应名字连在一起，试图把眼前这些孩子都刻进脑海里。

得知结束援疆返鲁日期时，心里有了不舍之感。看着面前这些鲜活的面孔，这种感觉更加强烈了。我和我的这些维吾尔族学生，分别后还有机会再见吗？以一种什么方式留下这段特殊的师生情呢？

入疆至今，11 班的这些学生是我教的时间最长的，感情也是最深厚的。以恰当的方式留下这段师生情，也是孩子们的心愿吧。

我以不大的声音提出“我们照张全家福吧”的建议，克制着没有说出即将

结束援疆这一原委。全班先是一愣，继而发出热烈掌声。

我让能干的班长努尔曼·克务力整队，我去联系班主任李老师。当我和带着摄影设备的李老师赶到教室时，孩子们已在教室后站好四排，个个都兴高采烈。多么纯真稚嫩的孩子啊！我心里感慨着，在预留下的前排中间位置坐下，和我的 47 名维吾尔族学生留下了一张充满温情的合影。我想好了，合影题头就写“万里尚为邻，鲁疆一家亲”，让李老师代我发给孩子们。希望孩子们能理解语文老师的良苦用心。

我以为我不说孩子们就不知道我们要走的消息，当第二天两个女同学到办公室把一页纸交给我时，我才知道是我幼稚了。这是写在作业纸上的一封信，字体不美观，文句不很流畅，格式也不完全正确，但我觉得这是任教 30 年来收到的最好学生来信。信是这样写的：

王洪端（应为“瑞”）老师和周志刚老师你们好：

听说你们要回山东了，我们很难过。

王老师你以前给我们上过课，上课的时候很认真，都是站着上课，很辛苦。你年纪大，对我们很好，但我俩数学学的不是很好，对不起老师。听说你今年还上七年级的课，真替他们高兴。

周老师我们不知道你以前给那（应为“哪”）个班上课，你现在给我们上课的时候很认真，我们想你以前上课的时候也很认真吧。你教我们朗读、写字、读课外书，还有作文，我们班语文成绩提高了，我俩的语文也提高了，我们都喜欢上语文了。谢谢老师给我们做的一切。

你们回去后不要忘了我们啊！我们会很想你们的。我们要考上山东的大学去看老师。祝你们一路平安。

喜欢你们的学生茹克亚和阿依努尔

我和王洪瑞老师传看着这封文字简单却饱含深情的信件，很是感动。虽然信上把王老师的名字都写错了，但这位在援疆教师中年龄“名列前茅”的老兄比我还激动，送给两位学生一人一本课外书，还一口答应了她们的合影要求。

两个五十多岁的汉族老师，两个蓓蕾般的维吾尔族学生，一起站在办公

楼前，微笑着面对镜头。天朗气清，花红叶绿，正是照相的好时候。我向两个孩子许诺，很快会把照片洗出来送给她们作纪念。两个孩子闻言更高兴了，如旁边的向日葵般绽开了笑脸。

“……我要谢谢你 / 因为有你 / 爱常在心底 / 谢谢你 感谢有你 / 把幸福传递 / 谢谢你 感谢有你 / 世界更美丽。”

我是在去喀什乘机的客车上，收到李老师发来的视频。在真情满满的歌声里，努尔曼、努尔古丽、艾力、肉孜、阿布都塞米、苏麦耶、艾尼瓦尔、穆开热木、阿曼姑……一张张熟悉的笑脸一一闪出，最后定格在我和11班学生的合影中。

我一遍遍回看这个短短几分钟的视频，不觉间热泪横流：我应该谢谢你们，我的维吾尔族学生，我的小天使们。你们的纯真，温暖了我知天命之年后的两个四季；因为有你们，爱常在我心底……

注：本文发表于《新疆文学》。

追风筝的孩子

看着面前这两个神采飞扬的孩子，一个词语从脑海里冒出来：追风筝的孩子。

在潍坊中学的接待室里，我见到的这两个孩子，是学校内高班的学生，来自万里之外的麦盖提。我们之所以得以在此见面，还真有点说来话长。

2019 年 11 月的一天上午，我到麦盖提教育局向王主任汇报完工作，已一点多。王主任说他今天值班，已经定了盒饭，热情地邀请我共进午餐。我想回去也要自己做饭，在此吃饭还可以多了解点当地情况，就答应了。

按教育局规定，所有干部要分组在门口保卫科值班。保卫科里还有几个值班的干部，茶几上摆着快递送来的盒饭。坐定后，我和大家一样，捧起一盒抓饭吃了起来。

我们边吃边交流着。我接触到的当地领导对援疆教师都很好，这几位多是第一次见面，我们之间的交流却毫无隔阂。他们介绍的教育局干部繁忙的工作状态，让我心生感慨。其中有位丛主任，介绍说她的女儿和王主任的儿子都正在潍坊上内高班。我接过话头说自己就来自潍坊，顺便介绍了潍坊的教育改革和高考成绩等情况，引起大家很大兴趣。

我向在座领导特意了解了内高班的情况。据介绍，2000 年，党中央、国务院为深入实施西部大开发战略，进一步加快新疆各民族人才培养步伐，促进各民族共同繁荣、共同进步，决定在内地部分经济发达城市举办内地新疆高中班，简称“内高班”。内高班面向全区招生，各族应届初中毕业生均可按要求报名，参加全疆统一组织的内高班招生考试。招生计划中，少数民族学生约占 90%，汉族学生约占 10%。各少数民族的招生比例，原则上根据各少数民族的人口比例确定，按照“面向全区，机会均等；德智体全面考核；公平竞争，公正选拔，择优录取”的原则组织实施招生录取工作。内高班学生高中毕业后，在办班学校当地参加高考，高考录取采用新疆考生录取指标，实行“统一考试、统一阅卷、单独划线、单独录取”的办法。内高班培养了一批又一批新疆各民族人才，为边疆建设提供了人才保障。之前我对此知之甚少，更不知家乡也设有内高班，不觉为自己的孤陋寡闻而感到汗颜。

王主任、丛主任的孩子是去年初中毕业考取的潍坊中学内高班。“潍坊是世界风筝都，孩子在那里上学是她的荣幸。只是孩子没有出过远门，不知道现在习惯了那里的生活没有。”丛主任的眼睛有泪光在闪动，王主任这个粗壮汉子也低下了头。

儿行千里母担忧，何况儿女负笈求学于万里之外。我理解他们的感受。刚才介绍工作状态中提到，当地公职人员做好本职工作外，还要参加“四同四送”精准扶贫活动，节假日更忙，根本没有时间照顾孩子。为边疆建设舍小家顾大家，他们牺牲的太多！想到这里，我对这些看似普通的干部肃然起敬。

我记下两个孩子的信息，说有机会让老师适当照顾一下。其实当时我就决定，放假后去看看孩子。以这种方式表达对边疆建设者的敬意，也是援疆的一种形式吧。

寒假返乡后的腊月 24 日那天，我带着学习用品、牛奶、水果等几大包东西和几本课外书，驾车到了潍坊中学。这所学校是当地名校，内高班教育教学成绩突出，教育部门举办的内高班办学工作会议即将在潍坊召开，学校是参办单位之一，校长很忙碌，但还是专门为我做了安排。

在接待室里，通过负责内高班工作的陈主任介绍，我对内高班有了进一步了解。2010 年潍坊中学被教育部确定为承办内高班学校，是山东省第五所、潍坊市唯一承办内高班的学校。内高班学制四年（含预科一年），不分民族统一编班，和本地班混班教学。预科阶段重点补习初中的国家通用语言文字教材课程和数、理、化课程，以达到初中毕业水平（从 2020 年改为三年制，不再设预科）。高中阶段教学按学校教学计划执行，根据学生实际水平编班。按照教育部内高班学生管理规定,学校坚持“爱、严、细、实、恒”五字工作原则,实施全天候无缝隙精细化管理,以父母般的关爱关心指导学生,如安排最优秀的教师任教,逢年过节组织各种活动、准备丰富新疆美食、组织研学等,使学生快乐学习、健康成长。经过四年历练,学生全部都上本科,85%的学生升入重点本科院校,成为视野开阔、学有专长的新一代建设者。

陈主任重点介绍了我要见的两个学生。这两个学生都是品学兼优的好学生,懂礼貌、爱学习、能吃苦。我们正聊着,一个老师带着一男一女两个学生进来。这就是那两个麦盖提孩子。听说我来自麦盖提,是替家长来看望时,他们的眼里有了泪花。我和两个孩子交流了包括他们父母工作在内的麦盖提的一些情况,代表家长提了各方面要求,做了一番鼓励。他们说已经适应了这里的生活,都接到了到同学家过年的邀请;这里的环境好,老师对他们很关心,餐厅饭菜也很合口,已经喜欢上潍坊这个城市。两个孩子就像见到了老朋友一样,滔滔不绝地和我说着见闻:

“老师带我们去参加过风筝会,满天都是漂亮的风筝,太壮观了!”

“我们爬过泰山,看过大海,还参观过风筝博物馆。博物馆里有各式各样的风筝,我都看花眼了!”

“春天我们去风筝广场放过风筝,我追着我放的雄鹰风筝,跑着,跳着,高兴极了!”

“暑假回家我要多带些风筝回去和同学到刀郎文化广场去放。”

“我也要把潍坊风筝带回去和同学到 N39° 沙漠探险基地去放。”

……

我的家乡潍坊又名“鸢都”,地阔天高,自古就有春天放风筝的习俗。每年草长鸢飞时,惠风和畅,天空中飘满了风筝,大人小孩在蓝天下奔跑欢笑。一年一度的潍坊国际风筝盛会,更吸引了来自世界各地的风筝爱好者,促进了潍坊的对外开放和经济发展。潍坊文风昌盛,教育改革领风气之先,也与"开放包容,乘势而上,奋发有为"风筝精神的浸润有很大关系。这两个来自边陲大漠的孩子,求学于鸢都名校,自然也受到了熏陶感染。

没有拘谨,没有羞涩,两个孩子侃侃而谈。他们神采飞扬的样子,既有麦盖提孩子特有的那股率真劲,也濡染了一点风筝都学子的儒雅气。如果家长看到这个场面,该会多欣慰啊!

看着这两个西域孩子,我心里有一股自豪感在涌动。是为麦盖提孩子的成长进步?是因家乡为南疆的贡献?还是其他?我一时说不出来,但却想起一个词语:追风筝的孩子。

之所以想到这个词语,是因为突然想起带来的礼物中有一本小说《追风筝的人》。在主人公不同的成长时代,风筝有不同的象征意义。对这两个孩子而言,他们在潍坊放飞的风筝,也有非凡意义吧!

我把带来的礼物送给他们,特意拿出那本《追风筝的人》,在扉页中写下赠言:

也许每个人心中都有一个风筝,无论它意味着什么,让我们勇敢地追!

这是书中的一句话,也是我对两个孩子的真挚祝愿。我希望新疆的雏鹰在我的家乡辽阔的天空中,追逐梦想,放飞希望,苦练本领,早日飞回故乡。

我想,这也是万里外那些边疆建设者的愿望吧。

后记:

告别两个孩子不几天,全国进入防疫严控期,校园封闭。宅家时想起这两个孩子,就觉庆幸,幸亏年前去看望他们,了却一桩心愿。此后暑寒假,受防疫形势所限,只能以电话沟通方式了解情况。每次陈主任都详细介绍内高班工作和学生情况,请我和家长放心。

谨以此文祝愿新疆内高班所有学子学业有成,以出色成绩回报家乡父老期盼,早日成为祖国栋梁之才!

注:本文发表于《新疆文学》。

感受青春的力量

5 月 4 日这天，参加了两场活动。在富有仪式感的活动中，让已愈知天命之年的我感受到了蓬勃向上的青春力量。

吃过早饭不久，就被一阵阵的欢呼声吸引到实验中学操场上。原来，学校利用今天是青年节的时机，为高三学生组织了一场十八岁成人礼活动。是啊，孩子们 6 岁开始正规学校生活，经历小学、初中，进入高三，现在不正好十八岁吗？

引人注目的是操场主席台西侧新设的一座红门，正中是“成人门”三个大字，两侧门框是一副对联：“跨入成人门”“走好人生路”。成人门由国旗、团徽、祥云组成的图案装饰，红艳艳的底子，黄澄澄的图和字，很是喜庆。

神情有些严肃的学生一队队走过成人门，一改往日的嬉闹顽皮。一项项仪式在两个学生的主持下，行云流水般进行着，学生、教师、家长等各类代表依次登台发言表达感恩之情，或阐发谆谆教导，或提出殷殷厚望，一阵阵掌声不时从操场上散发出去。

我站在队伍后边观礼，觉得年轻了很多，因为我感受到了蓬勃向上的青春力量。仪式中最能拨动心弦的有两项，一是家长为孩子戴成人帽的加冠礼。成人帽类似于硕士帽设计，不同的是颜色是红色的，帽穗是黄色的，帽子顶部有团徽，团徽两侧各有四个字：十八而志，青春万岁。家长们郑重地为孩子戴上帽子，细心地梳理着帽穗，有的还抚摸着孩子的脸庞。加冠礼毕，许多学生和家长相拥在一起，彼此为对方擦着泪水。从呱呱落地的幼子到风华正茂的青年，这期间，家长付出了太多的心血，孩子也经历了风雨彩虹，此刻哪个不是真情流露？

另一项则是班主任为学生发放宪法。年满十八岁，意味着已是成年人，享有宪法规定的公民权利和义务。巴掌大的红色宪法由班主任一个个发到学生手中，学生们双手捧着，很是虔诚。他们那颗青春的心此时跳动得格外激烈吧，要不为什么满脸的红霞在飞？

暮春时节的空气里，有各种树木花草蓬勃生长的气息，小白杨般的高三学子在阳光下绽放着笑颜。青春孕育希望，责任铸就未来。学校安排的这项活动，将十八岁成人礼、青年节庆祝、高考动员等要素完美地融合在一起，让学生通过18岁成人仪式加深责任意识，明确奋斗目标，意义重大，活动的倡议者功莫大焉。

我把拍的几幅图片发到援疆工作群中，加了一句话：为实验中学点赞！为高三学子加油！向青春致敬！

其实，值得我们援友点赞的，除了实验中学，还要加一个人，那就是实验中学的校长刘佩吉援友。作为对门，我从他早出晚归的脚步声中，听出了他作为一校之长的兢兢业业；从各种务实有效的管理举措中，看到了他治校有方的教育智慧。山东是儒家文化的发源地，注重礼仪，注重教化，学校尤其注重德润莘莘学子，开学、毕业及各类节日都有丰富多彩的仪式。这次活动的举办，就是刘校长借鉴山东教育经验，为新疆孩子成长真情奉献的缩影，我们怎能不为之点一个大大的赞呢？

成长路上，仪式感不可或缺。援疆路上，同样需要仪式感。晚上，我们在发展中心会议室举行了唱歌活动。平日文质彬彬的教师和医生，这时都展露了另一面，用刚发的苍蝇拍，用卷起来的报纸，甚至用手掌，用力拍打着桌子，和着手拿话筒摇头晃脑的麦霸，唱着，吼着，仿佛都回到了青年时代。在吼唱中抒发情怀，我们这些60后、70后重回燃情二十岁，也过了一次难忘的青年节。

记得美丽的法国童话《小王子》里说，仪式感就是使某一天与其他日子不同，使某一时刻与其他时刻不同。2019年的青年节，多年以后，一定还会被这些麦盖提实验中学的高三学子津津乐道；2019年5月4日这天的响亮歌声，经年之后，也一定会在我们这些麦盖提援疆人心中唱起。因为，这个青年节，是一个有仪式感的日子。德国作家洛蕾利斯在《我们为什么需要仪式》中写到:有仪式感的人生,才使我们切切实实有了存在感。不是为他人留下什么印象,而是自己的心在真切地感知生命,充满热忱地面对生活。

在欢快激昂的乐曲中,也有不和谐的音符。在和援友的交流中,我也听到了一些不同的声音,有的援友认为这些活动是搞形式,意义不大。也有在实验中学支教的援友未参加孩子们的成人礼,有部分援友未参加晚上的激情放歌。也许,他们参加了自认为的更有意义的活动吧!

我默默地提醒自己,也想郑重地告诉援友们:既然不远万里来援疆支教,就要用心感受生活中的小确幸,让生活充满仪式感,认真地过好每一天,保持内心的充盈,以中年人的睿智和青年人的朝气,在援疆大潮中拥抱澎湃向上的力量!

沙海绿歌

初中语文课本上有过课文《向沙漠进军》,故从小就对沙漠印象深刻。只是山清水秀的家乡位于山东半岛,无缘得见沙漠,心里常有缺憾感。我自己也没有料到,人生之旅的援疆插曲,竟让我不但见到了沙漠,还聆听了一曲绿染大漠的沙海绿歌,弥补了缺憾。

得以聆听到动人的瀚海绿歌，要感谢麦盖提的老李。入疆后的第一个秋天,当地朋友老李开车带我们去看塔克拉玛干沙漠。我们驱车从县城向东北行近三十公里,也没看到沙漠一丝影子。车子先是在两边为大片棉田、灰枣的柏油路上行进,后来直接驶入望不到边际的林海中。不是说出城即沙漠吗?面对我们的疑问,老李笑而不答。

林海穿行二十多分钟后,终于看到沙漠。扑倒在漫漫黄沙中感受瀚海传递的滚烫热情,滑下连绵起伏沙丘体验大漠馈赠的浓郁童趣,我们尽情撒欢。兴尽返程再进林海,应我们请求,老李带我们四处走走看看。

林海中绿荫蔽日，夹杂着草木馨香的清凉之气扑面而来,让刚体验过沙漠高温的我们顿有两重天之感。脚下沙土软软,周围树木排排。树木种类多样，我们熟悉的只有笔直挺拔的白杨树,其他的不认识。老李边走边介绍：

枝条上挂满小枣的树是沙枣树。这是一种生命力顽强的沙漠树种，有抗旱、抗风沙、耐盐碱、耐贫瘠等特点，是很好的造林、绿化、薪炭、防风、固沙树种，有“沙漠守护者”的美誉。果肉生食、熟食都可以，也可酿酒、制醋酱、糕点等食品。果实和叶还是优质牲畜饲料。这种树也叫桂香柳，花香与桂花相似，花可提芳香油，作调香原料，用于化妆、皂用香精中。还是蜜源植物，沙枣花蜜很受欢迎。它的果、叶、根都能入药，有清热凉血、收敛止痛、健脾止泻等作用。

树皮灰白色的是梭梭。它具有抗旱、耐高温、耐盐碱、耐风蚀、耐寒等特性，是一种极其重要的防风固沙植物，有“沙漠卫士”之称。经济价值较高，枝叶都是名贵中药材，可以清肺化痰、降血脂、降血压、杀菌，根部寄生的大芸是珍稀名贵补益类中药材。它还是优良薪炭材，火力为木材之首，稍逊于煤，堪称“荒漠活煤”。

有着红棕色枝条和粉红色花序的是红柳，这是别称，真正名字是“多枝柽柳”。红柳对戈壁荒漠地区的恶劣环境适应能力极强，尤其耐旱、耐热、耐盐碱，根系发达最深可达三十多米，是防风固沙、改良盐碱地的重要造林树种。枝干坚硬、燃烧时间长，是重要燃料。枝条可编筐，粗枝可用作农具把柄。春夏季节的嫩枝是骆驼喜食之物，秋后脱落的细枝山羊和绵羊喜欢采食。药用价值高，嫩枝和绿叶是治疗感冒、麻疹不透、风湿关节痛、风疹瘙痒等症的良药，当地人称“观音柳”。

……

见到一种陌生树木，我们就停下脚步，边欣赏边听老李介绍。老李介绍的很细致，让我们大开眼界。茫茫沙漠干旱少雨，树木存活需要的水源哪里来？老李指着地下一条黑色细管说：“看这里！”

我们看到，与一排排树木一起延伸开来的，是一条条纵横交错小拇指粗细的滴灌毛管。每棵树根部处，一粒粒水珠从管中慢慢滴出，渗进沙土里。原来，麦盖提虽处大漠边缘，但喀喇昆仑山的冰雪融水汇聚而成的叶尔羌河流经此地，因此地下水源充沛，浅挖 4 米就能见水。但因地质结构特殊，沙漠里打井不易。智慧的大漠人民采取从沙漠外拉土、边打井边砌井壁的办法使得打井成功。为充分利用沙漠里贵如油的水,他们还引入智能滴灌项目,实现滴灌的智能化、自动化控制,实现滴灌最优化供水,这些滴管就是树木的"送水工"。

听着老李的介绍,我们连连叹服。感慨声中,一个土黄色的东西快速闪过。是野兔!大漠边缘有野物?老李笑答,这是生态改变后的景象,林里常见的是野兔、野鸡,黄羊、野猪等大野物也见过。不过也随之有了新难题,那就是树木因野物啃食导致成活率低。

这个难题怎么解决?老李让我们看每棵树底部。我们看到,每棵树木的树干至地面部分都用铁丝网网住,好像穿上了"裙子"。"这样可以防止野兔啃食树皮,这一招使树木成活率提高了 30%。"面对大漠人民的又一智慧成果,我们又是一阵感叹。

走到一片梭梭林前,看到一群维吾尔族同胞正在挖着什么。老李说,那是在挖大芸。他介绍说,大芸为依附植物,最好的"伴侣"就是梭梭树。这些梭梭树根部都嫁接了大芸种子。在梭梭树从栽植到成长 3 年后,在离梭梭树 0.5 米至 1 米的地方打一个直径 30 厘米、深约 1 米的坑,放进土肥和大芸种子,大芸就会寄生在梭梭树发达的根系上,汲取营养和水分。目前发展梭梭大芸 3.5 万亩,按照户均一亩的标准,将这些大芸产业的收益全部分配给 11000 多户建档立卡贫困户,户均年收益近千元。这是麦盖提县把沙漠化治理与经济发展有机结合起来,探索的梭梭大芸林下经济发展模式,把"绿化"与"产业化"相结合,把"治沙"与"致富"相联系,既能"添绿"又可"添金",实现生态与经济同频共振,这是麦盖提的又一创举!

老李指着地上一根根类似大萝卜形状的东西,说这就是大芸。我们蹲下身细细打量。看到我们好奇的样子,老李详加介绍:大芸学名叫肉苁蓉,是极其名贵的中药材,素有“沙漠人参”美誉,历史上就被西域各国作为上贡朝廷的珍品;我们祖先很早就知道大芸可食用且有滋补功能,《神农本草经》《名医别录》《甄权药性本草》等古医书均有记载;因“乃平补之剂,温而不热,补而不峻,暖而不泄,故有从容之名”,又因肉质肥厚,所以叫肉苁蓉,古医书也称“金笋”“地精”;它是野兔最爱吃的食物,维吾尔族同胞称之为“吐什干斋代克”(意为兔子吃的黄罗卜)。

老李和挖大芸的老乡交谈起来,用的维吾尔族语言,彼此很熟悉的样子。他和我们解释说,这些老乡是央塔克乡央塔克村村民,他曾参加该村“访惠聚”工作,已经是老朋友了;今年大芸丰收,收入会增多,老乡们很感谢党和政府;得知我们是援疆教师,他们想送我们一些大芸。

老李是一位正科级的大局领导,在我们眼里那就是大领导。看着他熟稔又亲切地和老乡交流的场景,看着老乡开心的笑脸,我很为眼前谈笑风生的一幕而感动。告别时,老乡们执意把一根根粗长的大芸塞到我们手中。我看到,和老乡拥抱时,老李把一叠人民币悄悄放进老乡口袋里。

继续前行,爬上一个高台。老李说这是护林员的观望台, 也是游客的观景台。站在高台之上,四周一切尽收眼底。大漠边缘,“绿水青山就是金山银山”的标语牌清晰可见。向西而望,可见块块绿色的灰枣地、核桃林、白花花的棉田、座座绿树环绕的村镇。极目东、北、南三面,满眼墨绿,一棵棵梭梭树,一排排白杨,一行行红柳,一片片沙枣树,汇成连绵林海,如一道绿色长城,把大漠隔离在家园之外。不远处,一只野鸡“咯咯”叫着飞起,五颜六色的羽毛在阳光下格外夺目。风过处,清香袭人,林涛阵阵,鸟鸣声声,宛如一曲绿色之歌的咏叹调,让我恍惚置身于家乡的青云山上。

一个维吾尔族老乡大声喊叫着向我们走来。来人认识老李,两人很亲热地握着手。老李介绍说这是尕孜库勒乡罕力库勒村的护林员艾海提·艾比都拉。老乡普通话说的还算流利,我们交流毫无障碍。他说作为护林员,主要负责林场的防虫防病害、防火、防砍伐等日常工作,每月工资收入近4000元。而之前因无一技之长,还背负近5万元贷款,是村里建档立卡贫困户。在林区工作一年多,不但还清贷款,还购置一辆大马力摩托车,每逢休息日就骑摩托车回去和家人团聚。"望着枝繁叶茂的生态林,呼吸着新鲜空气,我感觉每天在天然氧吧工作,心里特舒坦。"艾海提很满足。

看着他一脸笑容,又想到挖大芸的那些老乡,我很为当地政府决策心折,如此一来,既缓解政府购买劳动力压力,还依托林场效益实现贫困户脱贫,这不就是精准扶贫吗?

我们在观景台上随意走着,观赏着四周苍茫青翠的景色。老李自豪地指着林海介绍说,这就是麦盖提著名的百万亩防风固沙生态林建设工程。通过他的介绍我们了解到,麦盖提县地处塔克拉玛干沙漠西南边缘,沙漠面积占全县总面积的90%,是全国唯一嵌入沙漠的县。为了保护家园,从2012年起,麦盖提县启动实施塔克拉玛干沙漠百万亩防风固沙生态林建设工程,总规划造林面积100万亩,南北横跨50公里、东西纵深20公里,总面积667平方公里,目前已有34万亩沙漠变为绿洲。近年来沙漠治理由单纯防风固沙开始向生态建设、生态旅游、生态经济发展,取得很好效果。

望着眼前一片翠绿,艾海提说起从前:小时候每年春夏会有几乎半年时间的沙尘暴天气,一场沙尘暴能把房子埋一半,即使关紧门窗,沙子还是无孔不入,锅里碗里全是沙子;叶尔羌河原来从家门口流过,但多次改道,人畜都没水了,就只能搬家,从记事起搬家3次。经过一年又一年的植树造林,原来的不毛之地成了一片葱茏,沙海变绿洲,风沙被遏制,沙尘天气减少,年降雨量增加,生态环境大变样。"植树造林是我们麦盖提县攸关存亡的大事啊!"老李感慨也

颇深。

塔克拉玛干在维语尔语中的意思，有两种说法，一是“走得进出不来的地方”，二是“远去的家园”。无论哪种意思，都包含着先民对沙漠逞凶施威的无奈。但勤劳勇敢的麦盖提人民无惧风大沙狂，不但把这片死亡之海改造为生命绿洲，把家园建设得越来越美丽，而且因地制宜促进经济发展，唱响了富有大漠特色的沙海绿歌。从“沙进人退”到“人进沙退”，再到“点沙成金”，麦盖提各族人民“敢叫日月换新天”的壮举，不就是“绿水青山就是金山银山”理念的生动写照吗？听着老李和维吾尔族老乡向沙漠进军的生动介绍，我心里也涌出深深感叹。

秋日的麦盖提，天高云淡，瓜果飘香，景色宜人。观景台上，远望塔克拉玛干沙漠黄沙漫漫，俯瞰百万亩防风固沙生态林郁郁葱葱，聆听着动人的沙海绿歌，我们张开双臂，高声呐喊着加入到绿色之歌的大合唱中……

注：本文发表于《新疆文学》。

向沙漠进军

上初中时学过竺可桢先生的文章《向沙漠进军》，从教后又多次讲授过这篇课文，故对沙漠印象深刻。只是自小生活在山清水秀的山东半岛，无缘见识沙漠，向学生讲解此文时常有“纸上谈兵”之感，很为未见沙漠真面目而遗憾。自己也未曾料到，年过半百后的援疆之旅，不但有了“我饮过风咽过沙，浪迹天涯浮云下”的生活体验，掀起沙漠的盖头来，还亲临向沙漠进军的现场，大大弥补了当年缺憾。

我的援疆地在南疆的麦盖提。在宿舍楼外的一些清扫不到的角落，总能见到一层沙土。骑车下乡走尚未硬化的小路，踏着一尺多厚灰色面粉般的浮土扛车前行，鞋里灌满细土，脚印很快湮没。冬春之交到春夏之交的几个月，时有沙尘天气，街上几米外看不清行人，司机大白天也开着车灯，狂风夹杂着沙粒把门窗拍打得“啪啪啪”响个不停，关门闭窗依然沙尘满屋。这些境况，之前没有遇到过，我很有些不适。当地朋友却说，从前沙尘暴为害更烈，现在已好多了，因为这些年他们一直在建设防风固沙生态林。

我们参加防风固沙生态林建设，是在入疆后的第一个春天。春寒料峭，大风裹夹着沙粒向嘴巴里、鼻孔中拼命钻，满脸生疼。刚接近塔克拉玛干沙漠，我们就领略了它的威力。孟春的大漠本该罕有人至，但这里却是一派热火朝天场面，三五成群的造林大军，分工有序，忙而不乱，干劲十足，一排排、一列列树木在不断延伸。

我们聚在一起，接受当地一位干部的技术指导。沙漠植树的坑只能人工挖，树坑要深达60—80厘米。沙漠缺营养，需先在坑里填上用农家肥和黏土混合的基质土，每个沙坑大约放5公斤土、5公斤农家肥、100克有机肥、1公斤草木灰，与湿沙子充分拌匀，然后才可以栽树。要根据定好的点植树，横成排、竖成列，这样才能起到防风固沙作用。指导的干部特别强调，沙漠里的土很珍贵，不要浪费。

沙漠植树竟是如此不同！我们感慨着，3 人组合为一劳动小组。沙漠上已经用白灰画出一道道笔直的南北线，每道线上隔几米有一个圆圈，那是树坑所在。我们沿着灰线散开，开始劳动。起始大家重视程度不够，也未完全掌握要领，出了不少问题，有的坑挖浅了，有的土、肥比例不当，有的树前后左右不整齐……检查员毫不客气一一指出，很严肃地要求我们增强责任感。我们马上一一改正。不知是大风刮的还是身上热了，反正我们的脸红了。

此后大家严格按照要求规范操作，检查员又检查几个后，笑着竖起大拇指。我直起腰，看着一棵棵白杨树苗如哨兵般整齐地挺立于茫茫大漠中，想象着枝繁叶茂的情形，心里涌出一股自豪感。

一位维吾尔族老乡抱着一捆小拇指粗细的黑管布在一排排树下。他解释说这是滴灌毛管。原来，为充分利用沙漠里贵如油的水，当地引入智能滴灌项目，滴灌实现了智能化、自动化控制，这些滴管就是树木的“送水工”。

果然，很快一粒粒水珠从管中慢慢滴出，渗进树下沙土里。大漠里哪来的水？老乡解释说，喀喇昆仑山的冰雪融水汇聚而成的叶尔羌河流经麦盖提，因此大漠边缘地下水源充沛，浅挖 4 米就能见水，但大漠打井极易坍塌，他们几经试验，最后采取从沙漠外拉土、边打井边砌井壁的办法打井成功。“解决了水源问题，栽树成活率就不成问题。”老乡语气中透着自豪。

这位四十多岁的老乡是一名机关干部，他指着四周一望无边还没萌芽的树林介绍说，这就是 2012 年启动的麦盖提县百万亩防风固沙生态林建设工

程，总规划造林面积100万亩，南北横跨50公里、东西纵深20公里，总面积667平方公里，目前已造林34万亩，主要树种有白杨、沙枣、沙棘、红柳、梭梭等。每年春秋季两个多月，政府都组织造林活动，麦盖提不到30万人口，参加造林人数达三万人左右。

从前沙尘很多吗？造林效果如何？……面对我们一连串问题，这位干部想了想说，麦盖提县处于塔克拉玛干沙漠西南边缘，三面环沙，沙漠面积占全县总面积的90%。小时候一场沙尘暴能把房子埋一半，从爷爷那辈起，搬了4次家，只能沙进人退；随着百万亩防风固沙生态林建设工程的推进，生态环境明显改善，气象部门统计的沙尘天气由2014年的106天减少到现在的40天，年降雨量由2014年的53.6毫米增加到如今109.6毫米，不用再搬家躲避沙尘暴，群众安居乐业；近年来政府将生态建设与脱贫攻坚有机结合，积极引导贫困群众参与生态林建设管护，共吸纳1083名贫困人口参与生态林管护，人均年工资收入达2万元以上，实现就业一人、全家脱贫；政府培育发展生物医药产业，依托生态林基地大力发展以肉苁蓉、甘草为主的沙漠中药材种植，已建立甘草基地1.4万亩，接种肉苁蓉4.5万亩，2000名建档立卡贫困人口通过参与管护和采挖增收致富，实现点沙成金、以林促富。“我们还在不断向沙漠进军，千方百计为子孙后代留下更多绿色。欢迎你们夏天再来塔克拉玛干沙漠，那时花香树茂，风景好看多了。”这位干部黝黑的脸上绽开笑容。

之前听当地朋友老李介绍过生态林建设工程，有过一些了解。这次通过老乡的介绍，我知道得更多了。看看四周，到处是忙碌的身影。维吾尔族和汉族干部群众联手植树，你用坎土曼挖坑，他双手扶正树木，我用铁锹培土，配合默契。看着不断延伸的一排排树木，我顿生感慨：这是麦盖提各族人民携手共著的向沙漠进军的新篇章啊！

我们的劳动是体验式的，日到头顶就要返回。当地的干部群众也停下劳作，在帐篷边席地而坐，开始吃饭。他们的午饭是一个馕一杯水，吹吹馕上沾的沙子就大口大口吃着。走到一个帐篷边，一个维吾尔族青年笑着递给我一个馕。我蹲下身，掰下一小块填进嘴里，麦香中夹杂着土腥气，还有点牙碜。我问这位青年人："植树太苦了，能受得了吗？"他喝了一口水，把嘴里的馕咽下去："白天好多了，晚上才苦呢。沙漠里手机没信号，温度降到零下 10 摄氏度左右，帐篷里又冷又无聊，漫漫长夜很难熬。有时早上起来，帐篷都被沙子埋了半截。不过，"他顿了顿，继续说："我现在吃点苦，我的后代就不用吃苦了。他们可以喝着羊汤吃着干净馕，在整洁的教室里读书，看更多的绿树红花，我吃这点苦很值得啊。"面对这位普通的麦盖提青年，我只有肃然起敬：他朴实的语言，不就是对"只有荒凉的沙漠，没有荒凉的人生"这句话的最好诠释吗？

返程途中，风更大了，搅得满天昏黄。突然想到刘邦的《大风歌》，我一次次回首，回望大漠中的人们。他们就是守卫国门的"猛士"啊！大风起兮沙飞扬，塔克拉玛干沙漠越来越远，生态林越来越模糊，但脑海中那火热的造林场面却越来越清晰，眼前仿佛出现了一道绿色屏障，不断扩展着，大漠渐渐由黄转绿，终成生机盎然的无垠绿洲……

那篇教材中删掉的课文《向沙漠进军》也慢慢浮出脑海。漫天风沙中，一系列构想渐渐涌出：

要为我的维吾尔族学生补充上这篇课文，让大漠之子领悟竺可桢先生沙漠治理的深刻见解；

要带我的维吾尔族学生到沙漠研学，以前辈"誓将沙漠变绿洲，敢叫日月换新天"的精神教育感染这些向沙漠进军的后来人；

要倾力提高我的维吾尔族学生的科学文化素养，为培养新时代向沙漠进军的高素质人才发挥援疆力量；

要把新时代向沙漠进军的场景传递给我的山东学生，引导家乡学子珍惜绿水青山好生态；

……

注：本文发表于《新疆文学》。

我“失踪”的那一天

2019年11月30日，是我援疆岁月中普通的一日，却是让我记忆深刻的一天。因为这天我“失踪”了。

这天适逢学生歇大周，早上九点我才起床。电饭锅里空空如也。拍打拍打面袋，倒出小半碗面粉。看来今天必须去买面买菜了，要不真要炊断粮了。

喝完那半碗面粉做的疙瘩汤后，约上两个援友，一起到菜巴扎采购。日照市对口支援麦盖提县工作指挥部对考勤抓得很紧，有“白天不拆帮，晚上不出门”的规定，无课的日子更要一天三次钉钉签到。这个时候多数摊点还没营业，我们也请假走出了校门。早去早回，否则可能会误了签到。

刚进菜巴扎就接到了王主任电话。王主任是麦盖提县教育局领导，前时工作汇报时认识的。他客气地说请我到教育局研究工作。我了解这里的工作状态，立马赶过去。

到了王主任那间拥挤的办公室，他简要说了缘由：高级教师职称评选权限今年第一次由地区下放到县，局党委研究决定今天完成面试答辩工作，请我做高评委面试答辩小组组长负责相关工作。

我有点意外，想推辞。王主任说知道我有这方面工作经验，已报经援疆指挥部同意，请我一定接受。他言辞恳切，我还能说什么呢？

我马上进入状态。先和王主任研究确定了工作程序、打分标准，再向集合起来的评委解读，分学科、学段确定提问人选，征求大家意见和建议。麦盖提师资力量薄弱，这8名评委是为数不多的高级教师中的佼佼者。大家热情很高，提了不少好建议。

王主任把大家的手机收起来，宣布了工作纪律，带我们赶到面试答辩地点——实验中学北教学楼的一间教室里。29 个参评教师已在等候。抽签确定次序后,面试答辩就正式开始。

面试答辩分三个阶段。首先是教学能力考察,由参评教师模拟课堂教学,时间限定 15 分钟,教学内容在规定章节内抽签确定,有不少于 30 分钟独立备课时间;其次是个人述职,由参评教师简要介绍本人从事专业技术工作情况,时间限定 3 分钟;最后是提问答辩,由评委(我确定一人为主,一人补充)根据教学能力考察和个人述职情况提出问题,参评教师回答,时间限定 7 分钟。

参评教师年龄低得让我吃惊。年龄最大的 45 岁,最小的 35 岁,平均年龄 40 岁左右。高级教师如此年轻,在山东是绝对想象不到的!

但他们的表现让我刮目相看。在模拟教学环节中表现出的教师基本素养很高,教学内容设计、教学手段运用等方面也很好;个人述职时的表达还算流利,业绩多数很优秀;问题回答中规中矩,多数表现出较强应变能力。

当然也有不足。普遍问题有两个:一是都有不同程度的紧张情绪;二是时间把控不好,7 人教学环节超时,10 人述职超时。还有其他方面问题,少部分教师教学展示时师生互动环节少、合作学习意识淡薄;述职时有的大谈如何领导学校发展(这显然是位领导),有的则长述扶贫工作之艰难,反而忽略专业技术方面业绩陈述;问题答辩时少部分教师条理不清,针对性较差。

让我惊喜的是评委表现。最初得知高评委组成时,我有点担心。这项工作是首次组织,大家都缺少经验,能担起如此重任吗? 随着工作推进,我释然了。这个由维吾尔族、汉族两个民族组成的小组,大家互相配合,积极性高,问题设计巧妙又专业,对我这个临时组长也很尊重。王主任介绍我时用了不少溢美之词,谬赞我为“专家”,看来评委们当真了。

忝为组长,我坐在评委席第一排正中,能清晰看到参评教师表现,随时调控进展。开始时参评教师超时的比较多,评委提问的深度、角度也存在不足,我安排暂停休息。利用这段时间,我重申了评委分工,以我负责的语文问题设计为例,强调了改进的两条要求:与新课标结合,增强提问的针对性。此后的答辩进程越来越流畅,评委们画龙点睛式的提问与建议,让参评教师频频点头。

午饭和晚饭都是一盒外卖抓饭，就在工作的教室里吃。我了解到，评委老师参加活动是没有任何报酬的，想不到工作餐也这样简单。但大家安之若素，吃得很香甜。

最后一个老师答辩结束，黑板上边挂的钟表显示已是晚上 11：56。统计完分数，签完字，王主任把手机还给大家，逐个和评委握手道别，很是郑重，让大家都有点不好意思了。

离开教室时，王主任把我的手握得很紧，一再说："多亏了你！辛苦！辛苦！"看着他疲惫的神色，我劝说："应该的，你也早点休息。"我知道，王主任更辛苦。他和其他两个领导，要立即回局里做总结分析、准备上报材料等相关工作，上班后局党委要听专题汇报。所谓的"早点休息"，不过是我的良好祝愿罢了。迎接王主任他们的，将是又一个通宵达旦！

拖着沉重脚步走进援疆公寓楼时，楼里静悄悄的，只有几个房间有灯光透出。进了我的 412 室，和衣躺在床上，就不想再动。门却被"砰"的一声推开，一个声音叫道："你可回来了！"是邻居郝洪涛。"宿舍不见人，电话打不通，也没有签到。你失踪一天，大家都急坏了！"他的话让我想起考勤这事。打开手机，一连串的未接电话、一连串的微信扑面而来，援疆教师群里更是沸反盈天。赶忙给领队发微信说明，在微信群里告罪。很快各楼层响起开门声、脚步声，一些尚未入睡的援友要来"兴师问罪"了。

当我呵欠连天送走最后一个援友时，看了一眼手机，时间显示为 12 月 1 日 1：39。新的一天已经开始了。

这就是我"失踪"那天的经过。通过这天工作，我对当地教育工作多了一点了解，对边疆建设者增加了一层敬意，对自身承担的使命有了新的认识。身疲而神悦，我真赚了！

此后，我还参加过几次类似活动，但都提前向学校领导、领队汇报，也和援友们打声招呼。我吸取了"失踪"那天的教训，严格遵守考勤规定，再也没有发生让大家担心的事情。

注：本文发表于《新疆文学》。

逆风而行

“……春暖花开，山河无恙。在武汉抗疫战士高奏凯歌时，广大援疆人跨越万水千山来到新疆，履行神圣的援疆使命，大家堪称‘最美逆行者’！”

这是 2020 年 4 月 8 日那天，在第二个隔离地民生花园，日照市对口支援麦盖提县工作指挥部副指挥长讲话中的几句。掌声中，不只我一个注意到，他也用了当下的一个流行词：逆行者。

启 程

3 月 25 日，山东师生的寒假正在延期中，多地疫情尚未完全消除，我们援疆教师在此日开启了返疆行程。因防疫需要，山东省对口支援新疆工作指挥部决定此次返疆集体包机，不得单独行动。接到潍坊教育局通知，要派车送我们到机场。

妻子和女儿几天前就开始给我装点行囊。两个拉杆箱，一个大旅行包，都装得满满的。多数是吃的，生的熟的都有。开始我不让带这么多，但娘俩意见一致，态度坚决，说是返疆后要隔离，还是有备无患的好。女儿还特意把一包 N95 口罩放进我随身背的小旅行袋内，一再说要注意戴着。娘俩的盛情，我只得服从。我懂得，她们装进去的，是对我的不舍和爱。

一大早吃罢妻子做的手擀面，告别亲人，由刘玉森老师开车送到潍坊集合点。14 个援友陆续到达，都戴着口罩。潍坊领队周永刚张罗着，很快我们就乘坐着潍坊教育局安排的依维柯客车向济南进发。

到济南遥墙机场进候机厅时，情形明显和年前有异。所有人都戴着口罩，多了温度检测、消毒、电子健康码检查等环节。山东省教育厅和山东省对口支援新疆工作指挥部的领导为我们举行了简短的欢送仪式，每人发了两包口罩。领导话不多，却很暖心。

本次入疆包机是山东航空 SC2105 航班，机舱里满座的都是山东援疆人。随着一阵舒缓的音乐，喇叭里传出乘务长温馨的声音：尊敬的各位山东援疆人，在这个特殊时刻，你们英勇逆行，代表山东人民不远万里去支援边疆建设，请接受我们全体机组人员最崇高的敬意！岂曰无衣，与子同袍。全体山航人愿与援疆人一起加油。祝愿山东援疆取得丰硕成果，希望届时有幸迎接各位最美逆行者平安凯旋！

话音方落，走廊两头站立着的空姐们一起鞠躬："祝援疆人平安健康！"

在大家热烈的掌声中，飞机轰鸣起飞。机窗外，云卷云舒；机舱里，心潮起伏。之前谈笑风生的场面不见了，援友们交流少了，心事多了。

在刀郎世纪大酒店

因为是包机，不需在中间停留，仅仅 8 个多小时后，飞机就在喀什机场降落。经过一系列严格检测后，大家分别坐进各自工作县派来的专车。夜色茫茫中，我们坐着大巴来到麦盖提。来接站的当地领导想得很周到，带来了馕和瓶装水。再次吃上香喷喷的馕，呼吸着曾经熟谙的空气，大家找到了第二故乡的感觉，情绪开始高涨起来，争先恐后地向接站领导打听着麦盖提的情况。

到了麦盖提，所有人都要隔离。我们 10 个援友被分到刀郎世纪大酒店隔离。进酒店同样要经过各项严格的测温等手续，等到安顿下来已是 26 日凌晨两点。吃过工作人员送来的丰盛盒饭，满身疲惫却毫无睡意，就发了一条朋友圈，配以戴口罩坐飞机、饭前拍下的丰盛盒饭、省援疆指挥部致援疆人的一封信、宾馆房间等图片。文字为：

山一程，水一程，身向玉门那畔行，夜深对孤灯。风一更，云一更，聒碎乡心梦不成，故园无此声。——自25日凌晨5时至26日凌晨近2点，从风筝之都到西域之南，汽车、飞机兼乘20余时，天上地下纵横万里之遥，终达刀郎之乡，现隔离中。身疲神奋，遂抄纳兰作业志之，并报平安于众亲人。

隔离点是当地比较高档的酒店，各项设备很齐全，但不需个人承担任何费用。入住第一天就做了核酸检测，每天还发一包增强免疫力的中药液。工作人员每天都要到房间消毒、测温，一日三餐也定时送到房门口。吃的不错，每天有牛奶、鸡蛋、水果，荤素搭配的菜肴，米饭和馒头。

通过工作人员了解到，每个隔离点有综合、医务、安保、后勤保障等四个工作组，一般有18位工作人员，工作职责是全力做好隔离人员的医学观察工作及各项服务工作。工作人员从正月初就开始了这项工作，每天24小时在岗，已经四五十天没回家了。他们的辛苦，我们看在眼里，记在心里。除了每次相见说声"谢谢"外，我们还帮着做点力所能及的工作，如自己房间卫生打扫和消毒等。工作人员很高兴，多次说我们援疆教师素质高，是最遵守隔离纪律、最支持隔离工作的群体。

一起隔离的，是一中、二中、三中和职业中专的援友。我建了一个微信群，名为"刀郎世纪援友群"，把大家都拉进来，发了第一条通告：本群为本隔离点援友群，信息互通，甘苦与共，培育援疆情谊，共谋支教大业。一时间群里谈天说地很是热闹，说得最多的还是疫情。有一位援友发了一则调侃某国树上隔离的信息，有一援友则嘲笑某国的抗疫，引发激烈争论。我也发了几句："环球同此凉热，人类是休戚与共的命运共同体，疫情面前，没有人可以独善其身。宜相助，宜怜悯，不宜旁观，不宜嘲讽。"我的观点得到多数援友赞同。

每天过着饭来张口、吃饱就睡的生活，刚开始还觉得挺好，过了几天就觉得枯燥了。领饭时，大家早早打开房门，借此在门口交谈一会儿，我们戏称为"放风"。援友们从家里带来的美食和支教单位送来的慰问品也参入了"交流"，我得了水果、榨菜、火腿肠等不少好东西，我带的书籍和杂志成为大家的抢手货。

我打发时间的方式，一是看书，看了《皮囊》《我们仨》和几期《读者》；再就是看电视。感谢新疆网络电视付费频道免费开放，让我得以重温《阿甘正传》《肖申克的救赎》《云中漫步》等大片，还看了多集《琅琊榜》《人民的名义》《激情燃烧的岁月》等电视剧。看的更多的是中央台的新闻频道，主要是看疫情方面的新闻。国内外疫情牵动着援疆人的心，这也是我们“放风”时交流最多的话题。

此时已是阳春，家乡的草木已开始萌发，而此地从窗外望去还不见一丝绿色，倒能看到漫天的风沙。初春伊始，大风就夹带着塔克拉玛干沙漠的黄沙攻城掠地，麦盖提进入沙尘暴时期。现在正是沙尘暴肆虐期，风沙如“疯婆子”般拍打着窗户。我转发了援友即时拍的短视频到朋友圈，并配以文字：大地拥抱沙尘暴，我拥抱春天。

呼呼作响的风声，黄蒙蒙的天空，模糊不清的楼房，让朋友们拍案惊奇。“仙境？幻境？”同学夏清溪明显存疑。“黄沙黄沙满天飞，你为谁妩媚？”东营援友孔令波的歌词倒很恰切。“黄沙百战穿金甲，援疆支教凯歌奏，领着楼兰姑娘把家还。”文友刘学刚不改调侃本色。“古有孟德立山观海，今有周公隔沙赏春。”对同事吴春香的留言，我以“昔孟德东临碣石以观沧海，今我等西进刀郎且赏沙尘”回复。不少亲友专门打来电话叮嘱我注意安全。回复着一条条留言，接着一个个电话，心里有股暖流在涌动。西行的援疆人，是多少家乡人的牵挂。滚滚沙尘，让我和亲友们的心贴得更近了。

和我们一起隔离的，还有一些外省来务工的人。隔离时间一长，有的产生了不良情绪，朝着工作人员大喊大叫。工作组里有心理辅导员，马上来做工作。我们站在门口，也帮着劝几句。

心理辅导员逐个房间发了心理问卷，虽然自觉无心理问题，还是认真填写了。

隔离的援友中，3 位职业中专工作的援友因为入疆时间比我们晚一年，之前大家不是很熟悉。经过这场隔离，大家逐渐熟络起来。到此地隔离结束时，我们都成了好朋友。4 月 7 日深夜接到通知，14 天的刀郎世纪大酒店隔离结束，我在群里发了一则微信抒发心声：

万里来援疆，有缘聚刀郎。
隔离十四日，建群如加裳。
李科瓜果甜，周校榨菜香。
俊波纸缓急，召忠肉进肠。
低眉静观书，举头沙暴狂。
犹记放风时，交谈笑语朗。
今日各西东，隔情不能忘。
添加微信友，江湖再见爽。
今夜群解散，友谊记心上。
待到返故里，挂怀勤探访。
山河已无恙，把酒话援疆。

在民生花园

4月8日上午，以为会回宿舍的我们却被送到民生花园继续隔离。民生花园是一处公租房类的住宅区，大量的外地青年教师安排在这里。回老家过年的教师都没有回来，他们的宿舍就成了我们的临时住处。领导解释，这样安排是因为援疆教师宿舍在实验中学内，按防疫要求外来人员暂不能进校园。

这里一个单元安排住两人，我和援友贾增贵被分到一个单元。单元房面积不大，但设计合理，卧室、卫生间各两个，客厅、厨房各一个。这边隔离要求宽松了些，可以外出，但不再提供饭菜。我们在此地隔离了6天，吃遍了附近小饭馆。饭后也结伴走走，去菜巴扎和商场要经过严格测温。

也曾想进二中看看，但门口的执勤人员根本不通融。据了解，学生早已到校，但因多数老师正在隔离中，只能由未与外地人员接触的少数老师辅导，通过教室网络系统上网课。辅导老师吃住都在学校，已多日未回家。我们想早日进校上课，奈何防疫要求不允许，只能望校门而兴叹。

因为沙尘暴原因，除了借外出吃饭而短时间走走外，更多的时间是在房间里待着。我的房间桌子上有原主人的一摞书籍，我看完了其中的《人生》。再次拜读青年时读过的作品，别有一番感悟。我们 60 后这代人，身上都有高加林的影子吧。

在这里隔离的第一天，日照市对口支援麦盖提县工作指挥部领导来看望我们，年轻的副指挥长发表了简短的讲话，称赞我们"也是最美逆行者"，博得大家一阵热烈掌声。这一幕给大家留下的印象很深，当晚我们几个援友闲聊时就领导讲话所说的"逆行者"，发生争辩：我们援疆人也是逆行者？

"逆行者"是近期媒体上很火的一个词，指那些驰援武汉抗疫的人员，尤其是那些和死神做殊死搏斗的医护工作者。当别人在设法逃离疫区时，他们不计生死，不问归期，逆向而行，是新时代为国为民的"侠之大者"，是当之无愧的"最美逆行者"。我们援疆人能和抗疫英雄一样吗？

争论的结果，意见趋于一致。大家七嘴八舌发表的理由可以归纳如下：

万里援疆牺牲家庭幸福。援疆人不能为父母尽孝，不能为妻儿尽责，牺牲了多数人正在享受的家庭幸福，岂能不是逆行者？

身体健康面临大自然考验。塔克拉玛干沙漠边缘的麦盖提属温带大陆性干旱气候，浮尘、沙暴天气多，昼夜温差大。援疆人水土不服而发烧感冒、流鼻血是经常的，因睡眠不好导致血压升高也是多数人的反应。从山清水秀的家乡来此大漠边陲而历经大自然的考验，岂能不是逆行者？

疫情时期有担当。在疫情尚未彻底消除的背景下，援疆人不计得失，不顾安危，义无反顾入疆履责，作为国家重要战略任务的参与者、实施者，岂能不是最美逆行者？

漫长的夜晚，因为这场争论，为枯燥的隔离时光增添了一丝乐趣。人们啊，请理解援疆人王婆卖瓜式的自夸自赞吧。

在宿舍

4 月 13 日下午民生花园隔离结束，我们集体乘车到实验中学援疆宿舍。

门关窗闭的宿舍，也抵挡不住沙尘暴的入侵，到处是细细的黄尘。草草打扫完宿舍，简单吃点东西，已快深夜 12 点了。

也许是刚隔离结束有点兴奋，也许是满屋土腥味的嗅觉刺激，我毫无睡意。坐在桌前，我打开了笔记本电脑，继续修改二中的同事发来的教学设计。一会儿，手机提示收到微信消息，原来是领队在“麦盖提教育援疆共同体”微信群里发出了通知：

明天 10 点在发展中心三楼会议室召开全体援疆教师会议，请按时参加。

回复后，我想：我们在如此艰难情形下逆风而行，来到南疆，距援疆结束还剩不到三个月了，是该商量一下怎样在短时间内发挥更大作用了。

逆风而行，无惧艰险，本就是援疆人本色！援疆支教，抗疫保学，时不我待啊！

注：本文发表于《今日作家》。

我的抗疫保学成果

“携手抗疫支教，共克时艰保学。寒假举国抗疫时期，我和我的小伙伴们，远隔万里开展云端教研，逐册逐篇进行教学设计，近50万字成果印制出品。感谢我的伙伴们！致敬援疆共同体！”

这是四月下旬的一个星期一，沙尘暴刚过去不到一周，前几天又下了一场罕见的喜雨，空气中的尘灰被一洗而净。校园里的那些白杨、法桐都显得格外生机盎然，原先灰蒙蒙的叶子露出了本色，散发着嫩绿的光泽。虽然每个人都戴着口罩，依然遮不住喜悦之色。

坐在办公桌前，面前是散发着油墨芳香的三本《语文教案》。看着刚发的这条朋友圈内容下不断增多的点赞和留言，我不禁想起了编写这套书的前前后后。

入疆后开展的与教学教研有关的方方面面，我都有很深的感触，尤其是语文教学。据了解，这里的学生从2017年10月才开始全面学习国家通用语言文字教材，语文基础差，良好语文学习习惯未养成。语文教师多数是近年招聘的青年大学生，受过语文教学专业教育的很少。学习基础差的学生，再加上专业水平不足的教师，教学成绩就可想而知了。多少次对青年教师课堂教学的听课评教，多少次对他们教学设计的检查交流，我都有一种沉重的感觉。我也越来越明确了这句话的深意：教育大计，教师为本。

学校领导对现状了解得更透彻。学校前任领导王书记和现任领导钟书记都高度重视援疆教师的传帮带作用，组成了以援疆教师为主的教研小组，组织开展多轮听评课活动。应该说，措施是正确的，效果也是明显的，不少青年教师的课堂教学水平有了较大进步，派出去参加县赛课活动的教师，取得了好名次就是证明。

关于教学设计,我和老师们交流的也很多。我发现,青年教师们对教学大都充满热情,但对教学设计重视不够,或者说教学设计缺乏针对性。这也不能怪他们,因为他们未受过系统专业教育,备课组中有经验的教师少,手边也缺乏实用教学参考资料。为此,在教研组活动时,在做学术报告时,在和老师们个别交流时,我都会表达这样的观点:要重视学情研究,要以本(课本)为本,要注重基础教学,针对学生实际撰写有效教案,要重视字词教学设计,要重视学生练习巩固等等。此外,我把东埠中学的教学网账号发到二中教师群里,动员老师们从中下载教案、课件等教学资料,分管教学的杨校长寄来学校的一些教学资料,我的教案也和老师们分享。不少青年教师反映,我的教案基本可以实行"拿来主义",有实用价值,但网上的一些资料过于高大上,需要再加工。但他们一是能力有限,二是再加工的时间、精力都不足。

2019年暑假返鲁居家时,和二中一位青年教师电话交流后,我忽然萌发了一个想法:编写一套实用的语文教案,供二中青年老师参考甚至拿来就用。于是,在和家乡朋友、亲人团聚交流之余,我开始了教案编写工作。我一直保持着对语文教学的热情和留存教学资料的习惯,从教30年的教学经历让我有了一定经验积累,对支教学校语文教学实际也有较透彻了解,所以这件事情做起来还是得心应手。

暑假结束再回二中,我已把初一的两册教案编好了。新学期援疆支教工作之余,我又开始了初二教材教案的编写。在寒假返乡时,已经开始了初三教材教案的编写。

猝不及防的新型冠状病毒肺炎在2020年新年初得到证实,一场全国性的防疫人民"战争"开始了。没有了走亲访友的各种应酬,我的寒假从来没有过这么宽裕的时间,我几乎把所有时间都用在了教学设计上。妻子和女儿都很支持我,家务活基本不用我插手。宅家防疫的最初阶段,6册语文教材的教学设计整体完成了。我清楚地记得那是正月十二。电脑前点击着一页页文稿、一篇篇设计,我心中充满成就感和自豪感。

二中的领导和老师们不时以各种方式和我交流着,聊聊国内外疫情,谈谈各地过年习俗,也会交流新学期的工作计划。在和钟书记的一次电话交流中,我提出了思考已久的想法:让语文骨干教师参入到教学设计中来,以促进其专业成长。听了我的计划,钟书记一再表示感谢,并提出了不少好的建议和具体要求。

我提出,按现在语文教师任课安排,每年级确定两名好学上进、业务水平高的教师参与,最好包括各年级备课组长。在分管业务副校长的大力支持下,6名教师名单第二天就确定下来。我在此郑重地写下这几位同事的名字:周彬、吴春香(七年级),王兴坤、蒋亮(八年级),俞霞、赵钰清(九年级)。他们是二中优秀语文教师的代表,在此后工作中表现出的认真谦虚的态度、勤奋钻研的精神,让我对南疆教师群体有了新的认识。

在我建的"教学设计"微信群里,我说了我的思路,大家提出了不少建议,如注重字词等基础教学设计、充分收集资料、加强教师主导作用等等,都是切合实际的好建议。经过热烈讨论后,我把我的教学设计电子版发去,提出要求:在吃透教材的基础上,修改我的设计,改动处用红色标识,也可重新设计。

此后,开始了每人一册的修订工作。有疑难之处,我们随时会在群里交流,无论昼夜,似乎大家都忘了是在度假中。其时,全国各地医护工作者驰援武汉,正和新冠病毒作殊死斗争。受疫情影响,鲁疆两地中小学都延迟开学,我们援疆教师也推迟了原定入疆时间。这段时间,学校积极落实上级教育部门"离校不离教,延期不延学"要求,组织开展网上教学。我们这个团队一边开展网络教学,一边网上教研,看不见的网络把我们紧紧连在一起。随着网上教研的推进,我们团队也从教学设计扩展到课堂教学、班级管理等多个方面,提出的问题也越来越有深度,解决方案也更加切实。我欣喜地感到,这些年轻同事专业成长的脚步明显加快了。

3月25日入疆前后,6位同事先后把修改后的教学设计电子版发给了我。我逐篇逐册审阅,很是感动。看得出,他们确实都用心了。我修正了不多的几个地方,多数都予以保留。我觉得,对教材他们不一定比我掌握的透彻,但对学生基础的了解以及如何引导,他们一定比我更有发言权。

钟书记采纳了我的建议，拟把我们的研究成果以校本教材的形式印制成书。既然成书，就该有书的样子。写完了相当于序言的“说明”，我开始琢磨装帧设计。在和团队交流中，我提出每年级的教学设计合为一册，用其中一篇课文文意画做封面。经过集思广益，各年级教学设计封面分别采用《望岳》《桃花源记》《沁园春·雪》三文文意画，“语文教案”中的“语文”二字则使用语文教材字体，封底则分别是一幅富有当地民族特色的刀郎农民画以及二中校徽和校训。装帧设计，我请了精通电脑技术的援友郝洪涛，花费了三个晚上才设计好。装帧效果图发到群里，大家一致赞好。山东元素，江山如此多娇，对美好生活的向往，民族风情，学校特色……看来这些意象的有机组合，大家都能领悟其内在含义：继承弘扬祖国优秀文化，与当地传统文化、学校特色相结合，促进学校国家通用语言文字教学。

入疆后即开始封闭。封闭期过后，我开始联系印书。当地有家位于城西的印刷厂，离学校 10 多里。我利用周六周日，骑自行车三次前往校版、看样书。老家是甘肃的印刷厂老板姓李，听说是援疆教师为学校编印校本教材，热情招待了一顿午饭，还特意叫来他的山东女婿作陪。老板热情如此，书的印制质量自不待言，我的同事们看到书后的喜悦也就可想而知了。

面前三本厚厚的抗疫保学成果散发着油墨的芳香。疫情面前，我们援疆教师更应该展现援疆人的担当和作为，把“抗疫保学”落到实处。如何更好地发挥我的教研团队抗疫保学成果作用，是下一步需要研究的又一课题。沉思中，几位语文同事来办公室找我，那就一起商议商议吧。

老乡小韩

援疆的第二年，我结识了一位当地农村干部，老家是安丘的。我怎么也没有想到，在离家万里的边陲大漠，会有老乡在此地建功立业。熟悉的乡音，浓浓的乡情，让我们的交往逐渐多起来。

我们的交往，从通过一位援友的微信推送添加好友开始。通过微信和电话交流我了解到，老乡姓韩，老家是安丘城郊的，标准的 90 后，18 岁应征入伍在新疆乌鲁木齐当兵 6 年，2016 年被招录为留疆战士分配到麦盖提参加工作，前年到农村担任党支部书记。通了几次话后，我叫他“小韩”，他称我“老周”，很快就到了无话不谈的程度，我们约定见面。

约了几次都没有成功。除了一次是因我参加教育局组织的教研活动没时间外，其他几次都是因小韩工作忙脱不开身。当好不容易在县城一家饭馆里见面时，我们的手紧紧握在一起。小韩和我脑海中的形象差不多，中等个子，留着小平头，眼睛不大但很有神，脸色有些发黑。整个人看起来很壮实、干练，待人也很热情、真诚。老乡见老乡，两眼泪汪汪。在距离家乡万里之遥的地方老乡相见，自是格外激动。那天，我们喝酒不多，但聊的不少。他说麦盖提的风土人情，我谈家乡的发展变化。我理解几年没回家的小韩对家乡的思念，他知道整天在校园和孩子们打交道的老周了解民族风情的期盼。素不相识的两个人，一个 60 后和一个 90 后，首次见面就毫无隔阂地畅谈两个多小时，过后我自己想想都觉得有点不可思议。

第二次见面是因他来县城开会，当时在场的还有几位参加“访惠聚”工作的干部。从他们的谈话中知道小韩在今天的会议中受到表彰还做了典型发言。他们对“韩书记”赞不绝口，说他既有山东人的踏实、质朴，又有新疆人的热情、豪爽，村里的扶贫工作走在全县前列……这几位干部多是像我这个年龄段的中年人,其中两位还是地厅级领导。小韩的态度既谦逊又朴实,自然得体。听着领导对小韩的赞扬,看着他的得体表现,我在心里为这位小老乡竖起大拇指。

接下来,小韩几次邀请我去村里做客,我也想看看南疆农村面貌,就在秋天的一个周末约两个援友一起骑车去。村子距县城近 10 公里，我们骑了近 1 个小时才到村口,他已在那里等候了。我们推着车子跟着小韩向村委会走去。脚下的路已硬化,也很宽敞,两辆车可以并行。大道两边是村民的房屋,屋顶都是平的,外墙是沙漠般颜色的土黄色,绘有五彩缤纷的壁画。大门多是铁制的,镂刻着民族风情的花纹，大门口墙上有一盏太阳能灯。路边有写着标语的牌子,不远处就有几个生活垃圾箱。村容村貌如此干净整洁、漂亮有序,可见村“两委”班子的工作能力。

我们走的看来是村里的主路,来来往往的人不少,每个人都衣着整洁,笑着和我们打招呼。小韩也不时停下来,和推着小推车看孙子的维吾尔族奶奶说会儿话,和扛着坎土曼的中年大叔聊一聊蔬菜大棚的管理,问一位站在大门口的大嫂花香白鹅的养殖情况，同几位青年人讨论灰枣销售的事情……一会儿说普通话,一会儿说维吾尔语,语言在不同年龄段村民间自如“切换”。而村民呢,老年人和他拥抱,中年人多数和他握手,那些和他年龄差不多大的年轻人则你推我一把、我打你一拳……大家对他的称呼也各不一样,有的叫他“韩书记”,有的称呼“小韩”“小韩书记”,有的喊他“哥们”“韩哥”……在这个以维吾尔族居民为主的南疆村庄，我的老乡——一位 90 后汉族村官，竟如此鱼水交融地和村民打成一片,如不是亲眼所见,我很难相信。

村委会的院落很大,院中间旗杆上飘扬着国旗。小韩领着我们沿着葡萄长廊走进东南角一间不大的房子,笑着介绍说这是自己的办公室兼宿舍。东北墙角是一张单人床,旁边的书橱里装满了文件夹和几张荣誉证书,中间是一张茶几,靠南墙摆着一组沙发,西窗下是一张办公桌,桌上有电脑、打印机和几份摊开的文件。条件如此简陋,出乎我的意料。

我们知道脱贫攻坚是当前农村的难题,就问了不少农村发展的问题。小韩有问必答，我从中了解到不少情况。这个村子户籍人口 324 户 1046 人，建档立卡贫困户 191 户 643 人，贫困人口占总人口的 61.4%。村内青壮年劳动力较少，以老人和孩子居多，缺乏劳动力，生产技能不高，土地收入较低，农民要依靠土地实现脱贫基本很难。小韩与村“两委”班子和党员、老干部等多次研究，反复入户调研，他还参加过县委组织的基层干部能力提升暨乡村振兴专题研修班培训、广东学习考察，最终确定了从根本上解决农民脱贫增收的路子，就是以土地流转释放更多劳动力，大力发展特色种植、特色养殖产业。在广东学习时，他就开始思考制定村里的土地流转“路线图”和“时间表”，回村后通过坚持不懈的努力，以党员、村干部带头，部分缺乏劳动力的贫困户参与，第一年土地流转 350 亩，流转土地的农民拿到了实实在在的收益，解放出来的劳动力通过外出务工实现家庭收入的明显增加。示范带动，效益明显，以后工作就好做了。

目前全村土地流转面积 2600 亩，基本实现了整村流转。村里组织在家的劳动力，在沙漠里的梭梭林下培育大芸，全力推进核桃、灰枣等林果业发展；采取“大户牵头，村委会入股，聘请贫困户管理，全体贫困户享受分红”的集中饲养模式，发展花香白鹅养殖，增加了村集体经济效益，解决了贫困户就业问题；采用“集中建设，集中管理”方式开展“黑珍珠”西瓜、“西州蜜”甜瓜和油白菜的小拱棚特色种植，解决大部分贫困户无种植技术的难题；筹集 90 万元资金建设手套加工厂，解决妇女就业难问题……通过近三年努力，该村贫困户人均纯收入从 2017 年的 4704 元增长到 2019 年的 8740 元，预计 2020 年贫困户人均纯收入将突破万元大关，达到 11000 元左右。“国家精准扶贫政策好，‘访惠聚’工作队领导的指导很到位，我们村有信心在 2020 年打赢脱贫攻坚战。”小韩语气中透着坚定。

在我们的交流中，不时有村民进来。一位大婶和一位大叔分别送来一袋干果和两个西瓜，都说是给小韩书记招待客人的；一位叫热孜万古丽的妇女来和韩书记确定给乡亲们传授花香白鹅养殖经验的时间（小韩介绍说她之前是贫困户，现在成了脱贫致富的典型，带动了村里 27 户农民的家庭养殖）；一个小伙子来请韩哥有时间去他的拱棚再指导一下种植技术……我们坐了还不到两

个小时的时间，就来了5个村民，男女老少都有，小韩和他们有说有笑，气氛很是融洽。有的村民他送到院里，还在葡萄架下再聊一会儿。想不到他的工作这样忙碌，我为我们的冒昧来访感到不好意思了。

正说着话，一位身材壮硕的中年人推门进来，小韩介绍说是村委会主任买买提艾力·玉苏音。听说我们是山东援疆教师，这位村主任很激动，逐个和我们握手："感谢山东给我们送来的好书记啊！别看韩书记年龄不大，但干工作精神足、思路广，我们都很佩服这位小老弟。他是带领群众脱贫致富的一把好手啊，我们村党支部连续两年被县委评为优秀党支部，这是之前从没有的事。自从韩书记来到村里，我们心里暖和了，手里有钱了，以后我们的干劲会更大！"听得出，这位维吾尔族村主任说的是肺腑之言。

中午饭是在村主任家里吃的，他坚持要替韩书记招待山东来的最尊贵的客人。主人很热情，饭菜很丰盛。饭桌上，两位村干部边吃边研究帮助村民瓜果销售等不少事情，言谈中让我们三人对南疆农村发展有了更深了解。

此后，我们都是通过电话和微信交流一下近况。他来县城开会或办事时，有时也匆匆见一面。组织党员学习抓基层组织建设，走访入户排查"两不愁三保障"情况，迎接脱贫攻坚专项巡视回头看，排查综治稳定各个环节的隐患，落实各项疫情防控措施，加强返乡人员排查，组建志愿服务队帮助村民田间管理……每次交流，他给我的感觉是一直在忙碌着，几乎没有闲暇时间。

因此，小韩再约我去做客，我都婉拒了。不是不想去，而是不忍心再去打扰。秋收时，我委托小韩购买过灰枣、棉花、蜂蜜等特产，质量好，价格也公道，寄回家亲朋好友都一致称好。小韩也送过我大芸等礼物，我给钱他却说什么也不收。

一个偶然机会，在一家媒体上发现了小韩的事迹报道，文章图文并茂地介绍了这位90后村支书带领村民奔小康、让青春在基层绽放别样光彩的事迹，还如数家珍地罗列了他获得的一系列荣誉。原来我的老乡还是当地“名人”呢！我打电话责怪他“出大名了，却瞒着老乡”，其实心里很为他高兴。是金子在哪里都会发光，小韩扎根塔克拉玛干沙漠边缘贡献青春力量，作为他的老乡，我也倍感光荣和自豪。

通过和小韩这位老乡的交往，我对他以及其他当地干部工作任务的繁重和工作作风的扎实有了深刻认识。有时我问他，是什么力量支撑着他在远离家乡的边陲这样不辞辛劳地工作？工作这么累，后悔过当年的选择吗？他都会憨厚地笑笑说，没有别的，就是在新疆时间长了，喜欢上这里了，就想尽量多干点事。我知道他说的是实话，因为我有同感：来麦盖提还不到两年，我也开始喜欢上这个地方了。

当葡萄架下满布绿荫，葡萄如串串碧绿珍珠垂挂下来的时候，我们完成援疆使命返鲁的日子也越来越近。小韩尽管很忙还要张罗着给我送行，我劝他不要勉强：等你回家探亲我们再聚吧，那时我一定用家乡最好的景芝酒，在墨熙鼓巷最好的酒店，为奉献边陲大漠的家乡骄子接风洗尘。我说的是真心话！

我的安丘老乡小韩名叫韩文鹏，现在在麦盖提县库木库萨尔乡尤库日塔瓦尔克斯克村担任村党支部书记。如果读到此文的朋友见到他，请代我问好。

后记：返鲁后的一次微信交流中，小韩告知我，他已于2021年8月4日当选为库木库萨尔乡副乡长。我一连回点三个赞，心里真为这位在边陲大漠建功立业的老乡高兴。

注：本文获由中共潍坊市委宣传部、潍坊市文学艺术界联合会主办，潍坊市作家协会、潍坊文学院承办的“潍坊市庆祝中国共产党成立100周年文学作品征文”散文类三等奖，发表于《齐鲁晚报》《风筝都》《安丘早读》《渠丘文学》。

再见,我的麦盖提

六月下旬的麦盖提，天气渐渐热起来。随着高温一起来的一个消息传开来:两年援疆即将结束,返鲁回家可期!

那是一个傍晚,西天灿烂的晚霞如熊熊烈火般绚烂,为广袤的夜空添加了浓墨重彩的一笔。在实验中学操场上散步的援友正陶醉于这边陲神奇景色,初闻佳音,顿有“漫卷诗书喜欲狂”之态。说长不长、说短不短的两年,万里外朝朝暮暮的牵挂,将得舒解,焉能不喜?但慢慢地,不舍之情渐渐从心里涌上来,这就要离开麦盖提了吗?

与家乡迥然不同的气候、环境和饮食带来的身体不适,对家乡、亲人的牵挂,当初曾让我们那么渴望这一刻。但两年时光匆匆而逝,我们已深深爱上这方热土,一旦真的要告别,怎能不顿生无限留恋?

再去刀郎和平公园看看,那里的玫瑰开得正好,只是可惜一直在这里举办的灰枣节今年是赶不上了;再去刀郎文化广场跳一曲刀郎木卡姆,这样奔放的舞蹈回到家乡是不可能有的;再去叶尔羌河畔走走,看看那些坚强的胡杨树;再到塔克拉玛干沙漠逛逛,看看百万亩防风固沙生态林

的绿荫中是否有了新的鸟儿，装几瓶世界第二大沙漠的黄沙留作纪念；更要在县城大街小巷的美食摊前多多逗留，回去后哪有这样地道的烤羊肉串？

以纯真笑颜充实我大漠时光的孩子们，请原谅老师没有把要离别的消息相告，即将迎来期末考试的你们，现在更需要聚精会神听老师的考前指导，争取再创佳绩；这些学习用品和课外读物每人都有份，是老师对你们认真听课的奖励；我们师生合一张影吧，照片题头就写“万里尚为邻，鲁疆一家亲”。孩子们啊，希望你们能一直记得山东来的周老师，也希望将来我们能在山东的内高班或大学里再相见。

我可敬的同事们，我们围着整修一新的操场再走几圈，谈谈语文教学，谈谈学生管理。请收下我的拙著和这些教学资料，我希望不久的将来也读到大家校园漫步的教育故事，听到你们成长为名师的佳音。你们用一杯杯醇厚的伊犁老窖诉说着谢意，其实最该感谢的是你们，和你们在一起让我焕发了青春，体会到了“教学相长”的快乐。

我尊敬的领导和知心的朋友，你们不必再夸赞我，和你们扎根边疆“献了青春献终身，献了终身献子孙”几代人敢叫日月换新天的壮举相比，我做的一切微不足道。也不要再设宴饯行了，昨日的烤全羊已让我回味无穷。让我回请一次，就喝我家乡的春开窖，秋收冬藏春开窖，这用岁月酿就的美酒是当年恩师冯金国董事长为我壮行所赠，在离别的日子里，请新疆朋友品尝山东最好的美酒，让我们今晚不醉不归！如有缘相会于山东，我一定陪大家去元隆酒庄体会“桃花流水春开窖，细雨和风客到门”的意境，观美酒开窖、品地道佳酿。

两年援疆路，一生援友情，我亲爱的援友，今生有缘见证共同的远方。感谢你珍贵的礼物，也请收好我的拙著，希望不久的将来读到彼此的《我的远方》。让我们共同举杯，就着浓浓乡情一饮而尽。酒好也不能贪杯，回到家乡再相聚，老周保证春开窖管够。

归期未定，妻子却一天一个电话问询。理解你的辛苦和期盼，以此诗作答吧：

君问归期未有期，
瀚海沙暴掩日迟。
何当共剪西窗烛，
却话刀郎起舞时。

不要礼物，你回来就好。话虽如此，该带回的礼物还是要准备的，何况还有那么多一直关心我的亲朋好友、领导同事。再去巴扎的干果摊前，和白胡子维吾尔族大叔聊一聊，看看又有什么好货。新疆干果香又甜，管保亲人们都喜欢，万里送鹅毛，一袋葡萄干也能略表我的心意。

用两年援疆佳绩回答了“来疆为什么？在疆干什么？”的我们，该考虑“离疆留什么？”援疆灵魂三问的最后一问了。学校图书馆里整齐排列的一架架图书，孩子们明显提升的各科成绩，已挑起教学教研重任的青年骨干教师，“推动国家通用语言文字的规范化、标准化及其健康发展，打造一支带不走的骨干教师队伍”课题落地生根，是我们为当地教育最真诚的奉献；满载援疆工作探索与实践的成果带着油墨芳香印出了，《叶尔羌河畔的“出塞曲”》是送给下一批援友最好的礼物；乡村脱贫群众脸上欢畅的笑容，维吾尔族大叔竖起大拇指说出的“山东老师，亚克西！”，是我们留下的口碑……用两年时光回答的援疆三问，希望能得到组织和群众的肯定。

在七月火热的阳光照耀下，葡萄架上垂挂的串串葡萄泛着碧玉般的光泽，撤离的集结号不顾人们深重的离情吹响了。把宿舍再清理一下，把写给新主人的信放到书桌上，祝他在麦盖提生活更愉快、工作更出色！楼下响起客车催促的笛声，背起行囊，细细看着哭过、笑过的412宿舍，一步一回头地到楼下汇集。前来送行的当地亲人已等候多时，握手、拥抱，祝福的话儿说了一遍又一遍，这一刻不要问谁的眼泪在飞。我的亲人啊，此后万里相隔的麦盖提将是我魂牵梦绕的远方，我怎会把你忘记？也请记得相会于齐鲁的约定，到时我们再把酒话刀郎。

“送给你小心心/送你花一朵/你在我生命中/太多的感动/你是我的天使/一路指引我/无论岁月变幻/爱你唱成歌……”，谁能想到孩子们以如此催泪方式送别不告而别的周老师。在客车上，打开二中同事发来的视频，一张张熟悉的笑脸一一闪出，一边做着比心手势舞，一边唱着歌儿，最后定格在那张师生合影中。谢谢你们，我的小天使，你们的纯真温暖了我知天命之年后的两个四季，因为有你们，爱常在我心底……

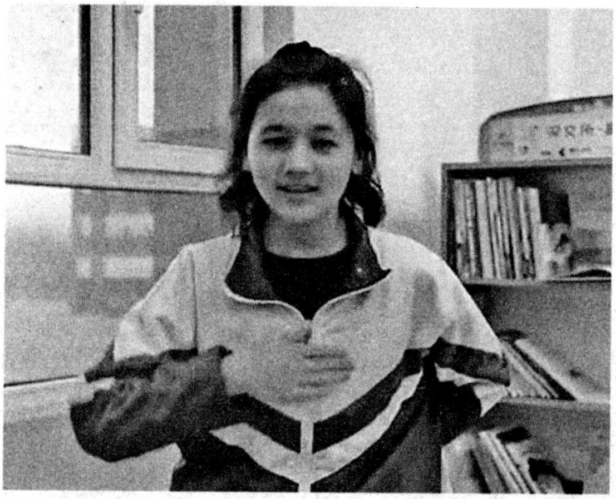

热泪横流中，我一次次挥手和第二故乡告别，心中默念：

再见，我的麦盖提；再见，我的第二中学；再见，我的八年级11班；再见，我的远方亲人……我挥一挥手，作别西天的云彩。此去经年，彼此想念，惟愿顺遂平安！

注：本文获安丘市融媒体中心和山东春开窖酒业公司联合举办的“春开窖·元隆酒庄”杯“我的纪念日”文学征文活动三等奖，发表于《今日安丘》。

第三辑　瀚海留痕

三月的麦盖提严寒正在消退，叶尔羌河水卷着浮冰滚滚向前，二中校园里洋溢着朗朗读书声，东墙边白杨枝条上缀满待放花苞，一群白鸽欢快地从蓝天飞过……从去年夏季和这个边陲小城第一次相遇开始，麦盖提的每个季节都让人觉得很美，都有一种让它更美的迫切愿望。

为了这场与麦盖提的最美相遇

——记援疆教师周志刚的支教故事

为什么我的眼里常含泪水?

因为我对这土地爱得深沉……

——题记

2019 年 3 月 17 日,新疆麦盖提县第二中学会议室里,一场捐赠仪式正在进行。

会议室屏幕上,滚动着一行大字:山东援疆教师联系捐助麦盖提县第二中学受捐仪式。大字红彤彤的,像一颗颗跃动的心。主席台上,一个质朴的中年汉子,一项项向党支部书记王建蓉转交着捐赠的书籍、钱款。每转交一项,都伴随着全场热烈的掌声。

中年汉子脸上一直挂着淡淡笑容,虔诚地做着转交。他的目光越过台下那些维吾尔族学生和朝夕相处的同事,望向远处。他仿佛看到麦盖提大漠的千年胡杨、叶尔羌河畔的茫茫红柳,仿佛望到潍坊天空中飘浮的风筝、安丘青云山上高耸的渠丘阁……

他,就是山东省安丘市东埠中学副校长、现为新疆麦盖提县第二中学语文教师和兼职教研员的周志刚。

道阻且长援疆路

说起来,周志刚的援疆之路,颇有些曲折。

去年六月的一天,时为安丘市东埠中学副校长的周志刚,看到了选派援疆教师的通知,这位 50 岁的学校管理干部动心了,当时就想报名。但考虑到家庭情况和学校工作,他又有些迟疑。

和他同龄的妻子也是一位教师，自成家后夫妻俩就没有过长时间的分别，他们都已经习惯了朝夕相守的日子。得知丈夫心思后，一贯支持丈夫工作的她说了句:“我守着家，你放心就行。”

大学毕业的女儿，在父母的陪伴下，刚考得了公务员招考笔试第一名，正在准备着面试。这位自立向上的女孩俏皮地和父亲说:“不用担心我，老爸等我胜利的消息吧！”

当向年愈八旬的父母征求意见时，他的脑海里突然冒出一句话“父母在，不远游”。两位深明大义的老人坚定支持儿子:“自古忠孝不能两全。援疆是为国尽忠，去吧。”

放下了千般顾虑，周志刚按照程序报名并通过了层层选拔，开始做着各项赴疆准备。就在赴疆规定日期的前三天，父亲溘然长逝，身为长子的他悲痛欲绝。在处理父亲后事的间隙，他向山东省对口支援新疆工作指挥部提出缓期入疆的申请。送走父亲的第八天，他独自踏上了赴疆行程。动身前，他伏在母亲膝下泪流满面，久久不愿起来。

由于沉浸在悲痛中，神思恍惚的他在济南机场没有听到催促登机的广播声。几经波折，终达支教地。在援疆楼前，他放下行囊，面向东方深深地鞠了一躬。

为了心中那份家国情怀

你为什么去援疆?

这个问题，当时不知有多少人，以各种方式向周志刚提出疑问。不知他当时的回答是什么。我们在《新疆支教》公众号上，看到了他发表的题为《麦盖提:我的诗和远方》的文章，找到了答案:

一个老党员的使命担当。援疆是国家重大战略。作为一个有着二十多年党龄的老党员，自觉响应习近平总书记的号召，积极参加国家万名教师援疆计划，助力新疆教育事业发展，就是为维护新疆社会稳定实现长治久安做贡献。这是一个老共产党员的使命，一个老教师的担当！

家国情怀和诗与远方兼得。“男儿何不带吴钩，收取关山五十州”“黄沙百战穿金甲,不破楼兰终不还”“愿将腰下剑,直为斩楼兰”……每每读到这些慷慨激昂的边塞诗,总是热血沸腾,长恨不能横戈马上为国戍边。可能还有点浪漫主义情怀,向往诗和远方。驼铃阵阵的丝绸古道,一个个渴望知识改变命运的维吾尔族孩子……会满足我对诗和远方的所有想象，是我抒发家国情怀的最佳舞台。有这样一个支援边疆建设的机会摆在面前,焉能不心动?

这就是他的回答！使命担当,家国情怀,在这个已到知天命之年的山东汉子身上,竟如此密切地交汇在一起。据周志刚说,在麦盖提支教的教师来自山东八个地区,年龄、性格均不同,但都相处得很融洽。

一群富有家国情怀的人,一起走在援疆的大道上,回头有一路的故事,低头有坚定的脚步,抬头有清晰的远方,该是一道多美的风景啊!

麦盖提最美的风景

距离山东安丘万里之遥的麦盖提县，在祖国西北边陲塔克拉玛干沙漠边缘。那里,茫茫大漠中千年胡杨或伏或立,滚滚流淌的叶尔羌河两岸红柳层生,悠闲的刀郎羊在连绵灰枣地里游走，身穿鲜艳民族服饰的古丽和巴郎子欢快地跳着刀郎麦西热甫……周志刚觉得麦盖提的风景美极了。“援疆教师为了维吾尔族孩子进步而付出的艰辛努力,才是二中最美风景。”麦盖提二中党支部书记王建蓉在欢迎会上这样说。

周志刚支教的麦盖提县第二中学,是一所 2018 年 3 月才成立的学校,办学条件较差,学生是基础较差的乡镇维吾尔族孩子,教师多数是教育教学水平有待提升的新入职大学生。短暂了解校情后,周志刚和援友们紧张有序地投入了支教工作。

当面对七年级11班的学生时，他才真实感到两地教育水平的差距。麦盖提学生2017年10月才开始学习国家通用语言文字教材，班级中多数学生认不全汉字，未养成讲普通话、规范书写习惯，多数学生作文写不到100字。

为了提高孩子们的语文学习成绩，周志刚决定从最基础的抓起。课堂教学中，他随时纠正学生的坐姿、写姿，对学生耳提面命"三个一要做到"等要求；根据实际探索有效课堂模式，发挥教师示范作用，多练习、常检查、重落实，注意培养语文良好学习习惯。针对学生阅读面窄现状，他有计划地拓展阅读教学，指导阅读方法，开展语文课外活动，提高语文学习兴趣，为孩子们打下良好语文学习根基。期末考试中，他任教的班级语文成绩明显提升，参与国家通用语言文字比赛活动获奖人数名列前茅。

周志刚的另一个身份是兼职教研员。为促进青年教师专业成长，他几乎每周都上示范课。作为学校聘请的语文指导教师，半个学期听评课达到38节。以语文评委组组长身份参加组织了麦盖提县首届优质课比赛活动，促进了县域内教师课堂授课水平的提高，他指导的4名教师获得包括第一名在内的好成绩。他带领同事开展"课外阅读教学指导"课题研究，研究成果在《麦盖提教育》发表推广。在一次教研活动时，教研组长吴春香由衷地说："有了周老师的指导，我们的语文教学更有底气了。"

除了教学教研外，周志刚还积极参加民族团结活动。平日里，他认真学习党的民族政策，尊重维吾尔族教师，热爱维吾尔族学生，和很多维吾尔族教师和学生成了好朋友。他踊跃参加"民族团结一家亲"活动，国庆节期间和援友们一起出钱买面买油，到九乡三村看望贫困户，和维吾尔族群众一起吃手抓饭、跳刀郎麦西热甫;在灰枣节期间,购买当地灰枣等特产,尽最大能力参加扶贫行动。放假回鲁后,看到学校微信群里为去世的阿布都塞买提·萨丁老师家庭捐款,他参照捐的最多款额奉献了爱心。王书记特意发去微信:"真心感谢您的大爱。好人一生平安!"

春节期间的牵挂

就像给那位不相熟的维吾尔族老师家庭捐款一样,放假回山东过春节的周志刚,也一直牵挂着麦盖提二中的同事和孩子们。他的脑海里经常浮现出二中图书室空荡荡的书架和孩子们一双双渴望读书的眼睛,也经常想起王书记介绍的情况:上级要求各学校 2019 年标准化建设达标,但目前学校图书缺口就达数万余册,办学非常困难。如何更好地帮助学校发展?他为此想了很长时间。

去和徐军民校长汇报援疆工作时,周志刚重点汇报了麦盖提二中的困难。这位教育情怀浓厚的齐鲁名校长立即组织会议研究了捐书助智方案。周志刚受命拟定《开展"鲁疆根连根,追梦心连心"活动倡议书》,印发至各校区师生及家长。倡议得到了热烈响应。周志刚逐个校区去做援疆报告,更激发了捐赠热情。最后统计,东埠中学师生捐赠图书 7320 册、人民币 50000 元!

为了加大捐赠力度,周志刚还多方联系有关教育机构,这些机构也纷纷伸出了援手。北京《教育家》杂志社常年捐赠杂志每期 10 本,中国新教育智库捐赠书籍 100 册、《新教育报》100 期,山东省泰山教育创新研究院捐赠 300 本图书。这些机构还提出,今后将通过免费提供教育策划、培训校干教师等多种方式,为边疆建设贡献更大力量!

为了这些活动,周志刚付出了精力和财力。年前年后他去相关部门拜访,介绍新疆发展的大好形势和麦盖提教育遇到的困难;学校捐赠活动中,他捐赠 37 本新书,也是捐款最多者之一;他退掉定好的车票,改买昂贵的机票,只是为了省出时间协调捐赠活动……麦盖提县教育局副局长孙葆春在受捐仪式上说:"周志刚老师联系组织的捐赠助智活动措施得力、效果良好,有效解决支教学校的实际困难,彰显援疆教师浓厚家国情怀和无私奉献援疆精神,架起了鲁疆两地友谊桥梁,值得其他援友好好学习!"

面对领导肯定和同事好评，周志刚这样说："在联系捐赠工作中，我深深地感受到其他省份人民对维护民族团结的坚定信念，更加深了援疆使命的认识。我做的这一切，是援疆教师的职责所在，是一个共产党员的使命担当。"

新栽杨柳三千里，引得春风度玉门。三月的麦盖提严寒正在消退，叶尔羌河水卷着浮冰滚滚向前，二中校园里洋溢着朗朗读书声，东墙边白杨枝条上缀满待放花苞，一群白鸽欢快地从蓝天飞过……从去年夏季和这个边陲小城第一次相遇开始，麦盖提的每个季节都让周志刚觉得很美，都有一种让它更美的迫切愿望。他在捐赠仪式上这样说："为了这场和麦盖提的最美相遇，我将继续用心用情用力做好援疆工作，在新时代的春天里谱写更美的支教诗篇！"

注：本文发表于《山东青年报·教育周刊》，作者：鲁江源　杨永强。

山东援疆教师在“二中论坛”精彩开讲

4月19日，谷雨前日，麦盖提县第二中学“二中论坛”再次开讲，援疆教师耿兴臣、周志刚的精彩报告，如同春雨浸润着二中校园。

为了传播新课改理念，促进教师专业成长，本学期始，二中开设面向全体教师的“二中论坛”，定期邀请县内外专家和本校名师举办学术报告，本次已是第二讲。首先开讲的是山东滨州援疆教师耿兴臣，这位有多年教育管理经验的老教育管理干部，以《转变教学观念，提高课堂教学质量》为题，结合开学以来听课情况，从课堂中暴露出的问题入手，深入浅出提出多条教学改进建议，使老师们明确了好课标准和今后课改思路。

第二位开讲的是来自山东潍坊的周志刚，这位来自教育强市优质学校的副校长，以《遇见更好的自己》为题，结合自身成长历程和个人教育著作《校园漫步》，从热爱教育、专心教研、关爱学生、关心学校等多个维度，以诗化的优美表述，对教师成长提出诚恳建议，既有理论支撑，又有实例论证，为青年教师专业成长指出了目标和方向。

春风化雨，雨生百谷。这场谷雨到来之际的精彩报告，引发热烈反响。教务处副主任阿提古丽·玉素音深有感触地说,两位名师的报告让我们认识到课改等方面的不足,也明确了改进方向,对今后教育教学提升大有裨益。党支部书记王建蓉在总结中高度评价了这场报告,要求全体教师学习援疆教师浓郁的教育情怀和深厚的教育素养,借助援疆教师这一宝贵教育资源,以“二中论坛”为舞台,乘着课改的春风,努力提升教育教学水平,为二中更美好的明天团结奋进。

静水流深,沧笙踏歌。在二中支教的八位山东教师,是当地平均年龄最大、援疆情怀最浓的支教队伍,他们充分利用教育教学经验丰富的优势,深入教学一线做示范,真诚提出合理化建议,积极为学校赠书捐资,已成为二中重要的教育力量。

注:本文发表于《日照援疆》、中国新教育网,作者:鲁江源 杨永强。

聚焦师能提升 建设一支带不走的高素质教师队伍

——麦盖提县第二中学教育援疆团队工作纪实

2018年8月，根据党中央援疆战略部署和山东省委、省政府援疆工作安排,通过各级组织层层选拔,山东省部分优秀教师参加了教育部等四部委组织的“援疆万人计划”,有幸来到祖国西部边陲新疆喀什援疆,其中我们10人先后被分配到刀郎之乡麦盖提县第二中学支教。入疆以来,我们麦盖提二中教育援疆团队不忘援疆初心,牢记支教使命,以踏石留印的精神扎实工作,如大漠胡杨般坚守支教岗位,聚焦师能提升,为建设一支带不走的高素质教师队伍付出了最大的努力。

麦盖提县第二中学是一所建于2018年3月的新校，有经验的骨干教师较少,教师多数是新入职的大学生,教育教学经验缺乏,学校整体教师队伍素质有待提升。在二中支教的山东援疆教师团队,教龄都在十年以上,其中有5人原为学校的中层或校级领导,是一支教育教学经验丰富、教育情怀浓郁的支教团队。鉴于学校教师队伍建设需要和援疆教师团队实际,麦盖提二中教育援疆团队立足于多措并举提升教师整体素质，以丰富的教育经验和高超的教学管理智慧,致力于打造一支带不走的高素质教师队伍,取得了良好效果。

一、聚焦课堂,开展“听—评—改一体化”活动,提高教学水平

“发挥教育援疆团队的最大作用！”这是进校伊始的欢迎山东援疆教师座谈会上,二中学校领导提出的希望。“如何发挥援疆支教的最大作用？”这是二中教育援疆团队每个人都在深入思考的问题。学校领导的希望要求与支教教师的思考方向不谋而合。经过热烈讨论,最终达成共识:发挥援疆教师教育教学经验丰富的优势,在帮扶青年教师课堂教学水平方面开展工作。此后,围绕课堂教学,一系列帮扶活动扎实有序地开展起来。

听课调研：在学校安排下，教育援疆团队利用2周的时间，深入课堂听课，了解学情教情，掌握了课堂教学的问题所在，主要有教师教学基本功不扎实、教学中基本环节不齐全、基本没有课堂合作学习等方面；再利用1周的时间，采用召开教师和学生座谈会、个别交流、问卷调查等方式，了解教师和学生在教与学方面存在的困难和期盼。通过听课和调研，教育援疆团队摸清了问题症结，为下一步帮扶找到了思路。

评析课堂：根据任教学科，二中教育援疆团队每人每天听课至少2节，听后及时组织评课，同备课组参加，援疆教师主评。评课重点为查摆问题、提出整改建议。

课堂整改：根据援疆教师的课堂教学整改建议，青年教师选择适当时机上课堂整改课，援疆教师再次听课、评课。

示范教学：援疆教师的课堂随时对青年教师开放，学校规定援疆教师每周至少上两节精心准备的示范课，同科教师参加听课。课后的评课，援疆教师对课堂模式、教学思路设计等重点作说明，并回答听课教师的咨询。

结对帮扶：教育援疆团队配合学校教研室制订了学校“青蓝工程”，每名援疆教师为师傅，与3—5名青年教师结成帮扶对子，有针对性地对青年教师进行教学业务帮扶。

通过聚焦课堂的听—评—改一体化活动，极大地提高了青年教师的课堂教学水平，同时也培养了一批青年骨干教师。

二、举办讲座，实施教育素养提升活动，开阔教育视野

教育援疆团队在调研中发现，由于教师队伍中青年教师居多，而青年教师又多是近年来新入职大学生，其中师范院校毕业的仅占少数，因此教师队伍的教育教学理论修养不足，教育视野不够开阔。为了提升青年教师队伍的教育素养，教育援疆团队有针对性开展了系列工作：

二中论坛主讲：“二中论坛”是学校为提升教师教育素养而开设，邀请校内外名师专家主讲。援疆教师中，先后有周志刚、耿兴臣、徐华民等主讲，内容涉及教师专业成长、班级管理、学生习惯养成等多个方面，深受青年教师欢迎。

主持教研活动：在学校各教研组组织的学科教研活动中，援疆教师积极参加，多数是主持或主讲，针对学科教学存在的问题，开诚布公地提出解决措施，有的还分享了山东学校的教学资源，如周志刚老师把山东学校的校本教材和有偿教育网站提供给二中教师，唐彦廷、王洪瑞老师把精心收藏的教学资源库分享给同科老师。

通过论坛讲座、教育智慧和资源分享等方式，教育援疆团队开阔了青年教师的教育视野，为提升教师队伍教育素养做出了努力。

三、捐书导读，推进校园读书活动，培养教师阅读习惯

当初到二中支教，援疆教师发现，二中图书室的多数书架空空如也。为响应麦盖提教育局加强校园标准化建设号召，援疆教师周志刚率先联系捐书，此后援疆教师徐华民、唐彦廷、贾增贵、聂秀场、聂加超、韩召忠等也先后联系，共为学校联系捐赠图书 7 万余册，充实了学校图书室，为解决师生无书可读的困境尽了一份力。

解决图书问题后，援疆教师配合学校组织了丰富多彩的读书活动，针对教师的有教育书籍推荐、名著介绍、师生共读一本书、学生阅读方法指导经验座谈等，营造了浓厚的读书氛围，培养了教师阅读习惯。

除捐赠图书外，援疆教师周志刚还联系捐赠人民币 5 万元，用于教师专业发展基金，现已奖励先进教师 2 批 80 余人次，鼓舞了争先创优的士气；援疆教师唐彦廷联系捐赠电脑 40 余台、冲锋衣 150 套，解决了学校电脑缺少难题。

四、建言献策，提出合理化建议，促进队伍管理

在二中支教的援疆教师，大都教育阅历丰富，对教育教学有一定管理经验。援疆教师本着“进了二中门，就是二中人”的思想，以主人翁的姿态，主动发现教育教学管理中存在的问题，积极建言献策，提出多条合理化建议，促进了学校管理工作。

被任命为学校副校长的援疆教师聂秀场建议对绩效考核工作中的教学效果分类进行改革，并且在个人反复试验后，将该方法教授给了分管的责任人，解决了一项学校相关同志需要花很长时间摸索的难题。在学校党支部管理工作出现难题时，他提出让援疆党员教师充实到学校最基层的党支部力量中，从最基层指导学校的管理工作。这些建议和措施，解决了学校管理难题，体现了山东援疆教师的管理智慧，得到学校领导的高度肯定。

不忘援疆初心，牢记支教使命，这是麦盖提二中教育援疆团队的真实写照。这支团队扎扎实实的工作促进了学校提升，尤其是促进了教师队伍的专业发展。在他们的努力下，学校办学思路更加清晰，与先进的办学理念更加接轨，教师队伍的课改意识增强，一批骨干教师正在成长，学校办学条件得到改善，对师生的激励作用明显增强。“你们为学校发展做出了突出贡献，学校衷心感谢你们！”在一次座谈会上，二中党支部书记钟文通表达了这样心声。

千淘万漉虽辛苦，吹尽黄沙始到金。麦盖提县第二中学教育援疆团队，将在辽阔的西部边陲度过充实的两年，现在正满怀“新载杨柳三千里，引得春风度玉门”的豪情和信心，聚焦师能提升，为建设一支带不走的高素质教师队伍而努力着。我们相信，这支队伍，一定会以高度的政治使命感、良好的精神状态、扎实的工作作风和实实在在的业绩，向山东的父老乡亲、向麦盖提县各族干部群众和支教学校，交上一份满意的答卷！

注：本文选自日照市对口支援麦盖提县工作指挥部组织编写的《叶尔羌河畔的“出塞曲”》（周志刚为编委之一），周志刚执笔。

立足学校实际
多措并举提高学生国家通用语言文字水平

语言是人类最重要的交际工具,是人们进行沟通的主要表达方式。为推动国家通用语言文字的规范化、标准化及其健康发展,使国家通用语言文字在社会生活中更好地发挥作用,促进各民族、各地区经济文化交流,我国在2000年修订通过了《中华人民共和国国家通用语言文字法》,确立了普通话和规范汉字的"国家通用语言文字"的法定地位。

新疆是一个多民族的地区,麦盖提是一个以维吾尔族人口为主的县。1984年，新疆维吾尔自治区党委提出在少数民族学校加强国家通用语言文字教学的战略部署,2010年5月召开的中央新疆工作座谈会也明确提出:"要贯彻落实国家通用语言文字法。"少数民族学生掌握国家通用语言文字,无论是在学习还是生活中都会得到更多的便利。据调查,麦盖提县的学生于2017年10月开始全面学习国家通用语言文字教材，现在的初中学生汉字识字量和词语储备很少,国家通用语言文字水平普遍较低;承担语文教学任务的教师,青年教师居多,水平良莠不齐,在一定程度上影响了学生国家通用语言文字水平的提升。

大力加强国家通用语言文字教学,使学校各少数民族学生掌握、使用好国家通用语言文字,是当前麦盖提县学校教育教学面临的迫切任务。笔者现在新疆喀什地区麦盖提县第二中学支教,任教语文课,对国家通用语言文字教学进行了较广泛探索、较深入思考。现以麦盖提二中的国家通用语言文字教学为例,对提高维吾尔族学生国家通用语言文字水平提几点浅见,以求教于大方之家。

一、加强宣传,营造氛围,提高学生对学习国家通用语言文字重要性的认识

由于学生全面学习国家通用语言文字教材的时间较短暂，再加上前些年相关教育宣传措施不到位，导致部分维吾尔族学生对学习国家通用语言文字的重要性认识不足，学习积极性较小，学习效果较差。必须尽快提高学生对学习国家通用语言文字重要性的认识，以提高其学习的积极性和主动性。

加强对《中华人民共和国国家通用语言文字法》和中央、自治区相关要求的宣传。通过印发明白纸、集中辅导、专题班校会等方式，大张旗鼓宣传国家政策法规要求，大张旗鼓宣传掌握国家通用语言文字的重要性和必要性，提高学生的思想认识，提高他们的学习动力。

营造学习国家通用语言文字的良好氛围。在校园里，落实好“国家通用语言是校园语言”的要求，师生之间、生生之间的交流要用普通话，书写规范汉字。在教室、走廊、宿舍、宣传栏等处，书写、张贴国家通用语言文字的相关条文、传统文化经典语句、励志名言等，让每面墙壁都“说”普通话。开通校园广播，组织学习普通话竞赛活动，让每个空间都充满国家通用语言文字。大力营造学习国家通用语言文字的良好氛围，让学生沉浸在国家通用语言文字的海洋中，如春风化雨般润物无声，不知不觉间就会提高了国家通用语言文字水平。

二、发挥课堂主渠道作用，构建有效课堂教学模式，提高国家通用语言文字教学效果

课堂是学生学习国家通用语言文字的主阵地、主渠道，必须充分发挥好课堂教学的作用，改变当前国家通用语言文字教学用时多、见效慢的现状。

不论哪一学科的教师，都有进行国家通用语言文字教学的责任。在课堂上，教师必须说普通话，写规范汉字。教师声音要响亮，吐字要清晰，表意要明确，要让学生听到、听懂老师的教学语言，切戒声音含糊不清。教师书写要工工整整，一笔一划，切忌书写潦草、笔顺错误，以免误导学生。

注意学生正确坐姿、写姿的培养。只有有了正确的坐姿、写姿，才能写出规范汉字。由于维吾尔族文字和汉字书写在书写方向、顺序等方面的差异，不少学生在写汉字时斜着身子，笔画也做不到横平竖直，有的坐姿也不正确。教师在课堂上要随时纠正学生错误的写姿、坐姿，山东小学生的“身坐正，脚放平”“三个一要做到”等坐姿、写姿要求，也适合新疆的初中生，不妨以此对学生进行督促。

根据学生国家通用语言文字水平差、学科基础弱的现状，构建有效课堂模式。语文教学要从学生实际出发，注意发挥教师和优秀学生的示范作用，在朗读、书写、问题解答等环节，要起到引领示范效果，不能随意；注重课堂效果，精讲多练，少灌输、常检查、重落实，不能盲目追求进度；开展合作学习，发挥学习小组作用，培养“小老师”；注意语文良好学习习惯养成，打牢语文学习根基。

三、加强课外阅读指导，开展丰富国家通用语言文字训练活动，提升学生语文素养

提升学生学科素养，是学科教学的重要关注。而学生语文素养的提升，离不开课外阅读和丰富的国家通用语言文字训练活动。

加强学生课外阅读指导，开阔学生视野。据调查，由于家庭经济、语文水平、学习兴趣等原因，学生的课外阅读量普遍少得很，少部分有过课外阅读经历的也不得其法。这种状况，对提高学生国家通用语言文字水平、开阔视野极为不利。要各方面工作齐头并进：以捐赠、共享等方式，解决学生无课外读物的问题；激发学生阅读兴趣，教授阅读书目的选择方法；指导精读与略读、做读书笔记、写读书感想的方法等等。

开展丰富国家通用语言文字活动，锻炼国家通用语言文字应用能力。在课堂学习之外，开展丰富多彩的普通话活动，如读书朗诵会、书写大赛、作文比赛、课本剧表演、校园小记者采访、读书笔记展评等，课内外相结合，让学生在具体的活动中一展身手，可以很好地锻炼国家通用语言文字应用水平，从而提高学生的语文素养。

四、加大教师队伍建设力度，提高教师队伍整体水平

百年大计，教育为本；教育大计，教师为本。习近平总书记说过：“一个人遇到好老师是人生的幸运，一个学校有好老师是学校的光荣，一个民族源源不断涌现出一批又一批好老师则是民族的希望。”教师在学生成长、学校发展、民族进步中起到的作用，怎样强调都不过分。但是，教师队伍正是制约麦盖提二中发展、学生素质提升尤其是国家通用语言文字水平提升的重要因素。二中的任课教师队伍中，80%以上是近几年新招聘的大学生，业务水平不高。如何建设一支素质过硬的教师队伍，以保障教育教学水平的提高，是摆在二中和其他学校面前的一道难题。

以人文关怀和提高待遇的方式，让青年教师安心从教。对青年教师，学校管理者要允许他们不完美、出差错，不要苛求，要关注他们的婚恋需求，走进青年教师心里，实行人文关怀，以情感人，让远离家乡亲人的青年人感受到学校大集体的温暖和领导的关怀；要在现有条件下，尽最大可能解决青年教师的实际困难，提高经济待遇。从精神和经济两方面优待青年教师，让他们在麦盖提进得来、留得下、安下心。

加强青年教师培训，提高教育教学素质。要多措并举加强对青年教师的思想、业务等各方面培训，提高思想觉悟和教学水平。尤其是热爱教育、热爱学生的思想觉悟，以及教育管理学生的方式方法和学科教学技能。古语说得好，师傅不明徒弟拙。有了好老师，才能有好学生，才能有包括语文在内的学科成绩的提高。

少年兴，则中国兴。现在的学生，将来是建设新疆的主力军。立足学校实际，多措并举提高学生国家通用语言文字水平，使少数民族学生掌握、使用好国家通用语言文字，是新疆社会经济文化发展的现实要求，也是包括我们援疆教师在内的广大教育工作者义不容辞的责任。希望通过包括我们援疆教师在内的社会各界的共同努力，不断提高青少年学生的国家通用语言文字水平，为新疆、为国家、为民族培养优秀的栋梁之才。

主要参考书目：

1.《中华人民共和国国家通用语言文字法》（第九届全国人大常委 2000 年 10 月 31 日修订通过）；

2.《援疆干部人才读本》（中共新疆维吾尔自治区委员会组织部人才办编）；

3.《在日照市援疆指挥部中期轮换援疆人才和支教教师动员会议上的讲话》（2018 年 9 月 6 日，丁辉）；

4.《麦盖提县第二中学国家通用语言文字教学现状的调查与思考》（王建蓉、聂秀场、周志刚执笔）

注：本文发表于《麦盖提教育》创刊号。

加强课堂教学改进 促进教师专业发展

——麦盖提县第一届初中优质课比赛语文评委组工作总结

根据麦盖提县教育局工作安排，在教研室和援疆教育发展中心的具体领导下，麦盖提县初中优质课比赛语文评委组于近日圆满完成各项日程，现做如下简要总结。

一、比赛的整体情况

本组比赛历时两天，于5月23日结束。比赛开始前，本组评委3人在组长的组织下，集体学习了《初中语文课堂教学评价标准》，统一了打分标准和工作细则，了解了比赛时间、地点要求。本次比赛，各校共推荐5名教师参加，各校精心安排了比赛场地、授课班级等事宜，参赛教师精心准备、授课精彩，学生认真听讲、思维活跃，评委公平公正打分、排序，各方紧密配合，比赛的各项工作无一疏漏，圆满结束。

二、组织过程中发现的主要优点

在比赛活动组织过程中，发现的主要优点有：

1.各校领导高度重视本次活动

据了解，为了推选出优秀选手参加比赛，各学校进行了严格的筛选，以优中选优的方式选出教师参加;各参赛教师精心备课、反复试讲,有的学校组织了专题教研活动;各校比赛场地安排周到,为评委提供了工作便利;各领导在百忙中抽出时间参加听课,三中的书记、分管校长、主任,一中和二中的分管校长、主任等各校有关领导亲自进班听课,为评委组提供了很大工作支持。

正是由于有了各学校领导的高度重视和大力支持,才使得比赛各项事宜有条不紊、忙而不乱,得以圆满完成!

2.参赛教师课堂教学表现精彩纷呈

5名参赛教师中,从年龄看,青年教师3名,中年教师2名;从性别看,男性教师1名,女性教师4名;从来源看,本地教师4人,援疆教师1人。虽然5名教师各有不同特点,但他们的课堂,各呈其美,精彩纷呈,展示了麦盖提县初中语文教师队伍良好的学科素养,充分说明了语文教师队伍专业成长走上了快车道。主要表现有:

课前准备充分,备课细致。参赛教师对教材、学情、教法等进行了充分研究,备课细致全面,教学案设计下了大工夫,详尽实用;都制作了精美实用的PPT课件,三中参赛教师的莲花教具新颖别致,对教学起到了很好支撑作用。

学科素养较高,教学基本功扎实。5位教师课堂表现中,教态都自然大方,普通话标准,尤其是两位维吾尔族教师的普通话水平超出评委预期,三中的维吾尔族教师普通话水平甚至优于有的汉族教师选手;都能合理利用多媒体教学,现代化教学技术手段操作熟练,效果明显;驾驭课堂的能力较强,善于调动学生学习积极性,善于点拨、引导,面向全体,关注个体;注重板书设计,多数教师字体规范美观,既有书写示范作用,又有整合重点知识效果,一中郭风进老师的心形板书设计、三中热汗姑·马木提老师的莲花形板书设计,尤其美妙。

新课改思想在教学过程中得到基本贯彻。教师对教材的把握很到位,重难点突破效果好;教师的主导作用发挥好,始终掌控课堂进程;听说读写训练都有,尤其注意基础知识的教学(这符合麦盖提学生语文学习基础实际),语文课程资源的开发和利用各有特色(二中俞霞老师借助歌曲进行情感教学,一中张婷老师布置"我是喀什古城的______"作业,三中热汗姑·马木提老师将沙枣花引进课堂);自主、合作、探究的学习方式得到体现运用,教师的以学生为本的意识较浓,一中郭风进老师这方面表现突出。

3.学生课堂学习思维活跃

5节课中,可以看出学生的思维都很活跃,发言积极,回答准确率高,课堂自主氛围积极;多数课堂合作小组学习是有效的,探究学习的方式也是多样化,听、说、读、写、议各方面均有上乘表现;通过课堂测试结果看,目标达成度高,不同学生都有发展。从课堂表现可以看出,学生的国家通用语言文字水平进步很大,语文教学是成功的。

三、课堂比赛暴露出的问题

本次比赛活动充分展示了麦盖提初中语文教学的成果,优点是主要方面。但评委们也发现了几个不利于语文教学的问题,主要有几点:

1.同科教师参加听课的积极性不高

对教师而言,全县性的优质课比赛活动是一次很好的观摩学习机会。但是,除三中外,各校到本校比赛教室听课的教师数量很少,到他校听课的三处学校都没有。这种现象,反映出语文教师参加听课教研的积极性偏低,不注意学习汲取他人课堂经验;也反映出各校的听课教研管理尚需加强。这种状况如不改善,对普遍年轻化的教师队伍专业发展极为不利。

2.教师对教学环节的完整性认识不足

参赛教师中,有的教学目标意识不足,开始没有展示学习目标,最后也没有回扣目标;有的各环节跳跃性大,不衔接,有的最后没有总结;对“写”的训练普遍重视不够,学生规范书写指导少、训练时间少。

3.新课改理念尚需强化

有的课堂,学生自主空间少,教师讲得多,有包办代替之嫌;有的课堂合作小组学习的实效性不高,探究的方式也是做样子;大语文学习观有待加强,教室语文学习氛围欠佳。

四、与语文教学有关的其他方面问题

在本次活动中,通过课上课下的观察、调查,也发现了一些与国家通用语言文字教学有关的问题。这些问题如能妥善解决，将更进一步促进语文教学。这些问题主要表现在以下方面：

1.国家通用语言文字学习氛围的营造：走廊上布置的显性文化，学生熟视无睹或者不理解；教室显性文化氛围不足，没有名言警句、学生作品等展示，后黑板使用不当，学生书桌里字典少、课外书少。

2.课外阅读课的开设：课程中没有课外阅读课的安排，学生没有课外阅读笔记和读物。

3.规范书写：学生书写姿势不规范，笔画顺序不当。

五、几点建议

根据本次参加活动的感受，结合语文教学相关要求，提几点建议：

1.增加参赛教师数量，让更多的教师通过课堂比赛提高课堂授课水平；

2.提高教师参加观摩大型比赛课堂教学的积极性，各校要组织教师跨校听课教研活动；

3.充分发挥援疆教师、本校中老年教师的指导作用，加强对青年教师课堂教学的指导，加强新课改理念的学习，锤炼课堂，打造精品；

4.营造浓厚的国家通用语言文字学习氛围，让学校的时空充满国家通用语言文字元素；

5.开放图书室，开设课外阅读课，指导学生课外阅读，让学生多读书；

6.规范学生读姿、写姿、坐姿，培养良好学习习惯。

大力提高教师队伍教育教学水平，大力提高学生国家通用语言文字水平，是当前学校的重要工作。希望通过本次优质课比赛活动，各学校加强课堂教学改进，多措并举促进教师专业发展，推进语文教学的科学发展。

麦盖提县优质课比赛语文评委组组长 周志刚

2019年5月24日

山东援疆教师抗疫保学教研成果助力边疆国家通用语言文字教学

近日,在新疆麦盖提县支教的山东援疆教师周志刚,寒假抗疫期间的教研成果印刷成册,应用于学校国家通用语言文字教学,为当地国家通用语言文字教育和教师队伍建设提供实效助力。

周志刚所在的支教学校,青年教师居多,教育经验不足,教师手边的教学参考资料稀少,这种状况困扰着学校的发展。一直在为解决此难题不断探索的周老师,寒假在山东宅家抗“疫”期间,在鲁疆两校领导支持下,结合自身多年教学心得,带领骨干教师开展网上教研,针对当地教学实际细致研究初中语文教材,进行逐册逐篇教学设计,离校不离教、延期不延学,经近3个月努力,编写出近50万字各学段的《语文教案》,新学期印刷成书应用于国家通用语言文字教学,深受当地教师欢迎。这套校本教材的出版,是援疆共同体“携手抗疫、共克时艰”的重要成果,彰显了援疆教师维护民族团结、心系边疆教育的崇高情怀。

注:本文发表于《山东教育报》,作者:鲁江源。

加强教学设计 提高课堂实效

语言是人类最重要的交际工具，是人们进行沟通的主要表达方式。一部《中华人民共和国国家通用语言文字法》，确立了普通话和规范汉字"国家通用语言文字"的法定地位。推动国家通用语言文字规范化、标准化及其健康发展，提高国家通用语言文字教育教学水平，是麦盖提县第二中学教育教学的重要任务。

百年大计，教育为本；教育大计，教师为本。麦盖提县第二中学一贯高度重视国家通用语言文字教学和教师队伍建设，采取了很多卓有成效的措施。经学校研究决定编写的这套初中各年级《语文教案》，以供教师参考，就是加强国家通用语言文字教育工作的一项重要举措。

本项工作开始于 2019—2020 学年度上学期期末，钟文通书记领导编委会进行周密研究，确定了工作思路；寒假期间相关同志开始工作，本学期初编写完成。时值举国抗疫时期，编委会成员一边宅家抗疫，一边网上教研，在抗疫和教研方面都颇有收获。因此，此套校本教材的出版，是麦盖提二中"离校不离教，延期不延学"抗疫保学的担当与见证。

本套语文教案的编写，是我校语文骨干教师在深入学习借鉴山东名校教学经验基础上，结合本校实际和教学实践完成的，对语文教学有重要参考价值，希望老师们备课时认真揣摩借鉴。限于时间和水平，本套校本教材肯定也有不足之处，老师们在借鉴过程中不必完全照搬，应结合班级学生实际和自身教学体会，适当有所取舍。在参考过程中发现的问题和不足，欢迎随时与编写人员交流探讨，以便今后修订时优化。

泰山天山根连根，山东新疆心连心。该校本教材编写过程中，得到山东省

安丘市东埠中学大力支持，徐军民校长指导并调度本校语文名师提供丰富参考资料，彰显了山东教育工作者维护民族团结、心系新疆教育发展的崇高情怀。本书的出品，是鲁疆两地“携手抗疫、共克时艰”的生动写照和具体成果。

千淘万漉虽辛苦，吹尽黄沙始到金。我们一直走在科学育人的大道上，相信越来越多栋梁之才将会如挺拔的白杨般在叶尔羌河两岸茁壮成长！

周志刚

2020 年 4 月

注：本文系作者主编的麦盖提二中校本教材《语文教案》之“说明”。

安丘市东埠中学开展
“鲁疆根连根，追梦心连心”援疆活动

中华民族一家亲，同心共筑中国梦。新学期伊始，山东省安丘市东埠中学开展了“鲁疆根连根，追梦心连心”援疆系列活动，为新疆学校捐书捐款，对学生进行民族团结教育，体现了学校的使命担当。

援疆是国家重大战略。为响应党中央和省委、省政府号召，东埠中学选派优秀教师参加教育部等四部委“援藏援疆万名教师支教计划”，到祖国西部边陲塔克拉玛干沙漠边缘的麦盖提县第二中学支教，助力提升当地教育发展水平。新学期初，学校向全校师生发出倡议，开展以了解新疆新貌、捐赠课外图书、捐助民族同学、和新疆同学通信等为内容的“鲁疆根连根，追梦心连心”融情交流活动。截止到目前，捐赠图书 7320 本，捐款 50000 元。

泰山天山根连根，山东新疆心连心。安丘市东埠中学是山东省内知名的大型示范性初级中学，学校正在践行的尊重教育成果丰硕，校长徐军民是山东省教育厅评选的“齐鲁名校长”。本次活动的开展，是学校落实立德树人根本任务、促进学生品质养成的重要举措，增强了学生维护民族团结信念，对学生品质提升起到了积极作用，彰显了东埠中学师生的家国情怀和使命担当。据校长徐军民介绍，本次活动是向扎根祖国边疆的新疆同行的崇高敬意，今后将继续加强与新疆学校的融情交流活动，利用现代教育技术开展空中课堂、教研活动连线等助智项目，用心用情用力将对口援疆落到实处，为祖国边疆建设做出积极贡献。

注：本文发表于《山东教育报》，作者：鲁江。

齐鲁名校长徐军民向新疆学校捐赠教育专著

近日，安丘市东埠中学校长徐军民向新疆麦盖提县第二中学捐赠30本个人教育专著，彰显齐鲁名校长浓郁的教育情怀，得到了新疆师生的衷心礼赞。

在义务教育学校耕耘多年的徐军民，有浓郁的教育情怀和先进的教育理念，他先后针对小学生和初中生特点，分别确立了“三性教育”和“尊重教育”办学思想，均取得丰硕成果，被潍坊市教育局、山东省教育厅先后评为“潍坊特级校长”“齐鲁名校长”。他对教育有深刻理解和思考，出版有《静待花开》《尊重教育》《一个名校长的365天》等教育专著。本次捐赠的三种专著，是他办学经验的总结和教育思考，对学校管理者有很高的参考价值。

麦盖提二中组织了隆重的受捐仪式，党支部书记王建蓉代表学校接受了由援疆教师转交的书籍，表示要认真向徐军民校长学习，借鉴东埠中学办学经验，促进本校教育教学的发展。

注：本文发表于《日照援疆》公众号，作者：鲁江。

山东省泰山教育创新研究院向新疆学校捐书助智

近日，由山东省泰山教育创新研究院组织的向新疆麦盖提县第二中学捐书助智活动“爱连潍麦——潍坊教育在行动”正在齐鲁大地如火如荼进行中，活动得到多家机构热烈响应，得到了新疆师生的衷心感谢。

山东省泰山教育创新研究院是一家具备承接政府基本公共教育类职能转移和购买服务资格的省管社会组织，立足家庭教育、教育第三方评价与服务、区域未来教育规划和实施三大优势产业，布局数据分析、国际教育、知识产权保护、校园文化传播四大领域，先后受到国家部委、山东省委省政府等多项表彰，并被国家教育行政学院确定为全国教育局长实践教学点，成为全国教育干部和教师培训的基地，先后为广东、陕西、江苏、贵州等全国 18 个省、30 多个地

市教育局提供服务，已培训全国各地教育工作者近 3 万人。研究院领导通过援疆教师周志刚的介绍，了解到麦盖提二中作为一所培养维吾尔族孩子的学校，办学中存在着一些困难，联合潍坊市青年创新创业人才协会、潍坊市中小学家长联合会、潍坊软件园服务中心、潍坊文化创意产业园等机构发起“爱连潍麦——潍坊教育在行动”活动，当天捐赠图书 300 册，现活动仍在进行中。研究院领导还表示，今后将通过免费提供教育策划、培训校干教师等多种方式，加强与麦盖提二中交流，为维护民族团结、支援边疆建设贡献更大力量。

麦盖提二中组织了隆重受捐仪式，党支部书记王建蓉代表学校接受了由援疆教师转交的首批捐赠书籍，表示非常感谢山东省泰山教育创新研究院的扶持帮助，期待在研究院的指导下，培养更多更优秀的维吾尔族孩子，办好人民满意教育，促进学校大发展。

注：本文发表于《日照援疆》公众号，作者：鲁江。

潍坊援疆教师向支教学校捐赠教育专著

近日,潍坊市知名语文教师周志刚向所在援疆支教学校捐赠个人教育著作《校园漫步》,得到师生好评。

现在新疆麦盖提县第二中学援疆支教的周志刚,入疆前为山东省潍坊市安丘市东埠中学副校长,中学语文高级教师,获得“潍坊市语文教学能手”“潍坊市优秀教师”等称号,多次以相关工作组语文组长身份,参加教师招聘、教学评估等工作。作为一个一直耕耘在语文教学一线的教师和有着丰富教育教学管理经验的资深学校管理者,他对语文教学教研和教育教学管理都有独到见解,《校园漫步》就是他教育教学实践和思考的结晶,对教师专业成长有较强引领作用,对教育教学管理有较高借鉴价值,知名学者、山东教育报副主编宋洪昌先生评价为“闪烁着教育智慧、蕴含着教育思考的接地气的教育著作”。寒假返鲁期间,他积极宣传发动、联系多个学校和机构参与捐赠活动,共为支教学校捐赠人民币五万元、书籍一万余册。他本人捐赠书籍和人民币折算三千余元。

麦盖提县第二中学组织了隆重的受捐仪式,党支部书记王建蓉代表学校接受了捐赠,表示要组织教师和学校管理者认真阅读周老师的专著,借鉴其中的经验和智慧,促进教师专业成长和学校管理再上新台阶。

注:本文发表于《日照援疆》公众号,作者:鲁江。

用心创新援疆　用情捐赠支教

——在麦盖提县第二中学受捐仪式上的发言

尊敬的孙葆春副局长，尊敬的王建蓉书记，尊敬的各位同事，亲爱的同学们：

大家下午好。迟日江山丽，春风花草香。在这个春光明媚的美好时节，在麦盖提县第二中学建校一周年的喜庆之日，我们麦盖提二中举行“山东援疆教师联系捐助麦盖提县第二中学受捐仪式”，作为一名援疆教师，我倍感荣幸，深受鼓舞。

2018 年 8 月，我积极响应党中央和山东省委、省政府援疆支教号召，作为教育部等四部委组织的“援藏援疆万名教师支教计划”的一员，离开家乡，来到万里之遥的祖国西部边陲，有幸到麦盖提县第二中学任教，至今已过半年。入疆后，在日照市对口支援麦盖提县工作指挥部和麦盖提县教育局的领导下，在麦盖提二中领导的关怀指导下，我和其他援疆教师一起，认真履行援疆支教职责，努力做好教学教研的带头员、民族团结的促进员、扶贫济困的志愿员、结对带徒的帮扶员，为边疆建设做出了努力。

泰山天山根连根，山东新疆心连心。在麦盖提的每一天，我都被麦盖提人民克服困难脱贫攻坚建设家园的冲天干劲感动着，都被麦盖提二中师生不畏困苦积极进取办教育的满腔热情感动着。感动的同时，我也在思考：如何利用援疆教师的身份更多更好地为麦盖提二中做点实实在在的事情。春节期间，为落实日照市对口支援麦盖提县工作指挥部工作部署，为响应麦盖提县教育局发出的“鲁疆根连根，筑梦心连心”为麦盖提县中小学校捐资助学的倡议，我积极向相关学校、机构宣传麦盖提教育取得的成就，如实介绍麦盖提教育发展遇到的困难，多方联系社会各界伸出援手。在联系捐赠工作中，我得到了安丘市教育局和东埠中学的大力支持，得到了北京《教育家》杂志社、中国新教育智库、山东泰山教育创新研究院等社会各界的积极响应，得到了徐军民校长、孙葆春副局长、王建蓉书记等领导的具体指导，先后参入策划组织了“鲁疆根连根，追梦心连心” 安丘东埠中学与麦盖提二中融情交流活动、“爱连潍麦—潍坊教育在行动”爱心公益活动等捐赠活动，为麦盖提二中联系捐赠人民币五万元、图书报刊杂志近万册，有的捐赠活动现在仍在进行中。相关学校、机构还表示，今后将采取免费邀请参加教育论坛、培训校干教师、开展网络联合教研、继续赠送报刊等捐赠助智形式，加强与麦盖提教育界的交流，为促进边疆教育发展进步做出更大的努力。

中华民族一家亲，同心共筑中国梦。在联系捐赠工作中，我深深地感受到国内其他省份人民对维护民族团结的坚定信念和鲁疆一家亲的大爱，也深深地感受到援疆使命的崇高和重大，更加深了对援疆教师承担的使命和责任的认识。我目前取得的这点成果，是一个援疆教师的职责所在，是一名老共产党员的使命担当。今天，组织上安排了如此盛大的仪式，我深感惶恐，也备受激励。今后，我将不忘援疆初心，用心用情用力创新援疆、踏石留印，在新时代的春天里，谱写更美的援疆支教诗篇！

再次感谢各位领导的支持与鼓励！

祝各位领导、老师们身体健康，工作愉快！

祝同学们学习进步，成长快乐！

衷心祝愿我们麦盖提县第二中学明天更美好！

谢谢大家！

2019 年 3 月 17 日

用心用情用力做好援疆捐赠工作

根据日照市对口支援麦盖提县工作指挥部和麦盖提县教育局的部署安排，在寒假返鲁过春节期间，援疆教师要承担为麦盖提县招商引资、联系组织捐赠的任务。我积极响应号召，尽最大努力联系组织捐赠工作，不辱使命，取得了较好效果，为麦盖提教育事业尽了一份力。

一、提高认识，充分理解开展捐赠工作的重大意义

援疆教师利用假期闲暇时间，在国内其他省份组织捐赠工作，是援疆支教工作的一部分，是对口援疆的重要一环，是真心实意助力麦盖提教育发展的具体行动，是家国情怀的具体体现，对解决麦盖提各学校燃眉之急、增强民族团结、体现齐鲁之邦重教尚学传统、提高自身政治站位都有重要意义。

援疆是国家重大战略。习近平总书记指出，对口援疆必须长期坚持，要把有利于社会稳定和长治久安作为对口援疆的根本目标。全国第六次对口支援新疆工作会议强调：援疆工作要认真贯彻新时代党的治疆方略和援疆工作决策部署，在事关新疆改革发展稳定的根本性、基础性、长远性问题上精准发力。山东省委书记刘家义在麦盖提等地实地调研山东援疆各项工作时要求，自觉从战略上谋划推进对口援疆工作，坚定不移推动对口援疆工作再上新台阶。日照指挥部指挥长丁辉在支教教师动员会上提出希望，要树立大格局，积极、自觉、主动地投身到援疆工作中去，做到“真情援疆，精彩人生”。援疆教师积极、自觉地组织、开展捐赠工作，是响应党中央、山东省委省政府和山东省对口支援新疆工作指挥部的号召，与党中央、山东省委省政府、山东省对口支援新疆工作指挥部保持高度一致的政治意识的体现，是自觉把“政治意识、大局意识、核心意识、看齐意识”融入到工作中、自觉把讲政治贯穿于党性锻炼的全过程的体现。

援疆任务特殊，特殊任务就要有特殊的使命担当。在新疆支教半载，祖国统一、民族团结、国家安全、人民幸福这些都刻下了具体而深刻的印记。把感受化为动力，以行动体现担当。负重进取的校园支教行动，让麦盖提人民满意；真心实意地解决现实难题，更会让麦盖提人民感动。援疆教师有责任、也有能力展现攻坚克难的山东力量。

二、收集资料，做好捐赠工作的准备工作

山东和新疆远隔万里，山东人民尤其是广大师生，多数对新疆的认识仅仅停留在一些影视剧、歌曲中，没有具体可感的理解。如果没有相关的前期工作，贸然组织捐赠，效果将大打折扣。这要求我们要利用援疆支教教师的身份优势，提前做好相关资料收集工作，为开展捐赠工作打好基础。

收集麦盖提人民尤其是广大师生面临的困难方面的资料。和山东各地市相比，麦盖提县由于地理位置、人才、技术等方面的原因，经济发展落后，脱贫攻坚任务艰巨，教育水平有待提高。目前，麦盖提 68 所中小学校普遍面临经费短缺、校舍破旧、功能室不足、教育教学设备老化等困难，尤其图书缺口 120 余万册、计算机缺口 1200 余台，严重影响教育教学和孩子们的健康成长。这些方面，我们在日常支教生活中，要注意把能体现这些困难的具体表像保存下来，比如图书室空空的书架、破旧失修的教室门窗、简单试卷上过低的分数等等。

收集麦盖提人民尤其是广大师生不畏艰难负重进取方面的资料。麦盖提人民面临的困难很大，但他们为巩固祖国边防、维护民族团结、脱贫攻坚奔小康、努力学习的干劲更大。茫茫沙海遮不住麦盖提人民战天斗地的豪情，校舍简陋更增强麦盖提学子知识改变命运的意志。我们在感动的同时，要做有心人，把麦盖提人民载歌载舞的场面和治沙植绿劳动的情景等等，以图片、视频等形式留存。

三、做好宣传，有针对性联系开展捐赠工作

在认识提高、资料收集的基础上，回到山东后，要积极开展捐赠工作宣传，有针对性地联系开展捐赠工作。

感人心者莫先乎情。要结合援疆支教见闻、感受，把之前收集的资料，采取多种形式，有针对性地开展宣传工作。既要把麦盖提教育发展面临的困难说清说透,更要把麦盖提师生困难面前奋发图强的斗志声情并茂渲染得当,才能取得良好效果。同时,要注意取得当地教育主管部门和广大家长的支持。

向社会各界尤其是与教育相关机构联系开展捐赠工作，也是一条好路子。尊师重教,捐资助学,是山东人民的优良传统;支持教育,援教助智,是教育机构的使命担当。把国家援疆政策、当地实际情况宣传透彻,加以援疆教师家国情怀的感染,校园外的捐赠工作也会开展得有声有色。

四、不计得失,周到细致组织好捐赠工作

捐赠工作,涉及面广,耗时又多,组织者要耗费大量的精力乃至财力,付出艰巨的劳动,动用大量人脉,远远不是一纸通告、一次报告就能解决的。尤其是作为普通的援疆教师,人微言轻,交际面窄,人脉不广,组织捐赠工作更是困难重重。

因此,我们广大援疆教师,在提高政治站位的同时,要周密筹划,细致组织,充分发挥自身、单位、人脉等方面优势,不忘援疆初心,不计较个人得失,只考虑捐赠工作效果,才能达到指挥部要求,才能为援疆支教做出更大贡献。

泰山天山根连根,山东新疆心连心。日照市对口支援麦盖提县工作指挥部和麦盖提县教育局组织开展的捐赠工作,为援疆教师提供了难得的锻炼机会,搭建了展示智慧才能的宽广舞台。我们援疆教师要以此为契机,不忘援疆初心,继续用心用情用力做好各项援疆支教工作，以高度的政治使命感、良好的精神状态、扎实的工作作风和实实在在的业绩,向麦盖提县各族干部群众和支教学校,交上一份满意的答卷!

主要参考资料:

1.《援疆干部人才读本》(中共新疆维吾尔自治区委员会组织部人才办编);

2.《在日照市对口支援麦盖提县工作指挥部中期轮换援疆人才和支教教师动员会议上的讲话》(2018年9月6日,丁辉);

3.《山东援疆麦盖提捐资助学倡议书》(日照市对口支援麦盖提县工作指挥部);

4.《开展"鲁疆根连根,追梦心连心"融情交流活动的倡议书》《开展"鲁疆根连根,追梦心连心"融情交流活动致学生家长的一封信》(山东省安丘市东埠中学,周志刚执笔)

注:本文系麦盖提县援疆工作总结大会上的经验交流稿。

书写新时代援疆支教最美篇章

——在麦盖提二中庆祝第 35 个教师节会议上的发言

尊敬的各位领导、各位老师：

大家下午好。

金风送爽，硕果飘香。值此丰收时节，我们全校老师欢聚一堂，共同庆祝第 35 个教师节，作为援疆教师，我们深感荣幸，倍受鼓舞。在这个特别的日子里，让我们互道一声：教师节快乐！

援疆是国家重大战略，教育乃民族千秋伟业。去年 8 月，我们积极响应党中央和山东省委、省政府援疆支教号召，参加教育部等四部委组织的“援藏援疆万名教师支教计划”，离开家乡，来到万里之遥的祖国西部边陲，有幸到麦盖

提县第二中学任教，至今已过一年。入疆后，在二中学校领导无微不至的关怀指导下，在全校师生不畏艰难办教育的满腔热情感召下，我们援疆教师认真履行援疆支教职责，深入课堂努力提升学生国家通用语言文字水平，积极教研结对帮扶青年教师，主动联系捐赠支持学校文化建设，努力当好教学教研的带头员、民族团结的促进员、扶贫济困的志愿员、结对带徒的帮扶员，为边疆建设做出了努力。

泰山天山根连根，山东新疆心连心。一年来，我们援疆教师得到了麦盖提人民和二中师生亲人般的关怀，工作上支持，生活上关心，为我们搭建了援疆报国的最佳平台。对我们做出的微薄成绩，各位领导和老师看在眼里、记在心里，给予了崇高的礼赞和太多的荣誉，让我们深受感动。在此，请允许我代表全体援疆教师，表达衷心的谢意：谢谢尊敬的领导，谢谢亲爱的同事。

中华民族一家亲，同心共筑中国梦。站在新中国成立70周年的崭新起点，面对“两个一百年”奋斗目标的历史交汇期，我们援疆教师愿在叶尔羌河的见证下，不忘援疆初心，牢记支教使命，向麦盖提各族人民虚心学习，以负重进取的勇气、勇于担当的精神、久久为功的毅力，凝心铸师魂，立德育新人，书写新时代援疆支教最美篇章！

再次感谢领导的支持与关怀！

祝各位领导、老师身体健康，工作愉快，阖家幸福！

衷心祝愿我们麦盖提县第二中学明天更美好！

谢谢大家！

2019年9月10日

发挥援疆教师作用 促进学校科学发展

——麦盖提县第二中学教育援疆汇报

麦盖提县第二中学建校以来,注重多措并举调动教师工作积极性,充分发挥教师的主人翁作用,学校整体工作得以健康有序发展。去年9月,8位山东援疆教师来我校支教,今年11月,上级部门又调任一名援疆教师担任我校副校长。学校充分发挥援疆教师的专长,为他们搭建施展才能平台,促进了学校科学发展。

一、援疆教师工作扎实,学校从中受益很大

在我校援疆支教的各位教师态度端正、工作扎实,学校受益很大,各方面都有了较大进步。主要表现有以下几点:

1.办学思路更加清晰,与先进的办学理念更加接轨

我校建校刚一年,各方面正在探索中前进。和教育发达的山东相比,学校班子成员的教育视野不是十分开阔,教师队伍整体缺乏经验。借鉴山东成熟的办学理念,在援疆教师的参与下,学校确立了明确的办学思想,学校教师队伍的教育理念有了很大提升,良好的教风、学风、校风初步形成。

2.教师队伍的课改意识增强,一批骨干教师正在成长

在援疆教师的指导下,我校教师对合作学习、有效课堂等先进教育教学理念有了一定认识,课堂教学水平提升很大,一批骨干教师正在成长。

3.学生国家通用语言文字水平提高较大,良好的行为习惯正在养成

在援疆教师带动、指导下,我校一大批青年教师教学水平提高较大,再加上学校以援疆教师做评委,开展了多样国家通用语言文字竞赛活动,极大地促进了学生国家通用语言文字水平的提高。学校还采纳援疆教师建议,开展了文明礼仪、写姿坐姿等行为习惯的培训指导,学生良好的行为习惯正在养成。

4.学校办学条件得到改善,对师生的激励作用明显

学校的办学条件,距离国家标准化建设还有一定差距,尤其在图书数量方面。援疆教师积极联系国内其他省份开展捐赠工作，为学校捐赠图书7万余册,充实了学校图书馆;援疆教师还联系捐赠了一定数量的物品,用于奖励优秀教师和学生,师生得到了很大鼓舞。

二、充分发挥援疆教师引领作用,促进学校发展

我校的援疆教师都有丰富的教育教学经验。学校十分重视发挥援疆教师的引领作用,助力学校发展。

1.借鉴援疆教师的管理经验,促进学校管理工作

援疆教师聂秀场同志自担任麦盖提县第二中学副校长以来，积极投身于学校的管理工作,在其分管的领域发挥个人最大的作用。他建议对我校绩效考核工作中的教学效果分进行改革,并且在个人反复试验后,将该方法教授给了分管的责任人,解决了一项我们需要花很长时间摸索的难题。

聂秀场副校长分管学校的人事和教学工作,在日常的工作过程中,依据学校的实际情况,多方调研后提出了很多可行的方法。在我校党支部的管理工作出现难题时，聂秀场副校长提出让援疆党员教师充实到学校最基层的党支部力量中，从最基层指导学校的管理工作。在了解了学校教育教学中存在问题后,他制定了详实的课堂教学改革方案,组建领导小组,反复开会安排,成立了以6位援疆教师为首的课改活动小组,此项工作已经开始按部就班的开展。

2.发挥援疆教师兼职教研员作用,促进青年教师成长

学校青年教师居多,水平参差不齐。为了促进青年教师专业成长,援疆教师采用上示范课、听课评课、参加集体备课、结对帮扶等形式,尽心尽力对青年教师进行培养,促进了青年教师教学理念的提升和课堂授课水平的提高。

为了促进学校的教科研水平,援疆教师还和青年教师确定了研究小课题,以调查研究、学术报告的形式呈现。调查研究面向学校实际发现问题,提出解决问题方案,很多建议如怎样培养学生行为习惯、如何尽快提升教师课堂水平等,被学校采纳。他们面向学生和教师做的学术报告,效果很好,也得到了学校师生的高度评价。

3.积极开展联系捐赠工作，助力学校办学条件改善

援疆教师为响应麦盖提县教育局发出的《“鲁疆根连根，筑梦心连心”为麦盖提县中小学校捐资助学的倡议》，寒假期间多方联系社会各界伸出援手。周志刚等老师联系捐赠人民币五万元、图书报刊杂志7万余册，唐颜廷老师联系捐赠冲锋衣150套。他们联系的相关学校、机构，今后还将采取免费邀请参加教育论坛、培训校干教师、开展网络联合教研、继续赠送报刊等捐赠助智形式，加强与麦盖提教育界的交流。

4.开展多彩校园活动，丰富师生校园生活

学校根据援疆教师建议，开展了拔河、歌咏、篮球、朗读等比赛活动，丰富了师生校园生活。魏金星老师利用课余时间拍摄了很多师生纪实照片和视频，给教师培训摄影知识，促进了学校校园文化建设。

三、正视存在困难，迎难而上促发展

建校一年来，学校取得了较为理想的办学成绩，但也面临不少困难考验。主要的困难有：

1.寄宿学生管理难度大，管理经验缺乏

我校是全寄宿制学校，学生均为维吾尔族学生，且数量接近四千。在日常的学生管理中，依据学校及麦盖提县的实际情况，没有现成的经验可以借鉴，因此在学生的管理工作上存在有很多困惑无法解决。

2.学生国家通用语言文字水平提高较慢，成绩不理想

我校从2018年3月开始进行全面国家通用语言文字教学，学生的国家通用语言文字水平差，教学效果受到极大的影响。如何提升学生的国家通用语言文字能力，并且在学生实际的基础上提高教学成绩，成为摆在我们面前的一大难题。

3.教师队伍素质良莠不齐，有待大提升

因教学转型，学校国家通用语言文字教师极度短缺，短时间内学校接收了很多自主招聘的新教师，但百分之九十的新教师都毕业于非师范类院校，教师个人素养参差不齐，极大地阻碍了学校教育教学的发展。如何建设一支素质优

良的教师队伍,是摆在我们二中面前的一大难题。

4.有效的教研活动难以普及,教师能力提升见效较慢

因骨干教师的短缺及教师结构的不合理,导致学校的教研活动的开展效果不够理想。虽然有援疆教师加入,但有的学科没有援疆教师,得力骨干教师也缺乏,所以教师能力提升见效较慢。

虽然面临许多困难,但我们相信,有上级部门的坚强领导和大力支持,我们全体师生一定能迎难而上,把学校办得更好。

四、援疆工作的几点建议

落实好教育援疆这一国家重大战略,是我们新疆学校义不容辞的责任。根据我校实际,我提几点不成熟的援疆工作建议,请领导批评指正。

1.充分发挥援疆教师作用,为他们搭建干事创业的平台。广大援疆教师满怀报国热情,家国情怀浓郁,多数有丰富的教育教学经验。请上级部门根据援疆教师的实际,为他们搭建量身定制的平台,充分发挥援疆教师的聪明才智,充分信任,大胆使用,为麦盖提教育助力。

2.协调好援疆教师的分配,促进各校均衡发展。援疆教师是很宝贵的教育资源,各学校都受益很大。请上级根据各学校实际分配援疆教师,把这些资源用在关键处,发挥他们最大的作用。我校都是维吾尔族学生,青年教师又多,希望领导在以后分配援疆教师时适当倾斜。

作为一所新学校,借助援疆教师力量促进学校发展,是一项新课题。我们要在教育局的正确领导下,提高对教育援疆的认识,充分发挥援疆教师的引领作用,为促进民族团结、办好人民满意教育,做出更大努力。

注:本文系麦盖提县第二中学县援疆工作总结会议上的经验交流材料,周志刚执笔。

情系援疆育桃李　爱洒西域铸师魂

——新疆麦盖提县潍坊支教团队工作汇报

2018年8月17日，我们来自于潍坊市各县市区的学校领导干部和教师一行8人，积极响应党中央和山东省委及省政府、潍坊市委及市政府的号召，经组织审批，参加教育部等四部委“援疆万名教师支教计划”，带着全市人民的深情厚谊，带着家乡父老的期望重托，怀着对新疆各族人民的无限热爱，离开家乡动身启程，来到新疆维吾尔自治区喀什地区麦盖提县，义无反顾地投身麦盖提县教育事业中，至今已过3个月。

能有幸成为光荣的援疆人，成为国家重要战略任务的参与者、实施者，是组织对我们的信任。进疆以来，我们牢记使命、无私奉献，勤奋工作、真情付出，赢得了当地各族人民的拥护，树立了潍坊援疆教师的良好形象。

一、服从安排，遵守纪律，打造“援疆工作潍坊品牌”

麦盖提县援疆工作，由日照市对口支援麦盖提县工作指挥部统一领导。在援疆指挥部的安排下，我们18日乘机到达喀什。在喀什，接受了3天系统培训，学习了国家民族政策、习近平总书记和自治区领导、地委领导的讲话，对援疆工作的重大意义和注意问题有了充分认识。培训结束抵达麦盖提县，受到了当地领导和群众的热烈欢迎。此后是继续学习培训，一直到开学。

按照入疆前安排，潍坊援疆教师团队8人都在县第一中学（原为麦盖提县刀郎一中）。但根据援疆指挥部安排，我们分别被安排到麦盖提县第一中学和第二中学。在支教学校，我们服从学校工作安排，不论年龄大小，都是满工作量。对学校其他安排，我们也积极配合。此外，在厨房帮厨、宿舍楼卫生清扫、援疆工作宣传等方面，我们潍坊支教教师事事积极主动，吃苦耐劳。纪律方面，我们严格遵守《援疆干部人才行为规范“十严禁”》《强化援疆干部人才管理服务细则二十条》《麦盖提县援疆人才请假考勤规定》等规则要求，模范遵守民族政策，未发生一例违规现象。

入疆以来，我们潍坊支教团队以高度的纪律性、过硬的工作作风、突出的工作业绩，赢得了援疆指挥部领导、学校师生和援友们的高度评价，被称为“来自教育强市的优秀教师群体”，初步树立起了“援疆工作潍坊品牌”。

二、讲政治、讲大局，不断增强做好援疆工作的责任感和使命感

援疆是国家重大战略。习近平总书记指出，对口援疆必须长期坚持，要把有利于社会稳定和长治久安作为对口援疆的根本任务。入疆前，我们对援疆工作的重要意义和自身使命，虽有一定认识，但没有提升到一定高度。入疆后，我们认真参加培训学习，积极参加每周一次的集中政治学习，学习习近平总书记关于援疆工作的指示精神、党和国家的方针政策、省委书记刘家义到麦盖提县考察时的指示、民族宗教政策和重要会议精神（都在晚上开展学习活动，一般学习时间不少于 2 小时，有一次长达 3 个半小时），积极参加“学讲话、转作风、促落实”“务实援疆，担当干事”等主题教育活动，积极参加“来疆为什么？在疆干什么？离疆留什么？”大讨论，认真做好学习笔记、撰写心得体会，熟悉了相关政策业务和当地实际情况，思想政治水平不断提高。

除参加集体学习外，我们还统一关注了“山东援疆”“新疆支教”“麦盖提零距离”“日照援疆”等微信公众号，自觉学习理论文章和援疆经验。我们积极总结援疆的经验做法和心得感悟，现有 3 篇文章发表在有关微信公众号和《日照援疆》报上。

麦盖提县潍坊支教团队中有党员 3 人，援疆前均为学校领导干部，其中 1 人为党支部成员。为了加强党的领导，充分发挥党建引领作用，经 3 名党员集体决议，成立了麦盖提县潍坊支教团队临时党支部。临时党支部不定期集会学习党报党刊，研究援疆工作中遇到的问题，经常和援疆教师谈心，开展“批评和自我批评”活动，查摆问题，互相监督，鼓舞士气，发挥了战斗堡垒作用。

经过不断学习和实践，我们认识到，作为援疆工作的参与者和援疆事业的建设者，我们使命光荣、责任重大，我们一定站在维护党和国家大局、维护祖国统一和国家安全、巩固发展各民族团结、实现中华民族伟大复兴中国梦的战略高度，切实提高政治站位，全力以赴做好各项援疆支教工作，坚决完成党和国家交给我们的任务，为潍坊父老争光。

三、克服多种困难，经受不同考验，做到“安心援疆，扎实工作”

新疆麦盖提县距离潍坊五千多公里，是真正的“万里之遥”。远离家乡和亲人，在人地两生的地方工作，我们面临着许多困难，经受了种种考验。

麦盖提位于塔克拉玛干大沙漠西南边缘，是我国唯一的沙漠围绕的县城，属温带大陆性干旱气候，降水量极少，蒸发量极强，浮尘、沙暴天气多，昼夜温差大。和潍坊相比，两地时差近3个小时。生活集体就餐，厨师是四川、湖南的，做的饭菜不合山东人口味。进疆后，几乎所有援疆教师都面临水土不服的问题，发烧感冒、流鼻血是经常的，晚上口干舌燥而久久不能入睡或者夜半干渴而醒更是家常便饭，不少援友因睡眠不好导致血压升高、精神恍惚。不适应这里的气候条件，吃不好、睡不好，导致经常生病、体质下降，是我们入疆后的第一大考验。

我们8人都是上有老、下有小的男性，是家庭的顶梁柱。入疆后，我们不能为父母尽孝，不能为爱人分担家务，不能周到地教育子女。多少次和亲人通话，久久不想关掉；多少次午夜梦回齐鲁大地，泪湿枕巾。怎样保持良好心态，毫无后顾之忧地专心援疆，是我们面临的第二大考验。

虽然我们面临不曾遇到过的困难，但在援疆指挥部的领导下，在潍坊教育局和家乡亲人的关怀下，我们凭着潍坊人吃苦耐劳的精神和勇于担当的家国情怀，克服了多种困难，安心援疆，扎实工作，洒下了辛勤汗水，收获了宝贵经历，为维护新疆社会稳定实现长治久安发挥了重要作用。

四、真抓实干，负重进取，发挥教学教研模范带头作用

在支教学校，根据学校工作安排，我们每人都承担了教学任务，任教年级三个年级都有，任教课时少则10节、多则15节，达到当地教师标准工作量。面对当地学生国家通用语言文字水平低、学习基础差和学习习惯差等状况，我们把维吾尔族学生当做自己孩子对待，从规范坐姿、写姿开始，培养良好行为习惯；注重课堂效果，少灌输、常检查、重落实，开展合作学习，养成良好学习习惯，提高学习成绩。我们的教学风格得到了学生们的欢迎,任教班级的期中考试成绩也都高于同类班级。

我们的另一个身份是麦盖提县的兼职教研员。这里青年教师居多,水平良莠不齐。为了促进青年教师专业成长,我们付出了很多。几乎每周都上示范课,观摩学习的教师充满了教室,即使平时上课来听课的教师也不少;参加了学校名师工作室工作,和青年教师开展结对帮扶活动,跟踪听课、评课,听评课达到 30 节以上;以评委身份参加了麦盖提县第一届青年教师优质课比赛活动,促进了县域内青年教师课堂授课水平的提高,我们指导的青年教师也大多获得了好成绩。

为了促进所在学校的教科研水平,根据每人特长,我们确定了自己的研究小课题,以调查研究、学术报告的形式呈现。调查研究面向学校实际发现问题,提出解决问题方案,很多建议如怎样培养学生行为习惯、如何尽快提升教师课堂水平等,得到学校领导好评并被采纳。面向学生和教师的学术报告,分别做了 3 场、6 场,效果极好,得到了学校师生的高度评价。

我们支教的两所学校，是在原刀郎学校的基础上，于今年 3 月份成立的新校,校园文化建设正在进行中。我们参与了校风、校训、学风、教风、校徽等学校标志的设计和校园宣传栏的规划,参与了校报的设计编辑工作。科学的文化设计,浓郁的文化气息,展现了潍坊教师的文化底蕴,打上了潍坊文化的印记。

在麦盖提县一中和二中,我们潍坊支教教师勇于担当、主动干事,以扎实业绩做到了调研科研的带头员、结对带徒的帮扶员、骨干岗位的替补员,用汗水和付出为文化润疆贡献了一份力量。

五、维护民族团结,促进民族交流交往交融

麦盖提所在的南疆地区多民族聚居,少数民族尤其是维吾尔族比例高。我们认真学习党的民族政策,牢记援疆教师的政治身份,把传播党的声音、维护社会稳定、维护民族团结、促进民族交流交往交融为根本任务,不利于援疆形象、不利于民族团结的话不说,不利于援疆形象和民族团结的事不做,把讲政治、讲政策的要求贯穿到整个援疆工作和业务开展中。

在学校里,在感受到维吾尔族同胞淳朴和热情的同时,我们尊重维吾尔族教师,热爱维吾尔族学生,和他们成了好朋友。我们积极响应当地党委号召,踊跃参加“民族团结一家亲”活动、扶贫帮困活动。国庆节期间,我们每人付出 100 元买面买油,到九乡三村看望贫困户,送去潍坊援疆教师的关怀;参加所在学校捐资助学活动,出钱出物帮助家庭困难学生;在麦盖提灰枣节期间,我们每人付出上千元购买当地农产品,以实际行动帮助当地农民。

做好社会维稳的参与员、民族团结的促进员、扶贫济困的志愿员,是援疆指挥部的要求,也是我们的努力方向。我们以具体行动响应号召,为树立“大爱山东”形象做出了应有贡献。

情系援疆育桃李,爱洒西域铸师魂。我们新疆麦盖提县潍坊支教团队一行 8 人,将在辽阔的西部边陲度过充实的两年,这里是我们洒下汗水、奉献智慧的驰骋疆场,是我们丈量雄心、锻造信仰的心灵故乡。我们一定万分珍惜这难得的锻炼机会和展示智慧才能的宽广舞台,满怀“新载杨柳三千里,引得春风度玉门”的豪情和信心,以高度的政治使命感、良好的精神状态、扎实的工作作风和实实在在的业绩,向潍坊党委政府和教育局、向麦盖提县各族干部群众和支教学校,交上一份满意的答卷!

2018 年 11 月 17 日

注:本文系麦盖提县潍坊支教团队工作汇报,周志刚执笔。

麦盖提:我的诗和远方

下飞机时,正是中午。天上涌动着大团的白云,眼前是陌生的面孔。面向家乡的方向,我深深地鞠了一躬:亲人们放心吧,我已平安到达援疆目的地——麦盖提。

为什么去援疆?这个问题,几乎每位亲友都问过。我也反复问自己:年过五旬,对职务、职称不再有祈求,家人还需照顾,万里之遥来援疆,图的啥?在麦盖提支教宿舍里,我梳理着散漫的思绪,答案越来越清晰。

一个老党员的使命担当。援疆是国家重大战略。作为一个二十多年党龄的老党员,自觉响应习近平总书记号召,积极参加国家万名教师援疆计划,助力新疆教育事业发展,就是为维护新疆社会稳定实现长治久安做贡献。这是一个老共产党员的使命,一个老教师的担当。

家国情怀和诗与远方兼得。“男儿何不带吴钩,收取关山五十州”“黄沙百战穿金甲,不破楼兰终不还”“愿将腰下剑,直为斩楼兰”……每每读到这些慷慨激昂的边塞诗,总是热血沸腾,长恨不能横戈马上为国戍边。可能还有点浪漫主义情怀,向往诗和远方。驼铃阵阵的丝绸古道,一个个渴望知识改变命运的维吾尔族孩子……会满足我对诗和远方的所有想象,是我抒发家国情怀的最佳舞台。有这样一个支援边疆建设的机会摆在面前,焉能不心动?

在新疆干什么呢?这是亲友和我经常交流的话题。日照市对口支援麦盖提县工作指挥部也开展了“实务援疆、担当干事”主题教育活动,丁辉指挥长、孙葆春副局长等领导做动员讲话,援疆教师团组织了“来疆为什么?在疆干什么?离疆留什么?”大讨论。结合学习感悟和工作安排,我将努力做好支教工作,度过充实的两年援疆时光。

扎实教学教研,提升维吾尔族学生国家通用语言文字水平。作为七年级11班的语文教师,面对学生们学习动力不足及国家通用语言文字水平、行为习惯均差的现状,我把维吾尔族学生当做自己孩子对待,配合学校“三进两联一交友”活动,耐心做学生及家长工作,详细介绍山东、新疆及国家发展成就,增强他们知识改变命运的信念。从规范坐姿、写姿开始,培养良好行为习惯。注重课堂效果,少灌输、常检查、重落实,开展合作学习,养成良好学习习惯,提高国家通用语言文字水平。同时,作为兼职教研员,多上示范课,多听课,和校内语文教师开展结对帮扶活动,争取两年内带出一批骨干教师。如果条件允许,还想组织刀郎二中和山东原校的联谊活动,促成两校缔结友谊校,达到相互学习、共同提高的目的。

结交新疆朋友,领略诗与远方的风采。在和维吾尔族的同事及学生家长的交往中,我感受到了维吾尔族朋友的淳朴和热情。我要以诚相待,参加扶贫帮困、科普咨询等活动,以具体行动响应当地党委“民族团结一家亲”号召,为树立“大爱山东”形象做贡献。还要认真学习、了解当地民族风土人情,积极参加研学活动,读万卷书,行万里路,让大美新疆见证我的诗与远方。

道阻且长,行则将至。大美新疆啊,一个齐鲁汉子满怀“新载杨柳三千里,引得春风度玉门”的豪情,沿着张骞开辟的丝绸古道,不远万里来到你的身旁,将在刀郎之乡麦盖提,用辛勤汗水书写壮丽诗篇,收获宝贵经历,请你见证,请你督查,好吗?

注:本文系参加日照市对口支援麦盖提县工作指挥部组织的“来疆为什么?在疆干什么?离疆留什么?”大讨论发言稿,后刊发于《日照援疆》《新疆支教》《学习强国》等媒体平台。

第四辑 叶河行吟

在麦盖提一年四季的好时光里，我漫步在叶尔羌河畔，透过塔克拉玛干沙漠的漫天风沙欣赏她迷人的风采，在刚劲粗犷的刀郎麦西热甫热舞中探寻她幽深的过往，和着奔放豪爽的刀郎木卡姆狂曲吟咏着千古流传的《叶尔羌之歌》……

陪考记

“在这个燥热的酷暑之季，来自渤海之滨三元湖畔的一丝清凉，今日吹进家，拂去我满怀的压抑和长久的忐忑。感谢宝贝乖女儿！祝福宝贝乖女儿！！”

2018年8月2日，我在朋友圈中发了几张照片，并写下如上“这一刻的想法”。援疆前心里的一块大石头终于落地，浑身有说不出的轻松。

这块大石头就是女儿的工作。在女儿2013年考上大学的三年内，我心里很是放松，甚至一度迷上户外旅行。在她大四那年，我才开始考虑女儿将来工作问题。女儿却早有规划，那就是参加公务员和事业编的招考，像父母一样成为体制内的人。我和妻子从此开始陪考历程，这一陪就是一年多。

这一年多，女儿关注大量考编公众号和各地人社局网站，一有招考消息就仔细研究。成功上岸后，她做过统计：从2016年11月国考开始，到2018年8月省考结束，共参加12场考试，涵盖公务员、事业编、三支一扶等方面，报考职位主要在山东各地，还有一处是浙江杭州。数千里的奔波，怎是一个“苦”字可以形容的。

女儿在校如何备考不得而知，但毕业后的备考情形，我都看在眼里。从黎明到午夜，除了吃饭、睡觉，女儿一直埋头于书桌前小山般的资料堆里。除了自学，还报了多个培训班。培训班有的在当地，有的在潍坊、济南等外地。到外地培训，都是她拖着拉杆箱自行前往。望着女儿踽踽独行的单薄背影，我和妻子既心疼又担心，但女儿却坚拒陪同。妻子只得每天和她视频通话。有时晚上十点多了，女儿还在上课，只能匆忙说几句就挂了。此后情形大概就是母亲辗转反侧耿耿难眠，女儿挑灯夜战苦苦读书。

女儿在家自学时，晚上十二点前从未休息过，我则在自己房间看书直至她房间灯光熄灭。虽是各自为战，但我相信女儿能感受得到我无言的支持。妻子睡得早点，她要早起准备早饭。根据女儿胃口，妻子每天都在饭菜上下足功夫。这情形，似乎回到几年前女儿高考的那段时光。

考试前，要提前在考点周边定好宾馆，提前一天到达。杭州、东营、淄博等地的6场考试女儿坚持独自前往，多数情况下都是全家总动员。我开车拉着她们娘俩赶到宾馆住下，明早饭后再送女儿进考场。返回时则是女儿驾驶，我坐副驾驶位保驾护航。一家人为共同的目标奔波，即使路途遥遥，即使夜色茫茫，也觉心安，未感倦怠。

陪考次数越多，我越感到考编之难。一次考试只能报一个职位，大多职位只要一两个人，而报考人数则多达数百倍。每次送女儿到考点，看到摩肩接踵的青年人乱蜂般涌进考场的情形，心里都感慨不已。网上查到，我参加的1988年高考录取率达25%，女儿2013年参加的高考录取率达76%。高考，俨然已从当年千军万马过独木桥，变更到现在条条大道去大学。但我那个年代考上大学就等于进体制内，毕业包分配。而女儿他们这些大学生毕业就是失业，如果想进体制内，必须通过招考。要在如过江之鲫的竞争者中脱颖而出，确实太难啦！而这仅仅是第一关的笔试。

笔试后等待成绩的日子，都是难熬的时光。没有哪次是有十足把握的，因为知己不知彼啊！只能一边望穿秋水地等待，一边“磨刀霍霍”准备下场考试。结果往往令人失望。让人恼怒的是，有时就因零点零几分之差而失之交臂。女儿参加的12场考试，仅有6次通过笔试。通过笔试人数比例，一般是1∶3。此后是第二关的面试，对手都是佼佼者，竞争更为激烈。

我报名援疆,是在女儿省考笔试取得第一名之后。但毕竟只是第一关,第二关呢？若不顺利,万里之外的我如何给女儿父爱的支撑？所以我心里一直忐忑不安。看到走出面试考场的女儿花儿般绽放的笑容时,妻子拥女于怀喜极而泣,我的眼泪也几乎掉下来。随后陪女儿母校重游自是其乐融融,三元湖畔飘荡着一家人久违的舒畅笑声。

好事往往多磨。为住院的父亲陪床时,第三关体检结果公示,听闻名单中未查到女儿名字,我当即出一身冷汗,虽然病房里冷气很足。那颗放下的心又重新悬起来。一边照顾父亲,一边四处咨询因由,一边为女儿安排针对性检查。那段时间,我比女儿笔试、面试时还紧张,心里功亏一篑的焦虑一直挥之不去。好在吉人天相,女儿复检顺利通过。佳音传来,病床前的我心中百味杂陈,为人子、为人父的双重艰难让我潸然泪下。

最后一关的政审很顺利。前来考察的两位领导最后表示,女儿很优秀,静候上班通知即可。他们看到我和妻子合写的著作赞不绝口:"怪不得孩子如此优秀,书香家庭出身的大学生是最受欢迎的。"想不到一本薄书也能为女儿"加"分,算是陪考的意外之喜吧。

送走政审领导,一家人幸福地相拥在一起,长期以来种种压抑、煎熬、不安随窗外浩荡南风飘逝而去。还有比梦想成真更幸福的事情吗?回想一路陪考走过的路途,我喜不自禁发微信到朋友圈以分享喜悦。朋友纷纷点赞、留言,我一时回复不暇。一位朋友以调侃语言表达祝贺:老周也是大山东对体制迷之崇拜家长群的一员!

我知道朋友调侃源于网上段子。这个段子如此调侃山东家长对子女考公务员的热望:"我们山东是这样的,你不是公务员,哪怕你年薪百万,在父母眼里你也是工作不稳定。但你要是公务员,即使月薪三千,父母也会觉得一切都能好起来。"说法有些夸张,但多数父母希望子女有稳定、体面的工作却是事实。我和妻子未能免俗,力所能及地支持女儿,只是不知两个陪考员在女儿心中能否合格。

星光不问赶路人,时光不负有心人。追梦中,稚嫩的女儿越来越成熟,最终化茧成蝶实现华丽蜕变。她独立向上的心态，愈挫愈奋的斗志，缜密周详的思维，都让我和妻子刮目相看。我相信，经过这番磨练，女儿人生路定会越走越顺遂，我家的一切都会越来越美好！

我的2018暑期是要写进家族史的，52年来最重大人生大考都在其间不期而至。老父溘然长逝，爱女成功上岸，我开启援疆之旅，交汇在一起的这些事件沉重冲击着我的心理，让我饱尝悲喜交加的人生况味。女儿尚未报到，我已启程远航。爱女谱写人生新篇章，为父岂能无贺？远在边陲大漠的我撰长文为女壮行，最后写道：

亲爱的女儿，人生路漫漫，大考何其多，老爸会尽力扮演好陪考员角色。但父母陪考之力将越加衰微，更多考试需你独自面对。不念过往，不畏将来，奋斗的人生最美丽。祝宝贝女儿在人生大考中蟾宫折桂创佳绩，披荆斩棘踏通途！

注：本文发表于《今日作家》。

整理你的朋友圈

今天看到一句话，觉得很有意思，抄录如下：

现在那些每天玩手机刷朋友圈的人，和当年蹲墙根晒太阳聊闲篇的人，没什么区别。

细细想来，这话还真没毛病。

小时冬闲时节，村里人的主要活动就是聚堆闲聊，蹲靠在大队部的砖墙前，一边晒着太阳，一边聊着闲篇，不时从衣服里摸出几个蠕动的虱子。除了刮风下雪、吃饭睡觉，几乎天天如此。而现在，不论天气好坏，不管吃饭中还是睡觉前，很多人都是一机在手，或发朋友圈，或看视频，无暇他顾。之所以说没有区别，我的理解是，都是因无聊而浪费了大把好时光。真是时光轮回了吗？

人是群居动物，社交需求根深蒂固。我的祖父辈通过蹲墙根聊闲篇的方式打发时光，同时也增进了感情；现代人通过手机娱乐自我发展友情，微信提供了大便利。尤其是朋友圈，更可让人足不出户而广交四海朋友。在讲究人脉的今天，谁没有几百个微友，谁发条朋友圈得不到几十个赞，就成了很没面子的事。

凡事都有度，过犹不及。英国人类学家罗宾·邓巴通过研究发现，人的大脑皮层大小有限，提供的认知能力只能维持与大约一百五十人的稳定人际关系，即使数字技术也不能让人们真正扩大社交圈子。这就是著名的“邓巴数字”。据此，我们比照一下微信朋友圈吧。

微信是个好东西，朋友圈更是老少咸宜。朋友圈其实就是社交网络，既可转发有意思的东西，又可得知朋友的最新动态，还能点赞、留言等互动。它让我们朋友遍天下，它让我们遍知天下事，其魅力远远超过当年大队部前的墙根。

但当朋友圈中充斥着无聊的鸡汤、烦人的微商广告、良莠不齐的自媒体文章，你还觉得有魅力吗？当你挖空心思也想不起那个费解昵称是谁时，当你深陷多个微信群而不好意思退群时，你还有广交朋友的愉悦吗？特别是，微信能随时随地收到通知，让你的时间碎片化，你还能享有集中的思考或安静的时间吗？尤其是节假日，微信问候如同轰炸般让人不可躲藏，你还会“节日快乐”吗？

所以说，现代人已被手机微信绑架：沟通数量提升了，质量下来了；知识似乎广博了，精深却没有了。沉浸在网络世界里的我们，忽视了真实的世界和情感，正逐步迷失在虚空中。

创办三家上市企业的汉庭 CEO 季琦，根据邓巴数字，给出了应对方式，很有借鉴意义。参考其法，我也着手整理自己的微信朋友圈：

关闭朋友圈。我的朋友圈很杂，只点赞也要花费一段时间，何况有不少我不关心的信息。于是就把常发我不感兴趣文章的微友，设置朋友圈权限为“不看他的朋友圈”，只保留亲人、联系紧密的同事和志趣相投的微友等人的朋友圈，数量不超邓巴数字。我一般不拉黑微友，因为他有选择看或不看我朋友圈的权利。既然成了微友，也是缘分，不丢弃更好些。

退群。我原有微信群一二十个，其中质量差的群不少，有的信息杂乱，有的交流较少。对这样的群和完成使命的临时群，我一一退出。即使同学群也是如此。退群只是不再群聊，不等于友情褪变，不妨碍联系。退群的同时，我也加了几个群，根据是个人兴趣和工作安排。

退订公众号。曾经订阅了不少公众号，审视后发现，有些信息严重重复，有些文章质量太差。对这样的和不感兴趣的公众号，我都取消关注。同时，我还增订了几个有趣的文史公众号。

这样的整理，至少使我避免了碎片化，远离庸俗消沉和过度娱乐，让我更有时间关注所爱的人，做喜欢的事，也让自己学会思考、学会安静，不再沿袭蹲墙根晒太阳聊闲篇的习性。我又开始捧起书籍杂志，也开始写点东西。

五色令人目盲，五音令人耳聋。在这个浮躁时代，要想安静下来，倾听内心呼唤，就从整理微信朋友圈开始吧。

注：本文发表于《山东教育报》。

小孩儿缘

近日拜读季羡林先生《一花一世界》,其中的《三个小女孩》让我沉思良久。

先生在文章中记叙了和三个小女孩邂逅的故事。先生在不同时期和三个小女孩的第一次见面,都得到了她们的喜欢。比如,他在探亲时遇见华子,这个两岁的女孩一见就跑过来抱住他的腿,之后天天去他住的房门前望眼欲穿地蹲守。先生对自己无缘无故得到三个孩子的喜爱,百思不得其解。

这篇文章之所以引起我的共鸣,是让我想起自己遇到的类似事情。有一次和妻子回家看望岳母,恰好碰到一位老妇人抱着孙女在串门。女孩大约二三岁模样,在奶奶怀抱里自得其乐。我和妻子都是喜欢孩子的,都伸出双手想抱抱这孩子。孩子一点也没犹豫,倾着身子挓挲着小手扑向我。她在我怀里安安静静的,小脸蛋贴在我的胸膛上,很惬意的样子。奶奶伸手要抱回家,她竟扭着身子不愿意。还是我抱着她一直送到街上,她才不情愿地让奶奶抱过去,但依然探头向我咿咿呀呀叫着,很不舍得离开。我们都很奇怪,不明白这孩子何以竟对我如此依恋?这样的事情还碰到过几次,都是小孩子对我表达出“一见钟情”式的喜欢。

对这些遭遇,之前我和妻子只是当做笑话调侃一下就不再想它。现在读了先生的书,我产生了和先生一样的困惑:“我语不惊人,貌不压众……而能引起天真无邪、毫无功利目的的孩子的欢心,其中道理,我解释不通。”妻子的理解最终也和先生一样,归到“缘分”上。她说,这叫“有小孩儿缘”。为什么我和先生一样都有“小孩儿缘”?我想了又想,想到两条理由:

一是面相慈善。先生说自己“貌不压众”,是实话。从相片上看,除个子高这一点外,先生确实和“帅哥”标准相差甚远。但先生五官端正,慈眉善目,满脸透着和善。这样的人，怎不会让天真无邪的孩子产生信赖感？妻子曾列出再选择丈夫依然选我的“5 选 2 不选”的理由，其中“2 不选”就包含“相貌一般”。我个头中等，眼小发秃，比先生尚不如。但我自觉不是让人唯恐躲之不及的面目狰狞之辈，也算是面相友善、值得信赖之人。

二是心地善良。透过《一花一世界》中的文字，我感受得到先生悲天悯人的情怀，看得见先生那颗温柔善良的爱心。赤子之心，纯洁善良，本色自然。能和孩子心意连通的，当然是必须有一颗纯真的善心之人。妻子列出的再选择丈夫依然选我的“5 选 2 不选”的理由，其中“5 选”的第一条就是“心地善良”。能得到老妻的爱意和孩子们的欢心，我也算没白活一回。

我的这番牵强解读，如先生地下有知，以为然否？

谨以此文纪念季羡林先生，也祝福那些和我有“小孩儿缘”的小天使们健康快乐。

注：本文发表于《齐鲁晚报》。

“小僧伸脚”的底气和“侬也凉凉去”的勇气

微信里加了个一面之缘的朋友，他的网名“小僧伸脚”让我不知所以：此公非僧且老。百度一下，得知来源于这样的掌故：

一僧人和一文士夜宿一船，那文士高谈阔论，吓得僧人缩颈屈膝，以为遇到高士大家。一会儿听出许多破绽，就斗胆问了两个“文学常识”。文士荒谬答案一出，僧人笑了：“这等说起来，且待小僧伸伸脚。”

在为自己的孤陋寡闻惭愧不已的同时，我折服于朋友网名的深意。这位朋友是个作家，年逾花甲，他是否有过那样的经历我不得而知，但拜读他的作品，每每因其文笔犀利、语言生动而拜服。从他的微信和作品选材，我能感受得到他那颗依然年轻的心。自名“小僧伸脚”，谦逊中彰显学富五车的底气，可谓妙绝！

学问是个很神圣的东西，可以使自己“气自华”，也可以威慑他人。所以某些人便披上“学问”外衣狐假虎威以博取名和利。殊不知，遇上有真才实学之人，就原形毕露，徒增笑料罢了。文士的“高论”称得上是假学问之名的自我招摇，而“小僧伸脚”才是真正的“文化自信”。

走笔至此，想起《聊斋志异》里的一则故事：兄弟俩一起读书，老大学习好，老二成绩差。父母爱屋及乌，喜欢大儿媳，对二儿媳就差些。酷暑天妯娌俩正做饭时，老大金榜题名捷报到了，婆婆满心欢喜地让大儿媳“汝可凉凉去。”二儿媳只能一边掉泪一边继续做饭。戏剧性的是，老二高中的消息随后也到了，二儿媳把擀面杖一扔，丢下一句：“侬也凉凉去！”就到树荫下纳凉去了。

大儿媳得到优待，当然是沾了丈夫学问好的光；遭受冷落的二儿媳奋起反抗的勇气，也来源于丈夫学问经受住了科举检验。你看，腹有诗书，不但可以

"一朝看尽长安花",更可夫贵妻荣,让老婆因丈夫的"文化成果"而自信不受窝囊气。作为读书人,不努力行吗?

小僧伸脚,伸出了自己学问的底气;二儿媳"侬也凉凉去",靠的是丈夫学问带来的勇气。学问带给人的,不仅是底气与自信,还有由内而外散发的气质与魅力。最是书香能致远,知识之美,令人回味无穷。

注:本文发表于《青岛晚报》。

我的“高粱”

“人家莫言早就得奖了,你才想起《红高粱》? ”妻子的语气里不无揶揄。

其时,我正站在书橱前,翻着刚刚从最上边一角找到的一本书。在莫言获诺贝尔文学奖的喧闹声中,我想起曾经买过他的一本书,就在书橱一角找到它。这是由解放军文艺出版社出版的《红高粱家族》,封面是电影《红高粱》中主演巩俐和姜文的三幅剧照。压膜的封面已布满细碎褶皱,如老者沧桑的面孔。翻动书页,有几页从中掉了出来。在最后页,盖着一个已褪色的印章,但依然看得清“东风书店”四个字。摩挲着皱皱巴巴的封面,透过有些泛黄的纸张,我仿佛看到,那个土里土气青年人的心田里,那株红高粱正在迎风摇曳……

熬过流火七月,挤过窄窄“独木桥”,跳出“农门”到有“风筝都”称号的小城读大学时,那个青年人已经过了二十一岁生日。他所就读的学校是一所师专,专业是他喜欢的中文。1988年的师专和整个社会一样,充满朝气和追求,青年人也为理想孜孜不倦地奋斗着。身为班长和系学生会干部的他,虽然“政务”缠身,但一直没有忘记专业学习。在其他同学或聚在宿舍热火朝天打“够级”(一种扑克玩法),或花前月下卿卿我我谈情说爱的时候,青年人则在有些贪婪地读书。他最喜欢的地方是校园西边的图书楼。当他第一次把这座楼朝圣般逐层走过一遍时,内心的震撼无以言表。一排排一架架的古今中外文学名著让他心跳加速,琳琅满目的文学报刊让他头晕目眩。读中学时图书馆是不对学生开放的,班主任老师很严厉地要求不能读小说分散精力,他只从语文老师那里借到过几本课外书读。现在好了,这么多的好书,可以尽情地读了,他不知道世上还有什么比这更好的事情。

借几本名著,借一期杂志,在人头攒动却静悄无声的阅览室找一角落坐下，很快就进入到书中世界，心儿随着主人公的境遇起起伏伏，浑然不觉书外世界。关闭楼门的铃声响起，惊抬头，才发现原来人满为患的阅览室里只剩下寥寥几人。肘下夹着几本喜欢的书，踏着皎洁的月光向宿舍走去，心里是满满的快乐和幸福。偶尔有成双成对的情侣牵手从旁经过，也漠然不觉。他的心中，正在回味着于连和玛特尔小姐相会的情景呢。

青年人喜欢的另一个去处是书店。高中时的学习时间虽然紧张，周末他有时也到小镇的小书店里逛逛。只是看看，偶尔也让售货员从书柜里拿出一本书。但因囊中羞涩，父母给的几个钱还要填肚子，就不敢买，只是翻翻过一过眼瘾而已。读师专时就不存在这个问题了，不但不用交学费，国家还按月发给饭菜票，父母给的零花钱却比读中学时多了些。这些钱，多数被他买了书。常去的书店是学校附近的虞虹桥书店，但他更喜欢的是东风书店，虽然远一些，但店大书多。有时约同学一起去，更多的则是一人独行。校门口有班车直达，他却不坐，而是沿着马路优哉游哉地漫步前行。耳边响着商铺里传出的流行歌曲，随着滚滚向前的车水马龙，走过有些破旧的虞虹桥，经过几个拥挤的路口，穿过重修的东风桥，七八里的路程，还没觉得累呢就到了。

东风书店面积大，但人也多。他挤到设在二楼的文学类书架前，用眼扫描着书脊上的书名，觉得有些意思的，就抽出来翻一番。他的眼光停在了一本书脊红红的书上，书脊上有五个白色大字：红高粱家族。他想起曾在某本杂志上看到过这本书的评论，就把它抽出来。他不知道书的作者其实是同属一市的老乡，当然也不会想像得到 24 年以后这个叫莫言的作家会获得诺贝尔文学奖。

手中书的封面采用的是电影剧照，给人一种花里胡哨的感觉。这不是他喜欢的风格，就想把它插回书架中。但又一转念，既然书在手，何妨一翻呢？打开第一页才看几行，就被吸引住了。语言风格是他喜欢的，故事情节也让人欲罢不能，就连书中描绘的风土人情也让离开家乡的他感到亲切。好书啊！他毫不犹豫地到交款处掏出三元钱递过去。收款员在书的最后页“啪”地盖好章，他拿起书转身就走，却被叫住了。呵呵，心太急了，忘了拿找回的一角钱。

就这样，一边上课，一边读着、买着自己喜欢的书，大学的时光充实而自在。中文系里有不少学生是做着作家梦的，他也是其中之一。读书的同时，也写点东西，还特意准备了一个软皮笔记本，不过直到毕业，本子上也没有几篇像样的东西。但这并没有让他的梦想消失，青年人对未来仍然充满着热切的期待。在毕业纪念册扉页“我心中的话”中，他含蓄地写道：

“那只青蛙要蹦出井口吗？

他感激那些同行两个三百六十五里路的鱼儿和水蛇，他会像记住水洼似的记取那歌、那泣、那……爱。

听，那井底之蛙在唱：

我的未来不是梦……”

现在想来，那是一段多美好的时光啊！朝气蓬勃，满怀梦想。二十多年似乎一眨眼就过去了，当年那个风华正茂的年轻人也像这本《红高粱家族》一样满面沧桑。封面剧照中尽显野性之美的演员，早已成了蜚声国内外的巨星；仅有小学五年级文化的作者，在《红高粱家族》之后佳作频出，如今攫取了文学的最高桂冠。而那个一气读完《红高粱家族》的青年人呢，当年志气俱消尽，白发新添四五茎，真如井底之蛙，在温水锅中浮浮沉沉，可还记得心中那株摇曳生姿的红高粱？

“莫言的‘高粱’红遍了世界，你的‘高粱’还会红吗？”妻子从我的手中拿过《红高粱家族》，轻声地问道。

是啊，我的“高粱”还会红吗？我低下头，扪心自问……

飘逝的书香

秋末的太阳依然灿烂,蓝天上白云大块棉絮般飘移着。我不紧不慢地蹬着车子,沿着热闹的商场路一路西行,在一个十字路口向南一拐,进入窄窄的一条马路。走到一个地方,不由地停下脚步,把车子靠在路边一棵树上。那是一棵法桐,宽大发黄的树叶不时飘落,有一片落在我的肩头。

看着马路对面,我有点不敢相信自己的眼睛。对面是一家小店,小店外墙贴着花花绿绿的广告,红漆掉得斑斑驳驳的木门上方挂着一个大大的匾牌,倒是颜色艳丽、图像鲜明,中间三个大字:“朝天锅”。朝天锅?不会吧?这里怎么成了吃饼卷猪头肉、喝老汤的朝天锅店呢?我揉揉眼睛,看看小店南邻的大房子,大房子木门上方匾牌刻着的“邮政局”三个大字清晰可见。我清楚地记得,邮政局北邻小屋木门之上的匾牌上面刻的四个字是“邮政报刊”。这才几年的光景啊,“邮政报刊”何时变成“朝天锅”了?

不用进去,我就知道小店里边的情形。店内靠墙支着大锅,从不干涸的锅汤里飘着厚厚一层油脂,店内外整日弥漫着猪头烧肉的味道。肥胖的老板娘从锅台上的盆里抓一把煮好的猪头肉或猪下水,放在铁笊篱里到锅中老汤一转后,包在一张面饼里。围坐在锅台边的食客们小口喝着飘着芫荽末和葱花的滚烫老汤,嘴里发着“吸溜”“吸溜”的声响,大口吞咽饼卷烧肉,不时咬一口手中的辣疙瘩咸菜条或葱段,吃得满头大汗,那叫一个过瘾!隔上十天半个月,我总要悄悄去家附近的一家朝天锅店吃一顿。只是每次回家,满身的猪头肉味和油光光的嘴脸都会出卖我,让我再次接受娘俩联合开展的“健康饮食新观念”教育。

站在“朝天锅”对面,浓郁的肉香飘出大开的木门,穿过窄窄的马路,直扑进鼻孔,诱惑我进去再饕餮一顿。但这次我没有迈动脚步,只是怔怔地望着对面。我仿佛看到,那个鼻尖上一层细汗的少年,怯生生地推开“邮政报刊”匾牌下的红木门,满怀欣喜地走进去……

那个少年,是起个大早,走十里路程赶到这里的。那是个周末,少年刚刚喝了一肚子的地瓜块玉米面粥,就背起黄书包独自朝县城出发。红彤彤的太阳已钻出埠顶,路边枯草上蒙着一层薄霜,地里发芽破土的小麦在晨风中微微摇曳,为寂寞的大地增添一丝生气。少年一边优哉游哉地走着,一边东张西望,有时也追着几只麻雀跑一段,不一会儿身上就有了汗津津的感觉。跑起来时,肚里发出“咣当”“咣当”的响声。上衣口袋里也发出一点响声,他赶忙用手捂着口袋,唯恐里边的东西掉出来。口袋里装的是钱,有几张纸币,最大面额两毛,还有些钢镚,一分、二分的居多,五分的只有几枚。少年跑动时,钢镚们就快活地跳动着、碰撞着,发出好听的声音。这些钱,有少年拾粪卖来的钱,有过年时长辈给的磕头钱。一分二分的攒到现在,多不容易呀,他可不想丢掉一分。从家到县城的十里路,少年不知道自己走了多长时间。进了有高楼的热闹县城,走过很多人正排队买票的电影院,走过人头攒动的百货大楼,沿着县城唯一的柏油马路,在邮局北边一间小屋前,少年停下脚步。

这间马路之东的小屋,红油漆刷的两扇木门散发着喜气,门上的不锈钢把手亮亮的晃人眼,门上方挂着木匾牌,少年认得匾牌上那四个不大的字是“邮政报刊”。“到了!”少年心里高兴地叫一声,怯怯地推开木门走进去,木门在身后发出“呀呀”响声。

小屋里氤氲着浓浓的书香,一排比少年还要高的玻璃柜台里边躺着的、立着的,都是封面各异的杂志。顾客不少,多是些青年人,他们或俯身端详着柜台里的杂志,或轻轻翻动着手里的刊物。店主是个十八九岁的姑娘,扎着一双大辫子,说话声有点沙哑,面容倒很和善。她很忙碌,取刊,收钱,找钱,几乎不停歇。顾客翻翻目录或看上几段,又要换其他的,她也不烦,脸上始终挂着淡淡笑容。

店里杂志很多,少年有点眼花缭乱。最终,他挤进中间放文学杂志的柜台前,弓着身子,眼睛贴着柜台,隔着玻璃贪婪地看着里边杂志。看了一会儿,他直起身子,用手指着其中一期《小说选刊》,让姑娘取出来。看得出,那姑娘稍稍迟疑了一下。因为她知道,她的顾客买这种杂志的很少有少年这个年龄段的。此时少年脸涨得通红,心怦怦跳得厉害。仅仅是一小会儿,那姑娘就微笑着把崭新的《小说选刊》取出来。他把手在褂子上擦了擦,才双手接过杂志。躺在手中的杂志发散着油墨芳香,他禁不住抽了抽鼻子。

快速翻开杂志,先看目录。看到"好"题目或者"熟悉"的作家名字,就翻到那篇,一目十行看下去。有时看进去了,听不到周围任何声音,也不知过了多长时间,那姑娘也不催。有时从《小说选刊》《青年文学》《散文选刊》等几种杂志一路挑下去,那姑娘也不烦。最终,少年选定一本,把口袋里的钢镚和纸币掏出来,仔细数了数,放到柜台上。

少年把杂志小心地放进黄书包里,没有立即离开。他不去有很多好吃好玩的百货大楼,也不去热热闹闹的大集,他只喜欢这间飘满书香的小屋。闻闻满屋的书香,看看满架的杂志,就是他最好的享受。少年想:要是能住在城里,天天来这里看杂志,会多好啊;要是自己也能挣工资,随意买喜欢的杂志,又该多好啊!

就是这间飘香的小屋,少年每隔一段时间就会来一次。来到小屋,有时买本杂志,更多的时候是把拿到手的杂志翻一翻、看一看。嗅嗅那好闻的书香,即使没钱买,他也心满意足。

几年下来,少年手里也有了一二十本各种文学杂志。有一本《少年文艺》,少年读后觉得文章有点幼稚,就没有再买。有两本《绿洲》,少年对诗歌不感兴趣,以后也不买了。还有《青年文学》《人民文学》《散文选刊》《小说月报》等几种文学期刊。少年喜欢读小说,买得最多的是《小说选刊》。通过这些文学期刊,少年"结识"了史铁生、梁晓声、铁凝、张抗抗、蒋子龙、张贤亮、贾平凹等作家,在心里埋下梦想的种子。就在这间书香弥漫的小屋里,轻轻抚摸着杂志封面的少年想:有一天,我写的文字也变成这上面的铅字,那该多好啊!

经过十三年寒窗苦读,那个当年梦想成为城里人的少年,终于走出乡村土路,在满是柏油路的县城有了安身之处。当然,也开始挣工资。领到工资的第一个月,我来到小屋,屋内一切依然。我一眼就认出柜台里的中年妇女就是当年卖报刊的姑娘,只是一头蓬松的烫发取代了大辫子,身材稍显臃肿。屋里只有我一个顾客,显得冷冷清清。我想和这位大姐说会儿话,却不知说什么。她倒是很快站起身来,热情地问我买什么。我有些怅然,看来她已经认不出当年那个常来蹭杂志看的乡下少年了。我要了一期《小说选刊》,递给她一张百元大票。她没急着找钱,而是满脸笑容地问我还买点什么。我说那就再来本《读者》吧。她一边给我拿杂志,一边抱怨现在的人不爱看杂志,生意不好做。我没有说什么,心里却在想:坐在这里卖报刊,曾经也是那个少年的梦想啊!

此后经年,疲于生活奔波,很少来这里,虽然我家所在的四马路离这里不过几个路口。送女儿到附近小学上学时,有时也顺便进来转转。只是转一转,看一看,并没买什么杂志。有次领着女儿进来,给她买了本《儿童文学》,她高兴地不得了,让我再买一本。我一把抱起女儿,眼睛湿润了。

站在当年向往的圣地旁,我摸着发丝稀疏的头顶,心中顿生流年似水的感慨。一阵喧闹声把我从沉思中拉回到现实,见几个大腹便便的中年人大声说笑着走进小屋。我抽了抽鼻子,抬头看着那块绘有热气腾腾大猪头的匾牌,一时百感交集。从寂寞乡村到繁华县城的十里之隔,我用二十三年时光联通。而从四马路的家到一马路的小屋之间的十多分钟路程,我蹒跚的脚步又走了多长时间?从书香弥漫的"邮政报刊"到肉香四溢的"朝天锅",时光何以如此流转?从当初那个孜孜追梦的文学少年变为当下碌碌无为的油腻中年,站在梦想发芽之地,我切切实实感受到自己的沉沦与粗鄙。假如时光能倒流,我情愿回到那个物质贫乏而精神充实的年代,做回那个肚无油水但心怀梦想的少年。

轻轻拂去肩头的一片落叶,也悄悄捡拾起一段过往。我满怀惆怅地骑车驶离书香飘逝的小屋,走在以往的马路上,走在人生的秋阳里……

注:本文发表于《今日作家》。

摸蝉虫

早上去买菜，看到路边有人在卖蝉虫，就停住了脚步。看着那些在塑料大盆里蠕动的蝉虫，不禁想起摸蝉虫的童年时光。

在我的家乡，蝉的土名叫“节留”，蝉的幼虫叫“节留龟”。麦收后的傍晚时分，一天的酷热开始消散，晚风在村南小河岸边一排排大柳树的枝梢间穿行，蝉虫开始从地下破洞钻出，爬上附近的树木。柳树下，那些六七岁的顽童弓腰低头，双眼紧盯地下，慢慢地移动着脚步，侦察着蝉虫的蛛丝马迹。看到地上有不规则的小口，经验丰富的顽童就知道，这是即将破土而出的蝉虫划破的。用手轻轻地抠下去，把口子慢慢挖大，准会看见一只附在洞壁的蝉虫。找一根细枝条伸进洞去，蝉虫就会顺着枝条爬上来，乖乖地成为“俘虏”。如果看见新鲜的指头粗细的圆洞，那表明蝉虫刚钻出不久，要是赶紧在周围地上、树上找，也许能发现那只正爬得起劲的蝉虫。有时几个顽童同时发现一只蝉虫，还会爆发一场不大不小的争夺战，弄得好朋友一晚上不说话呢。

吃过晚饭，忙了一天的大人们会拿着凳子、卷着稿荐（用麦秸编制而成的凉席）到村南乘凉。村南有一条从南而来的小河，把小村从东、南、西三边包围着，缓缓地北流而去。小河岸边不知哪年栽种的柳树，已长得两个小伙伴也搂不过来。蝉在树上不停歇地叫着，爬上河沿的青蛙也此起彼伏加入大合唱。朗朗月儿云朵中穿行，习习风儿轻抚着稿荐上幼儿的脸蛋。大人们啦着麦子的收成、玉米的长势，说东家长道西家短，不时传出阵阵笑声。顽童们是不肯安静地待在父母身边的，早就呼朋引伴地去摸蝉虫了。得宠的还会从娘手里要来家里唯一的电器手电筒，用它照蝉虫比用手摸要好得多，惹得小伙伴们好一阵眼热。围绕着一棵棵柳树，把能够用手够得到的树身都摸一遍，摸呀摸，一会儿就摸到一只正向上爬的蝉虫。“我摸到一只！”“我也摸到了！”孩子们兴奋地宣告着彼此的收获。小河里响起“扑通”“扑通”的声音。别担心，那是受惊的青蛙跳到了河里。

把摸到的蝉虫双手捧着，蝉虫在手掌心里爬来爬去，手有些痒，也有点痛，却不舍得丢下。邀功似地交到娘的手里，是会得到娘的夸奖的：“真能干。明天娘给你炒炒吃。”就很满足地把弟弟、妹妹向一边挤挤，在稿荐上躺下来，把小脏腿搭在娘的腿上。耳边响着大人的说笑声，风清月明，蛙唱蝉噪，一会儿就沉沉睡去。

当年的顽童只是为了玩耍的快乐，却全然不解对蝉造成的戕害。长大后读了法布尔的《昆虫记》，才知道蝉虫地下生长四年才能蜕壳为蝉得以在阳光下歌唱，开始对它有了新认识。记得儿时似乎只有顽童们对摸蝉虫感兴趣，大人们是不屑为之的。如今，小小的蝉虫成了某些人的牟利商品，众多蝉虫尚未蜕变为蝉就已丧身于饕餮者肚腹之中，那曾经让人心烦的蝉鸣也如仙乐般难得听闻。多年以后，我们的后人会不会只能在书本中触摸这个曾经繁盛的生灵？

届时，再到哪里听取那响亮的蝉歌呢？

注：本文发表于《潍坊晚报》。

粘蝉

走在燥热的阳光下，一种熟悉的声音在耳边响起。哦，这不是蝉鸣吗？听，知—了—，知—了—。声声蝉鸣中，我仿佛又回到了快乐的童年时光。

在我的家乡，蝉的土名叫“节留”，蝉的幼虫叫“节留龟”。小时候早上爬起来的第一件大事，是快赶到昨晚摸节留龟的小河边柳树上找节留。这时的蝉虫，经过一晚的努力，已蜕去外壳变成蝉（长大后才知道这叫“金蝉脱壳”）。脱壳不久的蝉，浅黄色的外表，翅膀湿软，极为虚弱，根本飞不起来。在柳树下仰头仔细地寻找着，有时会看到蝉“金钩倒挂”在壳上，有时先看到的是外壳，再在周围瞅瞅，就会发现那只还没飞走的蝉。抱住树身，三下五除二爬上去，一只手抱住树干，一只手伸出去，那蝉就乖乖地成了“俘虏”。有时幼蝉已得阳光润泽，颜色开始变黑，翅膀也有些硬了，手刚伸出去，它却警觉地展翅高飞了。眼睁睁看着要到手的蝉飞走了，心里就像丢了什么宝贝一样地懊恼。

这样抓是抓不到几个的，最好的办法是粘。热辣辣的太阳在头顶直晒的中午，是粘蝉好时候。趁着大人午睡，偷偷地把刚磨好的新麦面舀出小半碗，和成面团，在水瓢里反复揉搓，把麸子洗掉，粘力十足的面筋就有了。更多的时候找不到麦面，就抓一把刚装到瓮里的麦子，一口一口地嚼，嚼烂了团成一团，再用水洗，一样能做成面筋。找一根长梧桐杆子，杆顶绑上细棉槐条子，粘杆也有了。带上这些东西，就兴冲冲地向着蝉鸣最响的村南小树林里奔去。

树叶在酷热的六月天里无精打采地耷拉着，一丝风儿也没有，一只鸟儿也不见，只有蝉在不倦地叫着。虽然太阳明晃晃地耀眼，脸上的汗水流成小河，仍是兴致盎然。在蝉噪声最响的那棵柳树下站定，眼睛如雷达一般透过层层细长的柳叶扫描着，很快就把一只正在欢唱的蝉锁定。屏住呼吸，慢慢地举起杆头缠好面筋的杆子，悄悄地向上移动，等杆头到蝉的尾部，猛然向前一送，面筋就粘住蝉的翅膀。蝉在杆头嘶嘶惊叫着，煽动着没被粘住的那只翅膀。这时赶紧把杆子向下抽，小手倒递着很快就到了杆头，一手把蝉抓住，放进袋子里。它在袋里扑棱着，不甘心就这样成了"俘虏"。蝉的警惕性很高，有时面筋粘住叶子弄出响声，它就闻声起飞。有时粘得不牢，没等伸手抓，它却挣脱面筋，惊叫着飞远。眼睛追随着蝉的身影，心里满是不舍。

柳树叶多且密，为粘蝉增加不少障碍。叶大而疏的梧桐树则相反，而且蝉似乎也喜欢在梧桐树上待着。透过梧桐叶的缝隙，有时会惊喜地发现一根枝上趴着七八只蝉。这时是最能显示出粘蝉水平的。沉住气，先从最下面的粘起，在上面的还没反应过来之前逐只俘获。运气好的话，会一气粘到三四只。有时还会发现两只蝉叠在一起，要是能够一举擒获，那比得到老师表扬还要高兴呢！

粘蝉时，有时也粘"无应哇""度老"和"稍千"。它们的名字来自叫声，比如"无应哇"的叫声是"无应—无应—哇"。体型都比蝉小，"稍千"最小，仅有蝉的三分之一大。但是都比蝉的警惕性高，很难粘到。数量也少，在一片蝉噪声中，只偶尔听得到几声它们的叫声。

凯旋后，把蝉一只只掐去翅膀放进陶罐里。罐里舀进半瓢水，再抓一把盐放进去。过几天，罐里存多了，娘就用油烹烹，用它就着吃饭，又脆又香。爹也用它下酒，有时还会掴一块肥肉给儿子作为奖励。儿子抓着几个熟蝉，乐得屁颠屁颠地跑出去和小伙伴们疯玩。

在一年又一年的蝉鸣中，那个顽童渐渐长大。在高中课堂上读着法布尔《蝉》里的句子"它掘土四年，现在才能够穿起漂亮的衣服，长起可与飞鸟匹敌的翅膀，沐浴在温暖的阳光中。什么样的钹声能响亮到足以歌颂它那得来不易的刹那欢愉呢？"，耳边就会回响起童年的蝉鸣；在大学校园里吟诵着"美兹蝉之纯洁兮，禀阴阳之微灵。含精粹之贞气兮，体自然之妙形。""垂緌饮清露，流响出疏桐。居高非自远，非是藉秋风。"这些咏蝉诗句时，耳边就会回响起童年的蝉鸣。也曾在早些年，领着尚幼的女儿拿着买来的竹竿和面筋去粘蝉，想让她过一把我当年"持柔竿之冉冉兮，运微黏而我缠"的瘾。但很快女儿就嫌天热，一个也没有粘到就回家了。惹得妻子好一通埋怨:“到早市买就是,还用去粘?看女儿热得。”

早市上确有卖蝉的地摊。在卖家的塑料大盆里,黑压压的蝉互相纠缠着,嘶叫着。价格不菲,买家却不少。我也买过几次,但咀嚼着妻子精心油烹的蝉肴时,总觉得没有当年娘做的香脆,总会想起远去的那段粘蝉时光。

在今夏的阵阵蝉鸣里,我又想起童年夏日的那些清凉的早晨和酷热的中午。我意识到,那童年的蝉鸣啊,原来一直在心里回响……

注:本文发表于《潍坊晚报》。

犹记当年听书时

我坐在办公室的沙发里，轻轻地摩挲着刚刚借到的《说岳全传》。刚才在图书室里看到这本书时，从内心深处悄然浮出的那种思绪更加浓烈了。哦，犹记当年听书时。我仿佛又回到了那些清冷的冬夜，又看到了那个一脸痴迷的听书少年……

二十世纪七十年代的农村，没有电视机，没有网络，也没有几本书，漫漫冬夜里，孩子们三五成群在街上玩打宝、玩打仗、藏猫猫，玩得既热闹又快乐。但最高兴的事情还是听瞎汉说书。一听说来了说书的“瞎汉”，晚饭也顾不得吃，从锅里拿着一个热地瓜就往外跑，一直跑到“供销社”（当年的村办“小卖部”）门前那个场地里。那里早已聚集了很多村人，说说笑笑地等着说书开场。我和小伙伴元助从大人腿缝里一直钻到前边，挨挨挤挤地在说书人面前席地而坐。

说书的是五六十岁的盲人老者，独自坐在一把椅子上，摆弄着家把什。面前是一个高架子鼓，手拿一把三弦琴，腿上绑着木板。开始先静场，老者往往先咳嗽几声，清清嗓子，再铮铮鏦鏦弹几下三弦，调弦定音，同时用脚踩绳锤击高架子鼓，“咚咚”有声，腿上绑的木板击节也发出“哒哒”声。周围的说笑声很快消停，老者就自弹自唱起来。往往是先来一段引子，什么“自从盘古分天地，三皇五帝到如今，无道君王害黎民，豪气英雄荡胡尘。轻轻弹响三弦琴，慢慢稍停把歌论，歌有三千七百本，不知哪本动人心。”接着就会报出一串串书名，大都是历史演义、英雄传奇，然后一转：“今天别的先不讲，说一回英雄蒙难薛刚反唐大家听。”说书的往往掐头去尾，只说最精彩、最能勾人的段落，如简单交代几句前情后，就开说“薛刚三祭铁丘坟”。老者嗓音很足，连唱带说，抑扬顿挫。只听到木板哒哒、弦琴铮铮、鼓声咚咚、说唱吼吼，听众屏气凝神，很快就沉浸在秦时明月汉时关隋唐征尘宋辽烽烟之中。诺大的场地上，只有老者苍凉的声音在静静的冬夜里传开来，偶尔传来远处几只狗吠声。月亮高挂天际，清冷月光洒在大地上，水银般光亮。

夜深了，大人们熬不住，三三两两的一边唏嘘着一边慢慢回家去。小孩子们的新鲜劲过去了，也大多回家睡觉了。只有我俩坐在稀稀落落的人群前，胳膊肘支在大腿上，双手托着腮，眼睛定定地看着老者，痴迷地听着。天气干冷干冷的，干瘦干瘦的老者一张一翕的嘴里呼出白茫茫雾气，额头上却汗津津的。他的嗓音已有些不足，但依然卖力地大声吼唱着。两个七八岁的顽童不但毫无倦意，反而心神俱醉，穿着空心棉袄和露出趾头的棉鞋也没有觉得冷，一直坐在凉地上痴痴地听着，心潮随着情节发展而起起落落。直到老者沙哑着嗓子喊出："薛刚反唐中不中，老少爷们明天继续听。"这才恋恋不舍地起身。刚起身时一个趔趄几乎倒下，呵呵，腿麻了。踏着皎洁的月色心满意足地到家时，父亲已是鼾声如雷。悄悄地爬上炕去，很快就带着满脸的笑意进入梦乡，嘴里还喃喃出声："杀呀！"那肯定是梦回到了"八虎大闹金沙滩"的场景。

一个说书者往往只说一个晚上，过好长时间才能再来一个。前者说隋唐，后者论三国，都是各说一段，前后不连贯。听的书多了，就把一些人物、情节弄混了。白天在一块议论时，小伙伴间就会出现争执，什么"杨再兴丈八长矛大战罗成八十六斤双锤""薛刚和张飞谁更厉害"等等，争论得不亦乐乎，惹得旁边大人呵呵大笑。一直到听评书《岳飞传》的时候，这样的笑话才没再闹过。

之所以不再闹"关公战秦琼"式的笑话，是因为听《岳飞传》没落下几回。那是在村南邻村三河学校读六年级时的入冬时节，广播喇叭里开始播放刘兰芳的评书联播《岳飞传》。那时学校上晚自习，每到傍晚，等不及娘做熟饭，急急忙忙拿张煎饼，对娘说声："上晚自习去了。"就一溜烟地跑出去。村里的广播喇叭按在供销社前那根高柳树干上，我要在六点前赶到那儿和元助会合，一起听评书。不管是北风呼啸还是雪花飘飘，我俩都是"不离不弃"。每当听到广播里传出："现在是评书联播时间，欢迎继续收听刘兰芳播出的评书《岳飞传》。"的声音，就开始兴奋起来。刘兰芳说书字正腔圆，声情并茂，轻重缓急错落有致，真个是“大珠小珠落玉盘”，不知比盲人说书高超多少倍。她讲述的《岳飞传》，情节生动、高潮迭起，从结义拜师、枪挑小梁王、大战爱华山、牛头山救驾、八大锤大闹朱仙镇、风波亭父子归神……一回回说下去，直教人听完一回记挂下回。可惜的是，评书每晚只播放半小时，不知不觉就到了六点半，这时恰恰是又一个高潮，广播里却传出“要知后事如何，且听下回分解”，真是让人牵肠挂肚。

六点半是学校晚自习开始上课的时间，我俩虽然意犹未尽，但也来不及回味、讨论，撒开脚丫子就向学校一路飞跑。一般会迟到五六分钟，编个“去厕所了”的理由，就把看晚自习的班主任马老师搪塞过去。有一次马老师提醒我们：“以后要早去厕所。”我俩答应着，转身时都偷偷地捂着嘴，不敢笑出声来。

后来我村的喇叭坏了，只得到村东北的邻村周家店去听。两个少年一声不吭地蹲在邻村喇叭底下，聚精会神地听着“上回书说到……”，心里充满了愉悦。听到“且听下回分解”，就再次飞跑，跳过那条结冰的水沟，穿过村东的柳树大道，跑过那座摇摇欲坠的小桥，一口气跑完四五里路，进教室时已是满脸汗水、气喘吁吁。

可能是有一次同样迟到的马老师在路上看到了我们奔跑的身影，可能是爱打小报告的学习委员向老师告了密，可能是我在班里炫耀听过的评书让马老师在窗外听到了……反正一直到今天，我也不知道马老师是如何知道的我俩天天迟到的秘密。就在第二天要播《岳飞传》最后一回的那个晚上，我俩跑回学校时，正堵在教室门口的马老师把我们带到办公室，一针见血地戳穿了我俩的谎言，毫不留情地要求明天晚上不得再去听书，必须按时上晚自习。师命难违，第二天晚上我俩只得按时乖乖地坐在教室里，却一直是心神不安，百爪挠心一般：“气死兀术、笑煞牛皋后，岳雷怎样取得扫北胜利的？”没有听《岳飞传》最后一回，一度是我少年时代最大缺憾，甚至曾经因此对马老师心怀怨恨。现在想来，真是年少无知啊。

今天，坐在宽敞的办公室里，翻看着《说岳全传》，我又一次想起当年听书时光。在那个精神生活贫乏的年代，瞽者的说书、刘兰芳的评书，就像一弯清泉，滋润着少年饥渴心田。精忠报国、善恶有报、真诚守信等等传统信条，伴随着咿咿呀呀的说唱融进了我的血液里，成了我一生财富。如果说今天我的骨髓中还留有坚强、善良等等这些优良钙质，那要在很大程度上感谢当年那些听书的岁月。蓦然回首，才发觉那段时光是多么美好啊！

还有那个少年，心地是多么纯净啊！不像如今这位脑满肠肥的中年人，有宽大办公室，吹暖气空调，坐沙发桌椅，穿厚氅皮鞋，再也不会着旧袄破鞋坐于干冷之地听书了。打开桌上的液晶双核电脑，会看到海量资讯，当然还有听书网，刘兰芳、单田芳、袁阔成等评书大师的节目随便点击，自然不需再跑几里路去喇叭底下听书了。曾经点击《岳飞传》最后一回，以弥补当年缺憾，可再没有那种“心向往之”的心境。难道真如芋老人说的那样“时位之移人也”？我不能确定，今天手中的这本书，自己是否能够从头读到尾。因为我知道，日益浮躁的我，哪有心绪如当年那个少年一样安安静静地坐一会儿？我轻轻地问自己：当年那个一脸痴迷的听书少年，到哪里去了？

呼啸的北风猛烈地吹打着窗户。又一个冬天来了。在这个干冷的冬日里，我格外想念当年那个听书少年，怀念那些逝去的清冷冬夜……

注：本文发表于《渠风》《今日安丘》。

找寻我们的心灵家园

周末的夜似乎格外漫长，翻来覆去毫无睡意的我，脑海里突然浮现出电影《云中漫步》情节，就披衣而起，打开电脑重温，很快就沉浸在那美丽的景色和生动的情节之中。

故事中的男主人公保罗，自小生活在孤儿院中。他曾多次爬到楼顶，对着满天繁星许愿，渴望有个热闹的家。可以理解，一个孤苦无依的孩子，是多么渴盼亲情的滋润啊。艰难长大后，刚有自己的小家，还没有体验多少家的温暖，战争爆发。告别新婚妻子，保罗踏上硝烟弥漫的战场。四年烽火中，他唯一的精神寄托就是给妻子不断写信，倾诉人生感悟和未来规划：一个不大却温馨的家，花园中孩子们和小狗在嬉戏，体面的工作……但当战争结束回到家里，他看到那些写满思念和思考的信件，妻子竟然都未拆。甚至，久别后第一次亲热前奏，妻子竟要保罗答应去做他根本不喜欢的巧克力推销工作。对爱人的思念没有回响，对人生的规划得不到理解，保罗的失落掩盖了久别重逢的欢愉。他伤感自问：这就是我想要的生活？

外出推销巧克力途中，保罗和女主人公戏剧性地邂逅。遇人不淑的维多利亚小姐，依家规要在葡萄丰收前回家，却只能在饮泣中望家却步。偶然相识的保罗伸出援手，俩人假扮夫妻回到云中仙境。在远山暮霭的背景下，雾气氤氲的葡萄园笼罩着神秘色彩，使人恍如置身于仙境之中。虽然不受古板父亲欢迎，但幽默的爷爷、慈祥的奶奶、仁爱的母亲、活泼的弟弟、友善的仆人，都对保罗的到来表现出亲人般的热情。霜冻之夜，保罗和维多利亚家人一起，挥动着“羽翼”，把篝火浓浓烟雾扇进葡萄架里驱赶寒气；收割葡萄时，保罗和父亲的暗暗较劲，让人忍俊不禁，也使保罗得到家人更多欢心；载歌载舞踩葡萄时，保罗再次沉浸到大家庭其乐融融的欢快氛围中。“只有对葡萄才有耐性”的顽固父亲,也渐渐接纳了保罗,在丰收节的仪式上骄傲地邀请大家参加女儿和“战场上归来的英雄”女婿的婚礼。洞察一切的爷爷带保罗去看祖先留下的那颗粗壮葡萄藤时,饱含深情地说:“这不仅仅是云霄仙境的根,也是我们共同的根。你曾是一个孤儿,但你现在不是了。”……这一切,让保罗真切地感受到:这才是家的味道,这才是我想要的生活!

小径中的交谈,霜冻之夜的“比翼齐飞”,踩葡萄后的忘情激吻……随着时间的推移,保罗越来越强烈地感到,维多利亚善良、坚强,是那么完美、那么特别,“就像我呼吸的空气”一样须臾不可分离。也正因此,虽然维多利亚房间的灯光亮起来了,虽然阿拉贡先生公开宣布要为他们举办婚礼,保罗还是悄悄离开这个热闹的大家庭,黯然离开心爱的姑娘。也正因此,到家后保罗发现妻子已另有所爱,签字离婚后立刻赶回云中仙境,并奋不顾身参加抢救葡萄园行动。虽然云乡已成废墟,但作为繁衍象征的根还在,相亲相爱的人还在。冰释前嫌的翁婿二人紧紧握手,阿拉贡先生叮嘱他:“这就是你生命的根,也是我们家族的根。你再也离不开这片沃土和我们的家。因为承诺、荣耀和爱,种下它,它就会获得新生。”在祝福的掌声和笑声里,保罗和维多利亚拥吻在一起。根已留住,真爱依在,迷人的云霄仙境一定还会重现。和心爱的人在一起,和充满爱的家人在一起,共同建设美好家园,这不就是保罗梦寐以求的人生吗?

第一次看这部电影,秀美如画的云霄仙境让我心驰神往,曲折感人的爱情故事更撩拨着我的心弦。再次重温,感动之余却多了一层思考。我和保罗一样叩问自己:如何才能寻找到我们的心灵家园?电影中,阿拉贡的祖先不远万里从西班牙来到墨西哥,胸中怀着梦想,肩上负着行囊,口袋里放着葡萄藤根,披荆斩棘,历经400多年的家族繁衍,将家园建设得仙境一般;孤苦伶仃的保罗因真诚和执着,找到真爱,融进温暖大家庭。找到相爱的人,在深爱的土地上,一生厮守,尽享家庭温馨,享尽天伦之乐,这不就是《云中漫步》告诉我们的答案吗?

记得第一次看这部影片也是一个周末,大概距今二十多年了。那时我和妻子正年轻,从没想到会分开。每逢周末,一家人都会挤在沙发上看央视六台的“佳片有约”。彼时女儿尚幼,也会看得入神。爱情故事的唯美动人,庄园景色的如梦如幻,合家团聚的温馨欢乐,多年来竟一直石刻般印在脑海里。今晚,又一次放飞心灵到爱的云端,和主人公一起踏上寻找心灵家园的历程,怎不让人心潮起伏?虽说“我心安处即吾乡”,但离家万里的孤家寡人,依然在心中轻轻地问候守护家园的老妻娇女:我亲爱的人啊,今晚的梦可还香甜?

夜阑人静,我拿起手机,给妻子发去一条微信消息:

等我回家后,我们再看一次《云中漫步》吧。

谁是你的救赎者

瓢泼大雨中，一个中年汉子立在污浊之中，双手高举，仰天长啸。在一道道闪电的映耀下，可以看得到他满脸的坚毅与喜悦。在他身后的，是禁锢自由的肖申克监狱；依稀可见的，是自由奔放的太平洋。

电影《肖申克的救赎》看过多日后，在脑海中萦绕最多的片段，是这个安迪重获自由的镜头。安迪最终完成救赎的悲与喜，是最震撼我的情感力量。

关于“自由”，卢梭说过这么一句话：“人是生而自由的，却无往不在枷锁之中。”好像就是为了验证这句话，年轻有为的银行家安迪的妻子在和情人幽会时被杀害，他因此蒙冤锒铛入狱。在这座名为“肖申克”的肮脏监狱内，终身监禁的惩罚注定了安迪此后灰暗绝望的人生。抗击变态“三姐妹”的折磨，使他一次次的鼻青脸肿；凶狠残暴的狱警队长海利草菅人命，阴险贪婪的典狱长诺顿对犯人的压榨无所不用其极，公开宣称：“把灵魂寄托于神，把贱命交给我。”设计害死冤案知情人，使他昭雪沉冤的希望破灭……肖申克充满着无尽的黑暗和罪恶。而周围狱友也大都习惯了监狱内的生活，如行尸走肉般活着。在这样的环境中，生存还是毁灭，这是个问题。是随波逐流日渐沉沦，还是心存希望勇于救赎，是安迪要做出的抉择。

只有内心强大，才是真正强大。入狱第一天，弱不禁风、书生气十足的安迪，就让神通广大的瑞德赌输而对他另眼相看。在黑暗的肖申克监狱，安迪以极大勇气为狱友们争取到啤酒，使他们有“阳光洒肩头，仿佛自由人”之感；冒着极大风险播放音乐，“那声音直入云霄，比这个灰暗角落里任何人所能梦想到的都更高更远，就像一只美丽的小鸟飞进我们乏味的牢笼，高墙因之消逝于无形之间。就是那一刻，每一个关在肖申克监狱的失足者都触摸到了自由。”辅导青年狱友考取毕业证书,执着地争取资金改建图书室,为大家赢得求知的自由;为瑞德雕刻国际象棋,送他口琴,悠扬而轻微的琴声唤醒狱友泯灭的希望;由于他的指引,假释的瑞德得以和他在自由海岸会师,拥抱纯真友谊和真正自由……他冒着生命危险为狱友争取到的物质、精神上的利益,并非完全如狱友认为的"他这样做只是为了重温一下自由的时光,哪怕就那么一小会儿。"而是对狱友的救赎。他以充分的证据让海利和诺顿受到法律审判,更是对肖申克的救赎。无论环境多么险恶,无论面临多大磨难,都竭尽所能为他人带来光明和希望的人,内心一定是强大的,是真正的圣者。

强者自救,圣者渡人。渡人即是渡己。安迪以为狱警逃税、助典狱长洗钱的方式,以恶治恶除掉变态狂,争取到相对自由的空间。他用专业知识为自己赢得生命安全、些许自由和完全自由后的金钱保障,这是他的自我救赎。长年的监禁也让他重新认识妻子之死:"枪不是我开的,但我害她离我远去,是我的脾气害死了她。"沉郁于心的反思,让他放下怨怼,灵魂得到救赎。当他凭借着一把小小的鹤嘴锄,凿开自由通道,涉过肮脏污河,涤尽罪恶,在彼岸重生时,则标志着自我救赎的彻底完成。当安迪站在如注大雨中仰天长啸时,我们懦弱的灵魂是否也在电闪雷鸣中阵阵颤抖?

安迪认为:"希望是好事——甚至也许是人间至善。而美好的事永不消失。"瑞德却有不同的看法:"希望是危险的东西,是精神苦闷的根源。"正是这种认识上的差异,使得瑞德几乎成为另一个老布。在肖申克监狱呆了将近一生的老布,虽然得到了身体的自由,却因灵魂的体制化而选择自尽。"这些围墙很奇怪,刚来的时候,你会恨它,慢慢你就会习惯它,日子久了,你会发现你离不开它,那就是被体制化了。"明白如此的瑞德,如果不是遇到安迪,出狱后可能也会步老布后尘。石墙禁锢身体的同时,也禁锢了很多人的希望。并不是每只鸟的羽翼上都沾满了自由的光辉,并不是每个人都不会泯灭心底的希望。老布的悲剧,同样震撼着懦弱的我们。

有一种信念叫坚持,有一种神圣叫希望。人生犹如蜡烛,不管你如何倾倒它,它的火苗,永远向上。在经历困境时,在遭遇逆境时,在面临绝境时,谁是你的救赎者?《肖申克的救赎》做出了回答。《国际歌》中唱得好:“从来就没有什么救世主,也不靠神仙皇帝。要创造人类的幸福,全靠我们自己!”心怀希望,向着既定目标执着前行,心灵才能得以安慰,精神才会拥有支柱,我们才会到达自由的彼岸。希望,应该是每个人心中永不熄灭的火苗。迷茫无助时,让我们一起吟哦:

当蜘蛛网无情地查封了我的炉台
当灰烬的余烟叹息着贫困的悲哀
我依然固执地铺平失望的灰烬
用美丽的雪花写下:相信未来。
……

在西域的斗室中,我多次观赏《肖申克的救赎》这部经典之作,引发的心灵震撼远远不是这些文字所能描绘的。本着精神食粮共享的原则,我愿向正在经历人生考验的朋友推荐此片,希望我们都能在观影中得到心灵的救赎。

注:本文发表于《山东青年报·教育周刊》。

谁是你的“江小小”

偶然刷到《叶落长安》的短视频，是江小小帮助梁长安那集的片段，不由得想起多年前和妻子看这部电视剧的一些情景。

那还是十多年前，妻子迷上了这部电视剧，我受她影响，断断续续看了几集，竟渐渐地看上了瘾。每逢电视台当晚播完后，我俩还就相关人物或情节讨论一番。记得某晚看完江小小相助梁长安这集后，妻子一脸坏笑地说：“这江小小很好啊。谁是你的‘江小小’呢？”

江小小是剧中人物之一。年轻貌美、局长千金，用网络语言说，是典型的“白富美”，标准的“孔雀女”。她视朴实上进的梁长安为心中的“约翰·克里斯多夫”和“于连”，大胆宣示爱情宣言：“他贫穷，可是他高傲，我爱上他了。”面对这样的女子，哪个“凤凰男”不怦然心动？

可是，梁长安就守住了底线。热烈的追求被拒后，江小小黯然离开。但多年以后，她仍然不曾忘怀那“青春的梦”。暗地里托人把“情敌”白莲花调到自己爱过的男人身边，体现了她的善良；为梁长安的家具厂疏通关系、出谋划策，展示了她的智慧。即使是一次次拒绝梁长安谢意里包含的狡黠，也让人心折。她爱过梁长安，多年以来一直未能释怀。她知道，梁长安对她心存感激，只要她愿意，让梁长安回到自己的怀抱也是有可能的。但她没有这样做，因为她清楚早已物是人非：“这些年我们各走各的路，尽管有些时候会有交集，但我早就明白了一点，我们的生活不在一个层面上，所以我们两个人就像一条平行线，根本就是不会相交的。”这种见解又是何等明智，这样的爱又是何等崇高！即使设计和梁长安“放荡一回”，也不过是要圆那个“不曾实现的青春的梦”，因为“回头想想我走过的路，你就像是个路牌，就一直站在我走过的路边。”要远远离开梁长安，就得跨过这块"路牌"。如此一个集美丽、善良、智慧于一身的女子，岂止是一个"好"字描画得了的？

出身豪门，真心爱过，今又实意相助，但当断则断，决不纠缠：这样的红颜，自是难能可贵。拥有 "江小小"式红颜知己，怀有"江小小情结"的男士怕不是少数吧。

我的如此断语绝不是空穴来风，是有一定依据的。我们的传统文化中，就有这种元素。织女是不是牛郎的"江小小"？一贫如洗的放牛郎，偏偏被天孙织女爱上，后虽被王母拆散，但"金风玉露一相逢，便胜却人间无数"的七夕团聚，以及"两情若是久长时，又岂在朝朝暮暮"的爱情宣言，让秦少游等文人墨客击节歌咏，成为千古绝唱，七夕相会竟演绎为中国的情人节。

七仙女是不是董永的"江小小"？三国曹植这样讲述"天女助人"故事："董永遭家贫，父老财无遗。举假以供养，佣作致甘肥。责家填门户，不知何用归。天上秉至德，神女为秉机。"无立锥之地的穷小子董永终得脱离苦海，也是因"江小小"式的七仙女神助。黄梅戏电影《天仙配》之所以风靡大江南北，是否也因国人的"江小小情结"所致？

一生潦倒的蒲松龄可能没有"江小小"，但《聊斋志异》里的那些落魄书生，或有狐仙红袖添香，或得鬼女倾慕相助，这里面岂不寄寓着酸秀才对"江小小"的向往？

记得当时面对妻子的"拷问"，我也听得出妻子言外之意，便故意长叹一声："可惜为夫貌陋才拙，何来'江小小'啊。"

多年之后，在远离妻子的遥远之地，看完这个短视频，我脑海中又浮现出当年妻子那张似笑非笑的脸。我在心中暗自问自己：谁是我的"江小小"呢？

回想起来甚感惭愧。青年时期有过情感交集的女子倒是有几位，但都是昙花一现，更没有什么相亲相助，自不能称之为"江小小"。不过，细细想来，如果用"情意相通""解忧排难"之类的标准衡量，倒也有一位女子堪为我的"江小小"。她出身农家，不过中人之姿，作为读书不多的中师生更无过人聪慧，与织女、江小小等相比，有天壤之别。但相知时她便真心实意待我，我俩三观也日趋相合，一直到今天还是休戚与共，更重要的是有了越来越多的默契，大有“传一曲天荒地老，共一生水远山高”之势。从这个意义上讲，她既是我家庭生活中的贤内助“白莲花”，更是我精神世界里的贤外助“江小小”。

有妻如此，夫复何求？

念及至此，我告诉自己，等回家后，找个机会和妻子说一声：

你，就是我的“江小小”！

注：本文发表于《潍坊晚报》。

那些浸润着年味的思绪

窗外响起的零星爆竹声提醒着人们：新年刚刚过去！你坐在书桌前，梳理着回家过年的琐屑之事，那些浸润着年味的思绪又涌上心头。

——题记

何处为家

不管是走在大街上，还是在家打开电视，都会听到《常回家看看》《回家过年》之类的煽情歌曲，撩拨着男女老少的心。这些歌声在温情脉脉地提醒你：要过年了，生命中的一处重要之地、两个重要之人，需要重新纳入视野之内。

“家”，这个温暖的字眼，又一次清晰地浮现在你的脑海。

可是，家在何方？

父母给予了生命，他们在的地方就是家。不管是几间草房，还是一幢高楼。你那累弯腰的老父和白了发的亲娘，二老就在那里盼望着，期待着。

可是，你童年的印记呢？你少年的风景呢？

家啊，应该是你成长的地方，是你翅膀硬了离巢前和父母、兄弟、姐妹生活的所在。它应该是和“家乡”“故乡”一体的，应该是和童年的伙伴、熟悉的一草一木等等乡音、乡情、乡思紧密相连的。

现在啊，有父母，有兄弟，有房子，你还在找什么呢？找家？家不就在这里吗？

像传唱了几千年的《诗经》里描绘的那样的家啊，随着父母的迁居，找不到了。

是的，找不到了。

我拿什么奉献给你，我的爹娘

家里还需要点什么？每年回家前，你都要打电话问一下。你知道这是多余的，因为每次得到的回答都是一样的：家里什么都不缺，只要你们一家回来就好。

几瓶父亲喜欢的老家高度酒，几斤母亲爱吃的当地面点，一包待客的茶叶……几乎每年都是这几样吧，一样样打理进旅行包里。有时可能还会因东西的多少，引发妻子不高兴的表情，可是你假装看不到。因为，此时的你，正在内疚中。都说养儿为防老，可是年迈的父母眼前不见儿。儿要飞得更高、走得更远。少小离家，一年一次的探望，三五天的团聚，你可还记得白发爹娘的喜好？

坐在沙发上，看着地上的行李包，那熟悉的旋律似乎在耳边回响：

雨季奉献给大地，岁月奉献给季节，我拿什么奉献给你，我的爹娘？

村口那道熟悉的风景

挈妇将雏，一路车马劳顿，到达村口时，已是炊烟四起的傍晚。寒风吹动着地下浮雪，几只归鸦嘶叫着飞到村头那棵老柳树上的巢穴中。追随着飞鸟的目光落在柳树之下，你看到，那里有两个熟悉的身影，正在向这边张望着。

心里一动，你催着妻女加快了脚步。在夕阳的余晖中，你看到，父亲的腰身弯得更低了，似乎正用劲挺着身子，是想看得更真切一些吧。而矮瘦的母亲，一头白发在寒风中飘动，扬起一只手，召唤着她的儿子。

已经不记得是从哪年开始，父母开始在这里守候你的回归；你也想不起来了，这道熟悉的风景，曾经在梦中出现过多少次。你张开嘴，却发不出一丝声响。但，一个声音从心底欢呼而出：

回家啦！

再干一杯，我的兄弟

儿行千里，过年回家。

回到家的，还有你的兄弟一家。

同在屋檐下长大的一母同胞兄弟俩，各自有了小家。但那个生于兹、长于兹的家啊，却一直都是心里的牵挂。感谢先祖流传下来的过年习俗，让飞出去的鸟儿又飞回来。兄弟，我的兄弟，又是一个年来到，让我们一起回家。

“家兄酷似老父亲，一对沉默寡言人。”你记得是一首日本歌里的句子。从小一起打打闹闹的弟兄，长大后各自在外打拼，当你独自舔舐着创伤时，可曾再一次想起你的兄弟？只有兄弟，打过、吵过之后，一转眼又玩闹如初。现在呢，分隔一年后再次团聚，多数时间竟然是相对无语。哥哥老了，那个为小弟出手相助让小伙伴闻风而逃的大哥，已是发白鬓衰，坐在那里喝茶的神情，真的酷似老父亲。那个当年跟屁虫般的小弟呢，额头也有点秃了，虽说当了个不大不小的官，还是怕老婆。当把一壶酽酽的浓茶冲泡得淡淡的时候，弟兄俩自家老婆孩子的那些事儿，也差不多做完了交流。

那就开始喝酒。一起敬爹娘后，就不再有太多的话语，一杯又一杯，不需要平日应酬时的那些杂七杂八的劝酒词。你忘了你的高血压，他不再理会老婆的唠叨。在父母的炕头上喝酒，和兄弟喝酒，能喝醉吗？

就着亲情，再干一杯，我的兄弟！

谁来放爆竹

除夕之夜，噼里啪啦的鞭炮声，响成了一片。

爆竹声中，你记起小时年根腊月二十八，跟父母到城里赶集的情景。不用软磨硬缠，一向节俭的二老也会慷慨地买上一挂几百响的长鞭、几十个大爆竹、几把滴滴金。长鞭是在大年夜里包完水饺“发纸马”时放的。天井里，胆大的你抢着把一根细长的梧桐杆斜斜举起，挂在杆头的长鞭垂下来，父亲用一支长香点起鞭芯儿。震耳欲聋的鞭炮声中，你侧着脸儿，看那一个个爆竹在红红的火光中炸响，满心喜悦。父母和姐弟在屋门口看着，小弟还捂着耳朵，就连平日严厉的父亲也是一脸欢笑。再大点时大年夜放鞭炮就是哥俩的专利了，一个举杆子，一个点芯子，一年又一年，从少年到青年，再到现在的中年，仍是如此。

也许是天性不喜爆竹之类，也许是春晚节目太精彩，虽然鞭炮多种、烟花灿烂，你俩的孩子在一阵又一阵的轰鸣中，仍然围坐在电视机前，随着那些歌星、笑星的表演哼唱着、欢呼着。在感慨孩子们长大的同时，你深深地体会到“代沟”的含义。

走，兄弟，咱哥俩再去放一个轰天雷。

躺在家里的土炕上

夜里醒来，你依然感受到身下土炕的温暖。在父亲的鼾声和母亲的梦语中，你觉得好像又回到了童年那间草屋。是被咯得隐隐发麻的腰背提醒你，你是睡在父母瓦房里的土炕上。

自在外求学时，你就开始睡床了。算起来，你睡炕的时间远远少于睡床的时间。可为什么躺在舒适的席梦思床上，常常怀念那盘拥挤的土炕？你说不清。母亲特意为儿子一家准备的大床一看就很舒服，可是你仍然选择和父母一起睡炕。是要重温躺在父母身边的安适，还是想再感受土炕的温暖？你不知道。

母亲特意多烧了柴火，把炕烧得热热的。躺在被窝里，你感受到了母爱的温度。父亲在炕头，母亲在中间，你紧挨着母亲，像小时一样。只是现在的父母，一躺在土炕上，似乎话就多了。从孙女学习问到儿子工作，从家里饭食谈及儿媳娘家，父母挂念着你的一切，似乎想在一夜之间就把儿子一年的种种弄个清楚。也说起七大姑八大姨之类的亲戚，谈到家族间的恩怨，啦起早些年生活的艰辛。说到心酸之处，父母唏嘘有声，你默然无语。

不知是何时睡着的，躺在年老的父母身边，躺在自家的热炕上，你睡得很安逸，一如童年时。

凌晨时分醒来，窗外仍是一片漆黑。侧过身来，伸手给母亲掖了掖被角。听到父亲阵阵鼾声在这静寂的夜里传开来，竟让你觉得那么亲切。

你翻个身，又闭上眼睛。想再睡一个懒觉，在家里的土炕上，就像小时候，一直睡到娘把你叫醒。

带上牵挂

孩子还有许多作业，我还有几个应酬……你和二老解释着，心里有点发虚，因为刚回家不过三五日。其实，你不说他们也明白。你不见母亲已在为你们收拾行李了吗？

这是涵儿最喜欢吃的肉松，这是送给亲家的点心……母亲一边向包里拾掇着，一边交代着。够了，够了。你的语气中带着不耐烦。母亲不理睬，依然在充实着包裹，恨不得把家里的好东西都让儿子带走。带上吧，我和你娘在家吃不动,会搁坏的。坐在炕沿上默默吸烟的父亲开口了。你不再劝阻,眼睛有点湿润。

他们哪里是在装东西,分明是要把对孩子的牵挂都放进去啊。

身后的村里不时传来几声爆竹声,阳光抚摸着你的脸庞。你回过身来,向大柳树下的二老挥手。你看到,父亲挺了挺伛偻的身子,母亲用衣袖擦着眼睛。

走吧,你提起大包小包,带上父母的牵挂,收拢起那些浸润着年味的思绪,带着妻女,向着小家的方向奔去……

在窗外越来越热烈的鞭炮声中,你站起身来,低眉垂手,默默祈祷:一愿父母安康,二愿家人和睦,三愿亲人平安!

——后记

注:本文发表于《潍坊晚报》。

卅年一觉槐花梦

时值立夏之日，碧空如洗，阳光和煦。东南而望，有几个村落在绿树中时隐时现。两只大鸟翩然飞过头顶，落入岭下的槐树沟中。看得见槐树沟里的槐花开得正盛，那沟似一条翻滚着白浪的长河，由南而北流淌开来。脚下土地微微润湿，地里小麦正在吐穗，近两尺高的麦秆身披翠绿叶子、头顶嫩嫩麦穗在东风中招摇。站在西埠之巅，一望空阔，让局促小城者顿有脱笼之鹄的感觉。

我和妻子并肩而立，一任山风吹拂起妻子的长发和我的薄衫。风里带着丝丝甜味儿，是身旁的槐花发出的清香吧。今天本来想和妻子一起来小城东的这条丘岭上随便走走的，却想不到有丰厚收获。刚登上小丘顶端，就觉有一股甜香扑面而来，不远处几颗刺槐满树淡雅的槐花赫然绽开在眼前。都说人间四月芳菲尽，不料山岭槐花始盛开。这几棵槐树花儿开得正灿烂，满树的繁华，那伸展的枝枝杈杈上缀满了白白的槐花，好像覆盖着一层薄薄的雪花。几只蜜蜂“嗡嗡”叫着匆匆穿梭在白绿相间的繁枝茂叶丛里。风儿吹过，花儿便如风铃一般轻轻摇曳，把甜甜的花香发散开来。摘一串槐花细瞧，见花儿两两面对面，娇弱而齐整，让人顿生爱怜。妻子把鼻凑近一枝花，一副陶醉神情。

我却有些大煞风景，捋一把槐花放进嘴里，贪婪地大口嚼着，只觉得满口甜香。“摘点带回家吧，这可是我们小时候的美味啊。”妻子有些不忍心下手，却拗不过我，只得和我合作，接过我递过去的一枝有杈的枯枝，搭在花枝上，把它们向下坠低。我则双手并举，成串地摘下槐花。塑料袋快满时，一根槐刺扎进手掌里，痛得我“哎呀”大叫一声。妻子赶紧松开手中树枝，抓起我的手，嗔怪道：“让你别摘你不听，槐树报复你了吧。”脸上却是满满痛惜之色。刺扎得不深，妻子轻轻地用两指甲尖一夹，就拔了出来，一丝鲜血细流也随之而出。她又低头拔了一颗“萋萋芽”，掐去根儿，把叶茎在手掌里揉，很快揉成一团，按在扎刺的地方。血止住了，妻子却不同意我“再摘点”的提议。也好，找一块平整些的石头坐坐，和妻子相依相偎，望碧蓝天空鸟儿翩翩而飞，看四周郁郁葱葱一片，听鸟儿欢鸣蜂儿嗡闹。几只蝴蝶在眼前起舞，风儿从身旁吹过，花草清香扑入鼻中。妻子把头靠在我的肩头上，静静地欣赏着周围一切。

我的思绪却随风飘到那个槐香满院的庭院，落入那落英缤纷的长河。有三间草屋经常在梦中浮现，那是我生于兹长于兹的老屋。老屋院子西墙下有一棵老槐树，每年春末夏初便满树白花，不大的小院弥漫着甜甜的香味儿。我抱住那褐色树干，手脚并用，猴儿般轻捷地爬上去，坐在一枝颤悠悠的横枝上，伸手捋着一把把槐花填进口中。吃够了，就再向上爬一段，把附近花多的枝条折断，这些枝条就飘飘悠悠地落到院里。不想折了，就骑在树杈上东张西望。风儿轻轻吹在脸上，像娘的手抚摸着，好舒服。几只麻雀在头顶树梢上叽叽喳喳地闹着，前边南屋奶奶家的几只公鸡在打架，墙外街道上我家大黄和一只黑狗安静地躺在土堆上。地下，几只灰毛兔子张着三瓣嘴快活地吃着从天而降的槐花，有一只后肢着地直身昂头，似乎想探寻一下美味来源。娘把我折下的花枝收拢起一些，坐在槐树斑驳的花影里，向簸箕里摘着槐花。够多了，娘先在清亮亮的井水里洗几遍，捞进大盆里，挖上一瓢地瓜干面，擭好后放到锅里蒙着笼布的篦子上，添水，盖锅，烧火。等锅盖四周蒸汽越冒越多时，在树上也闻得到饭香了，我就赶快向树下溜。那黏乎乎、甜滋滋、香喷喷的槐花饭就要出锅了！

小肚子吃得溜圆后，大人们下地干活，孩子们也开始各忙各的。我牵着家里的那只母羊出了门，前边是蹦蹦跳跳的两只还吃奶的小羊羔。我们的目的地是一里多的西埠岭下的槐树沟。这条我记事起就有的泄洪沟，里边有羊爱吃的多样野草，沟两边堤上长满密密的野生矮槐树，槐叶和槐花也是羊的最爱。进沟后，我把羊绳一圈圈围在老羊脖子上，让它自由活动。老羊低头啃几口野草，抬头吃一会儿槐叶和槐花，过一会儿就“咩咩”叫几声，把跑到远处的两个调皮孩子呼唤到身边。我呢，先是追一只五彩斑斓的花蝴蝶一直追到飞过槐树丛去，又用弹弓瞄准树梢上的麻雀，“嗖”的一声把一块小石子弹射上去，一群麻雀顿时“轰”的惊起，很快又飞落到不远处的白杨上。也捋几把槐花,却吃不了多少,就用手捧着,递到小羊嘴边。小羊嗅了嗅,啥起几朵,却又吐在地下。旁边的老羊却伸过头来,嘴巴快快地一开一合,把手里的槐花一扫而净。它的舌头舔着掌心,有点热,还有点痒。

老羊吃饱了,就把它拴在一棵槐树上。它趴在地上,嘴巴一动一动地反刍着。玩够了的两只小羊羔依偎在妈妈身边,甜甜地睡着了。我也玩够了,就在槐花荫里找一块干净沙土地,席地而卧,以手作枕,天上云卷云舒,耳边鸟鸣蜂闹,不一会儿就进入梦乡。几片白白的花瓣飘落下来,落在我和羊儿的身上。

似乎是刚刚做了一个梦的功夫,那个小顽童就变成了发颓鬓衰的油腻中年。卅年一觉槐花梦,不知今时是何年。站起身来的我有些恍惚,望望天上的太阳,看看身边的老妻,一时不知身处何时何境。日之西斜,归去来兮。我转过身来,再次把目光投向那日暮槐花里……

傍晚的饭桌上,妻子多加了一道菜。这是她在槐花里加了鸡蛋、精粉、精盐,用花生油精心煎制而成的槐花饼。盘里的槐花饼,黄中透着白,阵阵香气直向鼻孔里钻,让我口舌生津。小时候,可是做梦也没有想到槐花会享受到今天这样的"超豪华优待"。早就被我一番描绘撩拨地对槐花心生向往的女儿迫不及待地把一块槐花饼送进嘴中,却马上吐出来:"什么味啊,不好吃。"呵呵,吃惯了大棚菜的肠胃哪里消化得了这样的野蔌啊。我掏一筷子槐花饼,慢慢嚼着,想再回味一下当年滋味,却觉得没有母亲蒸的槐花饭香甜。妻子笑着说:"你真是不忘本啊。还记得芋老人'时位之移人也'那句话吗?"是啊,三四十年过去了,那个贫寒之家的乡里小儿,已成了脑满肠肥的城里人,哪里还品得出当年味道呢?

晚上坐在电脑前,总觉有缕缕幽香扑鼻。抬头看到窗台上有几串白白的槐花。知我者,妻子也!在氤氲着槐花馨香的书房里,我开始敲击下那个顽童的槐花梦。

当夜,我还真做了一个梦。梦中,我又回到了槐香满院的老屋,又牵着羊儿在飘着槐花雨的沟中快活地游玩……

注:本文获中央文明办、国家新闻出版广电总局指导,"文明中国"全民阅读活动组委会主办的"文明中国"全民阅读活动"爱上阅读 书写梦想"创作征文大赛三等奖,发表于《今日安丘》《安丘文学》。

此情可待成追忆

这是个夏日，我和小潘一边在学院小河边散步，一边交流着刚才专家培训听后感。小潘是我的同事，也是低我几级的师弟，走在多年后的母校校园里，我们都有很多感慨。小河却是一副安静模样，偶尔有鱼儿呷水画着一个个圆圈。天气闷热，四周蝉噪阵阵。不一会儿豆粒般雨点落下来，我们赶紧跑进一个帆形遮阳伞式建筑中躲避。

刚在石凳上坐下，就有一男一女两个大学生也跑进来避雨。他们在离我们几步之遥的北边石凳上依偎着，一点也不避讳旁边坐着两个中年人，兴奋地谈论着暑假的旅游规划。不想打扰这对幸福情侣，我们就坐远了些。雨点落进河里，激起片片涟漪。也许是受“邻居”影响，我们把话题转到大学时代的情感经历上，小潘谈起自己的故事：

前不久，我们本县同学小聚，一位女同学说了与我有关的另一位女同学的事。大二时一位邻县籍的女同学喜欢上了我，却一直没有表白。毕业后各回本县，我支教到了乡下，这位女同学曾在第二年的春天不远百里去学校找我，却从我的同事口中得知我已请婚假。她回去后很快和一位追求者结婚，但生活得并不幸福，女儿八岁时离婚。本县女同学和她当年是同舍好友，毕业后一直保持着联系，所以知道这一切。大大咧咧的我知道这些事情后很震惊，震惊之余想要她的电话，本县同学却说什么也不告诉我。

小潘故事讲完，他提出的问题我却一时无法回答。他问我：“我还要不要和当年那位同学取得联系？”听着旁边小情侣的悄悄私语，看着眼前小河里的阵阵涟漪，似乎我的心河里也有层层涟漪在荡漾。

记得曾经在毕业十多年后的一个冬天到外县参加过教研活动，当地几个同学组织了一次聚会。酒酣耳热之际,一位当年得过“校园十大歌星”称号的同学坦白自己当年暗恋过班里我的一位女同乡,向我打听她的情况。在其他同学极力撺掇下,他拨通了女同学的手机。当机子里传出声音时,我看到当年那位神采飞扬的歌星神情却有点迟疑,拿手机的手有点发抖。他问了问女同学一些工作情况(其实刚才他都知道了),就再无话说。当时窗外北风呼啸,屋内冷得也不敢脱掉羽绒服,他的额头上却出了一层细汗。女同学却很自然,除了和“歌星”通话外,还和我们都说了一通,依然是当年那个邻家小妹的语调。放下电话,酒桌一阵沉静。也许几个老男人都想起了某些埋在心底的事情吧。开喝前,“歌星”不无遗憾地告诉我,没有联系上当地一位女同学。当时我忐忑的心里稍微轻松,随之一阵惘然。那一晚,我们几个一杯接一杯地大口喝酒,一直喝到酩酊大醉。

又想起妻子谈到的一件事情。她和几个同事闲谈,一位年近五十的男同事说起当年读师范时喜欢过一位女同学,就是很单纯的那种喜欢,多年来一直放不下她。这位内向的男同事向她们几个诚心请教,要不要给女同学写封信。当时妻子是当作笑话说的,笑同事的痴情。我却只是默然。有时候,只有男人懂得男人啊。

坐在母校的石凳上,我和小潘一时无语。耳边是“遮阳伞”上的雨滴声和小情侣的说笑声,眼前的小河依然微波荡漾。一条不长的石凳上,一头是端坐着的上世纪八九十年代的大学生,正在追忆那逝去的激情岁月;一头是依偎着的当代天之骄子,正在尽情挥洒大好青春时光。当年的清纯和当下的缠绵,两代人不同的情感表达,让我得以在同一时间品味,我一时有点恍惚。

“此情可待成追忆,只是当时已惘然。”李商隐的诗句悄悄地涌上心头。像我和小潘这些八九十年代的师专生,因学制短暂,因当时分配制度,因个人性格等等,爱的种子也许刚埋下,就各奔东西。但既然有了种子,时间一长,自会萌芽、生长,在心里蓬蓬勃勃、枝繁叶茂。我无法想象得出,邻县那位鼓足勇气的女孩,风尘仆仆奔行上百里抵达同学支教的小乡村,却不得不即刻含泪回返的黯然有多沉重;我看得见,我的那位“歌星”同学十多年后,再次听到心爱女孩声音时的那份激动;我也完全理解,妻子的那位近五旬的同事,毕业三十多年来内心的那份想念多么浓厚。有人说,世上最遥远的距离,就是我站在你面前,你却不知道我爱你。也有人说,世上最伤的痛,就是多年以后,我依然忘不掉你。因此,先人“山有木兮木有枝,心悦君兮君不知”的歌吟,就成为一代又一代后来人的感叹。“剪不断,理还乱,是离愁,别是一番滋味在心头”的相思,更成了多少有情人的困惑。既然当时未表白,那就一直埋在心河吧。再涌心头,权做一次怀旧之旅,回味即再次藏起。因为,多年以后,纵使相逢应不识,尘满面,鬓如霜,心更是千疮百孔。把当年情愫留住,不就是那种“人生若只如初见”的美好境界吗?

犹记得当年风靡校园的《昨夜星辰》唱道:“昨夜的、昨夜的星辰已坠落,消失在遥远的银河。想记起,偏又已忘记,那份爱换来的是寂寞……”昨夜星辰已飘散,留一份寂寞的爱温暖夜阑时分的心田,不也是一种幸福吗?

雨依然在飘落,我皱紧的眉头却舒展开来。我想我已找到同事小潘问题的答案了……

把你埋在秋天里

“曾停留风里看着多少的晚秋，如何能跟你说别潇洒的远走。含愁凝望你要分手的时候，那心间多少泪水未让流……”

我站在窗前，听着窗外传来如泣如诉的歌声。在这个秋雨潇潇的黄昏，伴着丝丝细雨，歌声打湿了一颗伤感的心。

就在刚才，我把你埋进泥土里，埋在秋天的泥土里，埋在那盆叶儿墨绿的发财树下。发觉盆土干了，就倒上亮亮的清水，直到溢出来。泥里来，水里游，土里去，也算是你的好归宿吧。

有点难过，看着外面灰蒙蒙的天。淅淅沥沥的秋雨被风儿送进窗里，落在脸上，使人清醒了许多，让我想起那个初相见的明媚下午。

那天，确实称得上是个好天气，秋高气爽，风轻云淡。在家感到有点烦闷，不由得想起那一潭碧水，就驱车赶到青云湖畔。坐在亲水平台的木栏杆上，眼前是一大片碧绿浩淼的湖水，微波荡漾。不时有不知名的水鸟婉转叫着掠过眼前，有的成双飞进湖中小岛的树林里，有的翩翩落入湖北湿地的芦苇荡里。抬起头，天上朵朵白云变幻百端。低头看，三五成群的小鱼儿在清澈的湖水中轻捷地游来游去，好像与游人逗乐。在平台上蹦跳几下，面向碧水长啸几声。身处佳境，很快就轻松快活起来，虽未把酒临风，仍觉心旷神怡。

夕阳西下时，我和你相见了。当时，可能是憋闷的出来透透气，可能就是想出来撒撒欢，反正，我看到了你在临岸水洼里搅起的水纹。要知道，捉鱼摸虾是我儿时的拿手好戏，什么样的水纹是鱼儿游动搅起的，什么样的水泡是淤泥发酵引发的，我可是门儿清。看着一波连一波的水纹，我知道，这是一条不大的泥鳅。

童心大起的我，脱掉鞋子，走进那个水洼。脚下的淤泥发出细微的“滋滋”“咕咕”声响，一丝快感从脚底霎时传遍全身，童年时的那种即将抓到鱼的兴奋感油然而生。用淤泥筑坝，把水洼和湖水隔断，以双手做簸箕向外擭水，很快就看到你在浑浊的泥水里惊慌乱窜。看准了，捧起一捧泥水，上岸放在地下，你就惊惶蹦跳着，抓了几次才抓住滑滑的你。你比小拇指长不了多少，在我手掌里摇头摆尾徒劳挣扎。水边找到个塑料瓶，装进湖水，放你进去，你就在瓶里上下惶急窜动。我呢，似乎又有了顽童时捉到大鱼的感觉。

回家把你献宝似地展示给妻子和女儿。其时你已熟悉了新环境，神定气闲地游着。妻子把我好一顿嘲笑，不外是“小孩脾气”“真是闲的”之类。女儿却是惊喜非常，俯下身子细细地端详，惊叹连连：“泥鳅还有胡子呀！”“好可爱呀！”

吃饭时，我说起儿时趣事。秋天水少时，我和小伙伴们经常在村东小河里捉鱼。河里泥鳅很多，随便挖起的一块淤泥，里边就可能藏着几条。当时我们对泥鳅是不屑一顾的，可能是因为它们模样丑的缘故吧。我们最喜欢捉的是鲫鱼和浮鮹，养起来好看，做出来好吃。

我还提到一道菜，是小时从一本反特小说里读到的：在锅里放上调料、大块豆腐和泥鳅，加水后慢慢加热，泥鳅受不了热，会钻进豆腐里，再加大火猛烧，豆腐和泥鳅浑为一体的名菜“泥鳅钻豆腐”就做成了。女儿马上警觉起来：“我不吃这道菜，我要养着它！”

呵呵，天真的女儿啊！我说说而已，哪能把引起我童年美好回忆的小生灵做成菜呢。和女儿一起找了个玻璃瓶，把你倒进去，你很舒展地游动着。女儿加了点馒头屑，你很快活地吞进去。因你的黑不溜秋的肤色，她给你起了个“小黑”的名字。从此，你就在我家凉台上的那个玻璃瓶里安家了。

女儿因你而有了许多快乐。放学一进家门，就嚷开了：“老爸，你喂小黑了没有？”放下书包就直奔凉台，不一会儿就听到她的惊呼：“小黑有五对胡须哎！”“它身上有好多小黑斑点啊，背上和尾巴上的斑点还是成行排列的呢。”

我故意逗她：“有什么好看的，贼眉鼠目的，不像好东西，从来就不入诗文的。”女儿大声抗议：“不可能，这么可爱的小生灵肯定有很多人写它。”不服气的女儿打开电脑查了起来，过了半晌却一声不吭。我凑上前去，见到女儿在纸上抄下来的诗句只有几句："苇鹭怜潇洒，泥鳅畏日曦。""雾豹只忧无石室，泥鳅唯要有洿池。""一双白大吃泥鳅，两个鹭鸾吞石蠏。""泥鳅土蟮妖鬼技，侧睨坳洼务得志。""原来诗文中有不少泥鳅的描写，看来是老爸我孤陋寡闻了。""哪里呀，就这么几句，还多是反面形象。"女儿有点沮丧。"看来它在等我家的小才女为它正名呢。""对呀，我专门为它写一篇文章，题目就叫《可爱的小黑》好了。"女儿又高兴起来。

我也要感谢你，你也给我带来了不少的乐趣。看书累了，无聊了，浇花时，我都要到凉台上去，观赏一会儿你的优哉游哉。望着你随遇而安的恬淡姿态，我想：你大概已经开始习惯新家的生活了吧。

现在想来，我根本不懂你啊。就在今天下午，天气突然由晴转阴，乌云压得很低。我推开凉台门，目光定在了那个玻璃瓶上：瓶里只有半瓶清水！你不可能驾云而去吧。快快找，在洗衣机边发现了你，嘴巴一张一合的。赶紧拿起来，放你进瓶里。你无力地动了动尾巴，竭力想游起来，却慢慢地沉到瓶底。不甘心就此沉沦，你再次用力挣扎着歪歪斜斜的向上游，游到一半，又一次沉到瓶底，触须渐渐地一动不动了。看到你最终沉沦，我的心不禁悲凉起来。

悲凉的是你的离去，悲凉的是对你的不懂。现在我知道了，你一直没有把这个小小的玻璃瓶当作自己的家，虽然在此可饱食终日。梁园虽好，非久居之乡，归去来兮！你一直渴望回到那潭碧水中，听水鸟歌唱，和伙伴嬉戏。你一直想钻进那黑黝黝的淤泥里，打滚撒欢，找寻美食。是阴天让你气闷？是湖水的召唤？……我无从得知。我知道的，是我让你蜗居一瓶，是我让你形影相吊。《可爱的小黑》刚写开篇，你却毅然决然结束一生。我的凉台再次沉寂，我的心潮却翻腾不已。惟愿花盆这方宽阔之地足以妥安你的魂灵。

"……唯求原谅我恕失敬别离后，未回头因已经心伤透。"大概是黄凯芹的《晚秋》吧，在这个黄昏听来别有滋味。任凭秋风把雨滴吹到脸上，伫立窗前，怀念一个小生灵，怀念一段过去的时光……

谁家坟前子孙来

当我和堂兄一起肃立在坟墓前时，已是下午四点多。天空一片蔚蓝，太阳依然很好，暖暖地照着大地。青青麦苗在春风中摇曳，柔柔风儿轻轻拂过脸庞，空气中弥漫着麦苗的清香和新翻土地的气息，一阵阵沁人心脾。清明，真是气清景明的好节气。

看着面前三座坟茔，心里却渐渐涌起伤悲。我看到，先人坟头上布满的枯草，在风中微微颤动。那个大的，是爷爷奶奶的团聚之所；两个小的，分别是大伯和二伯的安息之地。他们都是我的亲人，我的身上流淌着和他们相同的血。我和堂兄拿起铁锨添土，开始为亲人们修缮安息之所。先把坟上枯草全部扒拉下来，再到北边地界上掘起两块带有茅草根的结实大土块，放到坟头上。然后就掘土，一锨一锨地培到坟堆上。坟墓周边的土层很薄，一锨下去，听得见铁锨铲到石头的响声。新土扬到坟头上，有一些就沿着坟头滚下来，很快就把旧土全部覆盖。坟上的土够多了，就用锨拍碎那些大的土坷垃，从上到下打理得顺整些。我们都不说话，只是挥动铁锨忙碌着。经过哥俩一番劳作，先人坟茔不一会儿就旧貌变新颜，焕然一新。

添好土，接着就上供。把坟前供台上的土块清理掉，把祭品一样一样摆上。大大的饽饽五个放一堆，下面三个，上面两个，一家的放两堆。菜肴四样，我家准备的是鱼、豆腐、鸡蛋、烧肉。不大的供台，祭品摆不下，有几样菜就摆在一边。我从地上的纸钱中抽出几张，用土块压到坟头上。纸钱迎风发出"飒飒"声响，似在传递某种信息。堂兄点燃纸钱，嘴里念叨着，让先人们接纳子孙的孝敬。故乡之外的父亲曾吩咐过，老爷爷、老奶奶的坟早已湮没，四叔、四婶葬在烟台，要我上坟时给这些亲人也烧点纸钱。还说，上坟时单独画圈发送纸钱，亲人们一样能收到。我用树枝在地上划了两个圈子，把几叠纸钱分别放进去点着，轻声说：寒食到了，孩儿给老爷爷、老奶奶和四叔、四婶送钱花啦。烧得旺旺的纸钱发出“哄哄”的声响，黑色的纸灰随风飘散开来，有的落到了供品上。堂兄把一些菜肴搛进火堆，喃喃说着让先人享用之类的话语。

“憔悴坟头土，见之如亲人。千古彷徨事，此物最伤情。”我蹲在火堆前，用枯枝拨动着纸钱，逝去亲人的面容浮出心头。爷爷在我很小时就去世了，留在脑海里的是有个行动不便、胖胖的老头，坐在家门口槐树底下的马扎上，朝着我含糊不清地呀呀叫着招手。年幼的我对这个老头有点害怕，不敢近前。现在想来，孙儿是多伤爷爷的心啊。

奶奶生了 4 子 3 女，大儿二儿都先她而去，我不知道她老人家内心的哀痛有多深。奶奶去世时，另外两个儿子不在身边，只有女儿和孙子围在床前。慈祥的奶奶很疼爱孙儿，首次高考失利是她老人家的扶持使孙儿改变命运。我很懊悔奶奶在世时没有多去看望老人家。奶奶，您可听得到不孝孙儿的忏悔？

在招远金矿工作的大伯高大魁梧，每次回家过年都带来好多鞭炮，让年少的我乐开怀。侄儿不知道当您闭目前，想到老母、妻女时的无奈有多重。

好酒、喜烟的二伯是那么和蔼，老人家在老家为侄儿操办婚礼，我和妻子终生永记。对卧病在床二伯的陪护时间，远远超过堂兄，侄儿也心甘情愿。可侄儿至今不明白，您何以那样方式结束生命，让您的妻儿情何以堪啊！今天，在您的坟前，侄儿还是要再问一句：为什么呀？

四叔、四婶，当我和哥从老家风尘仆仆数百里赶到烟台山为涛弟出殡，看到旁边荒草中那方低矮坟墓时，您可知侄儿内心的震撼吗？四叔您一直是家族骄傲，谁知后半生竟如此坎坷，身后竟如此凄凉。侄儿跪在二老坟前的泥水里撕心裂肺的追问，四叔、四婶，您听得到吗？

我长眠于地下的亲人啊，此去经年，你们可还能听闻不肖子孙的心声？我的亲人啊！

堂兄把酒洒在纸钱的灰烬里，激起阵阵烟气。在缭绕的烟雾里，我们面向先人坟茔，双膝跪地，三叩首，首及地，铿然有声。先人们，请接受不肖子孙的虔诚祭拜吧。

站起身来，觉得身上轻松了一些。这时已有不少人在各家坟前做着相同事情，烟雾愈加弥漫。忙活完的人们随意交谈着，说着即将到来的春耕春种，说着东家儿子的婚事、西家孙子的学业，不再涉及先人，也没有了伤悲神情。杜牧所见清明时节“行人欲断魂”，可能是因在路上吧。坟前寄托完哀思，人们考虑更多的是以后生活。高启的“风雨梨花寒食过，几家坟上子孙来？”只是对战乱后的思索而非亲人逝去的伤痛。在先人憩息之地，我看到了古人描绘之景：“三月清明日，男女扫墓，担提尊榼，轿马后挂楮锭，粲粲然满道也。拜者、酹者、哭者、为墓除草添土者，焚楮锭次，以纸钱置坟头。望中无纸钱，则孤坟矣。”却未见到“哭罢，不归也，趋芳树，择园圃，列坐尽醉”之象。看来，乡亲们当然未遗忘逝者，更记得为生者操劳。

太阳渐西，风里也有了些许冷意，几只啼乌噪鹊喳喳叫着飞过坟茔上空，落到南边杨树巢中。归途中，在老家西埠之巅，我屡屡回首，只看到公墓林里棵棵刺槐，只望见陆续返家的乡亲，我家先人坟茔混杂在垒垒坟堆中，已辨别不出……

注：本文发表于《今日安丘》。

触摸父亲那段强劲的脉搏

记得那年接到父亲那个电话时,我是吃了一惊的。因为父亲很少主动打电话,即使我打过去,父子间也没有多少话说。父亲这次话却明显多了,啰嗦了很长一段时间。我最终听明白:国家要给他们这批复员军人一定补助,需要上报复员档案,让我到市武装部取出他的档案寄过去。“一定尽快寄来,不要耽搁!”听得出,年迈的父亲有点着急。

刚放下父亲电话,弟弟的电话又打了过来。“爸爸非要自己和你说,怕我说不清楚。”弟弟笑着说。他几句话就把事情的来龙去脉说清楚:这边传达国家一项政策,要对父亲他们这些二十世纪五六十年代的军人给予生活补助,按军龄计一年补助每月 10 元,父亲每月可以拿到 60 元;父亲复员证找不到了,需要用当年的复员档案作证明;父亲说他的档案在老家武装部里,当年外迁户口时没有转。“你在老家跑跑,办好了寄过来,这边事情我来办。”听得出弟弟话里含着笑意,“我们没有缺老爷子钱花,老爷子却很看重这几个钱,说是国家对他当年保卫祖国的肯定,一再嘱咐一定给他办好。”

作为人子,我能够想象到老兵父亲得知国家补助政策时的激动心情,更有责任帮助已愈七旬的老父亲享受到国家关怀。我当即赶到市武装部,由一个穿国防绿的预备役学生模样的年轻人指引,在二楼找到分管科长。他告诉我,像这类年代久远的档案,早已转到乡镇武装部,可到那里办理。

出师不利,我有点失望。因为父亲的电话里提到,当年外迁户口时,他曾到过武装部,见过自己的复员档案,但接受了那位分管同志的好心建议,没有办理迁出手续。下班回到家,我通过电话把情况告诉了父亲。“那你还磨蹭什么,接着去公社找啊。”(父亲一直把镇政府称之为早些年的“公社”)他的音量突然变大了,看来是真着急了,丝毫没有意识到当时是下午 6 点多。在得到我“明天就去公社”的保证后,老爷子还一再叮嘱:“明天一定去啊。”呵呵,我的老爸爸呀,对自己的儿子还不放心吗?

第二天专门请假,驱车 40 多里到了“公社”,找到镇武装部长。这位部长翘着二郎腿,把我的介绍信丢在办公桌上,反来复去地问那几个相同问题,最终还是去隔壁档案室里查找。过了不一会儿,部长拿着一本登记簿出来:“哎呀,找遍了,没有啊。”我不相信,拿过那本登记簿,查到我村的那一页,确实不见父亲名字。“不会误记到其他村里了吧?”对我的怀疑,部长一再说“不可能”。我仍然坚持细细地从头到尾把登记簿全看一遍,仍未看到父亲名字。“所有档案都在这里,可能当时市里没有转下来。”既然部长这样说,我提出让他写个东西。他很痛快地写好,并盖上武装部的红章。

看着写有“查无此人”的那页纸,我有点懵了。我的老父亲呀,你说你曾经是军人而且还是海军,当年你不会是当的“伪军”吧。我知道父亲的火爆脾气,这个消息是不敢告诉他的。

没办法,只能再去市武装部。去了几次,分管档案的都没在。当我又一次特意赶个大早到达那个熟悉的大院时,看到不少穿着橄榄服和西装的人正在出出进进,很忙碌的样子。第一次去时见到的那个“预备役”放下手里的盆花,迎了上来。还没说几句,一个站在台阶上的中年人就朝着我们大声说:“抓紧摆好花,市长快到了。让外人出去。”我积攒多日的火“腾”一下就冒了出来,高嗓门叫起来:“市长就那么重要?56 年老兵重要不?”整个大院顿时静了下来,不管是“橄榄服”还是“西装”都朝这边张望。中年人招招手,“预备役”跑过去,小声汇报着。很快,“预备役”赶过来,让我跟他走。我们来到档案室,“预备役”说:“我们一起再找找,看看档案有没有落下。”我俩一起把几个档案柜都翻了个遍,仍然无果。“预备役”领我到了另一间办公室,让我稍等一会儿,就出去了。很快他和我第一次见到的那个科长进来了。“这么多年了,管理员都换好几茬了,不一定在哪个环节出了问题。”科长倒很和气。他提出一个折衷办法:村里写出证明,让当年的战友也写个证明,盖上镇、市两级武装部和民政部门的章,可以起到档案一样的作用。

谢过科长和“预备役”后，我就驱车向老家赶去。自从父母迁出后，我只回过老家几次，最近的一次还是村里修路回家捐款，也已经 5 年过去了。进了生于兹、长于兹的故乡，内心的激动自不待言。大队部里，年轻的村支书很是热情，按辈分一口一个“大爷爷”叫着。当年和父亲一起参军的只有一人，也很快被叫来。按辈分我应该叫他“哥”的老者，年龄其实和父亲差不多。老哥抽着我递过去的香烟，说起当年和“三叔”一起参军的情景。他很有感慨地说：“还是识字多好啊，三叔因为多上了几年学，就当了海军，还提了军官呢。”

从老家拿着证明，我开始在镇、市武装部和民政部门之间奔波。期间父亲来了两次电话催问，语气很不“友好”，我都应付说“正在办”“快了”。费尽周折跑全材料，掂量着几张薄纸，看着上面那几个红印章，我心里说不出是什么滋味。我的老父亲，一位 1956 年参军的老兵，一位 50 多年党龄的老党员，如果他知道其中波折，是否又要大动肝火呢？我把材料寄给弟弟，同时打去电话，嘱咐他尽快办好那边手续。“老爷子很着急，冲我发几次火了，说我们兄弟俩不把他的事放心上，还怪我们小时候把他的复员证玩丢了。”弟弟的话里有点委屈，“你快给爸爸打个电话，让他不要着急。”

听到我完成任务的“汇报”，父亲很高兴，在电话里说了很多，有对国家政策的感激，更多的是对军营生活的快乐回忆。放下电话，一种味儿在心头潜滋暗长了——“歉疚”。对，就是“歉疚”，为自己作为长子对父亲的不了解、不关心而心怀歉疚。

这已是十年前的事了，现在父亲已辞世两月有余。哀痛稍稍平复后，我开始回顾我们父子之间的点点滴滴。当过兵的父亲脾气暴躁，小时候我们姐弟稍有过失他就大发雷霆，甚至抬手就打。每逢父亲发脾气时，见势不妙的姐姐和弟弟都是一溜烟地跑了，我却犟得很，一动不动任凭打骂，母亲一边拉着父亲一边心痛地骂我“犟种”。自 13 岁开始在外求学，我就不能经常回家，和父母在一起的时间很少。上大学的第二年，父母举家迁到姥爷家所在地，我毕业则分回老家，一年也就回家一两次，和父母更是聚少离多。性格的原因、时空的距离，使我们父子关系不是很融洽，甚至我一度有些怨气。随着年龄增长，我开始渐渐理解父亲。对待父亲，也由少年时的叛逆到青年时的轻视再转到如今的敬佩，这段心路历程，我走了 40 多年。现在想来，我的倔强、坚毅，我今天取得的一点点成绩，都受益于父亲的遗传基因和对我从小就开始的磨练。父亲在艰难生活面前的坚强和勤劳，对儿女管教的严格及其效果，在已 53 岁时做出举家迁居决定的毅然……每每想起这些，愈加激发起中年的我对老父亲的钦佩之情，以及儿子对父亲的那种特有的深深的爱。

记忆中父亲的军人形象，是小时候家里的一张 2 寸黑白照片。照片上，一位年轻的战士身穿海魂衫、手持钢枪，挺立在一块飞浪扑击的礁石上，在蓝天、大海的背景之下，满怀喜悦地笑着，充满了青春朝气和向上力量，真是帅呆了。父亲 20 岁那年入伍，成为一名英姿飒爽的海军战士，20 到 25 岁的 6 年服役期，受训 2 年成了无线电技师，入了党，提了干（复员时相当于副连长），还收获了爱情；我呢，20 岁那年参加高考失利，成了灰头土脸的落榜生，复读一年考上师专，学习 2 年毕业当了教书匠，25 岁时还是很一般的普通教师，正为找不上对象而发愁。对比 20—25 岁这段青春时光，我是远远赶不上父亲的。但我现在很满足，因为我曾经触摸到了父亲那段最强劲的脉搏，对他老人家有了更多的了解。

在父亲生病住院期间，父子闲聊时，父亲曾提到当年军旅激情燃烧岁月，他那瘦削的脸上似有了红润，眼睛也似有神了些。他还对我们兄弟俩帮他跑材料的事情，说了些“多亏你俩”之类的话。这是记忆中父亲少有的对我当面表达谢意的一次。当时疲惫的我看着日渐消瘦的父亲，心里涌出些许暖意，哪曾料到不久后父子竟会阴阳两隔。

爸爸，如您九泉之下有知，可知儿子是多想念您啊！

注：本文发表于《今日安丘》《渠风》。

父亲的止痛棒

最能让父母心安的是什么？这个问题的答案，在那一刻悄然浮现在我的脑海。

一个深秋的早上，接到了弟弟电话。听着他急促的话语，我有点不相信自己的耳朵：父亲竟然被送进了医院，还要动手术。老爷子可是老牛一样的壮实啊！简单地问了弟弟几句，就和姐匆忙坐车往家赶。还好，我们终于在父亲进手术室前赶到了医院。

看到大儿子和女儿来了，躺在担架里的父亲嘴张了张，想说什么。我赶紧俯下身子："先不说了，爸。放心，有我们姐弟仨呢。"父亲缓缓点点头。那位看起来和弟弟有些相熟的医生介绍了手术中可能出现的情况，又推荐了一种叫"止痛棒"的辅助治疗器，并特别说明其费用是单列的。弟弟赶忙低声和我说，已和医生沟通好了，不用加的，医生这样说只是例行公事而已。我略作思索，还是说："谢谢您，大夫。还是加吧。"

在焦急的等待中，父亲的手术结束了。下了手术台的父亲体内插着几根塑料软管，其中一根安置在父亲的腰背部，连接着挂在墙上一个盛满液体的塑料瓶。医生交代说，那就是止痛棒。我们围在床边，看护着躺在病床上的父亲。他那原本沟壑纵横的黑脸颜色浅了些，眼睛半闭着，一副虚弱困乏的样子。都说父子连心，看到父亲这个模样，我的心隐隐作痛。这还是那个让我又敬又畏的虎虎生风的父亲吗？

在我的印象中，父亲一是严厉，二是强壮。曾记得，父亲穿着母亲织的当时农村不多见的红毛衣，推着满满两篓子地瓜，地瓜上还坐着我和弟弟，依然健步如飞；当我顽皮时，他的怒吼震耳欲聋，满是老茧的大巴掌打在屁股上，那叫一个痛啊，几天过去不小心碰到了，仍然痛得我直“哎哟”；高考失利那年，已过知天命之年的父亲虽然没有动手，但那冲天怒气、如雷吼声仍让我这个毛头小伙子心惊胆寒。说实话，我曾对父亲颇有些腹诽。有了女儿后，才开始渐渐理解了他。在那个艰难的年代，父亲白手起家，把三个孩子培养成人，不知承受了多少苦难，强壮的父亲就像院子里那棵老梧桐树一样挺立着，为妻小遮风挡雨，从没在儿女面前说辛道苦。身体一直壮实如牛的父亲怎会说病就病呢？不但病了，还动了手术，真让人难以置信。记得去年在家过年，父亲抡着斧子一口气劈了一大堆木柴，说什么也不让我插手；大年夜守岁，全家一起打扑克，老人家精神矍铄，兴致高得像个小伙子。这才几个月啊，那个强壮的老兵，如今正蜷缩在病床上，像个受了委屈的孩子。看着父亲快掉光的白发和满脸的疲惫，我知道，父亲确实老了。

可能是麻药的劲过去了，父亲开始皱着眉头，嘴里发出轻微的呻吟声。我问痛吗，他却摇摇头。姐姐说，大弟坚持给你加的止痛棒，效果看来很好啊。父亲眼睛睁得大了些，看着我，以前那种严厉的眼神不见了，里边有了柔软的东西，嘴里发出很轻的声音：“好，好。”

晚上医生查房时，惊讶地说了声：“止痛棒怎么没开啊。”动手把挂着的那个塑料瓶嘴部的一个按钮打开，瓶里就有了一串串的气泡在冒。弟弟有些愠怒，医生连连道歉，父亲却说：“没事，不痛，真的不痛。”

经过几天的治疗，父亲的精神好多了，话也多了起来，问这问那的。我知道他牵挂着什么，就轻声把自己工作、孩子学习等情况“择优”做了“汇报”。父亲静静听着，有时插上几句，面色舒展了不少。我看了看那止痛棒，心想：幸亏加了它，否则不知父亲要受多大的苦楚呢。

在我们的照料下，父亲恢复得很好，该吃就吃，能睡则睡。感到困倦了，我会在父亲床头趴趴。有次我趴在床头睡着了，醒来时抬头看到他正默默地看着我，眼里充满了慈爱。我心中顿时一动：流年似水啊，父亲的严厉也随之悄悄流失了，真的成了慈眉善目的老父了。

一周后，医生说，父亲再静养两三天就可以出院了。父亲听后就坚持让我和姐回去,说是自家和工作都不能耽搁得太久。弟弟和娘也说有他们照顾着,让我们尽管放心。我把兜里带的钱都掏出来交给弟弟,那里边除了有我分担的医药费之外,还有一点钱,我委托弟弟买点营养品给父亲补补身子。那笔钱,本来是想买点土特产带回去的,但现在我改了主意:躺在病床上的父亲更需要它。我俯身和老父话别,透过朦胧的泪眼,我看见老父的眼里也蓄满了不舍。

在西去的列车上,姐弟俩又说起父亲。姐说:"你趴在爸的床头,不一会儿就开始打呼噜,我要推醒你,爸还不让。也真怪了,在那么大的呼噜声里,老爷子也能安然入睡。"又说:"那止痛棒不知道管用不,怎么一开始没打开爸也没觉得痛呢?"

我笑笑,无语,心里却在想:经历了这一场,我大概知道了父亲为何病痛在身心却安然。父母含辛茹苦把儿女养大,当年迈伤病之时,儿女的孝心就是让他们最心安的东西,就是他们最好的止痛棒。

面对老父老母,儿女唯一能让之心安的,就是做好他们的止痛棒。我想这样和姐说,也想和天下所有为人子者这样说。

注:本文发表于《今日安丘》。

飘扬的蓝丝带

开车走在大街上，能够感受得到车外热浪的威力，我心里却觉得很舒坦。反光镜上系着的蓝丝带在风中飘舞着，像快乐的蓝精灵。前车窗上那颗大大的红心和“爱心送考车”几个字，在车里也看得清清楚楚。

六月六号上午，我去参加音乐台组织的“爱心助考”公益活动。在青云山广场东侧作了登记，领了两条蓝丝带、一张车贴，两个衣衫湿透的年轻人帮我弄好，却对我道谢：“谢谢大叔给我们青年人做了榜样。”

年轻人的话让我很受用。呵呵，既然做了榜样，就好好表现吧。

七号开考这天，我却一个学生都没帮上。这天我一大早就出来了，一直到开考也没碰上打车的考生。不过却见识了那些爱心助考的人们。在考场周围的路口，交警汗流浃背地指挥着车辆绕行；在路边给考生加油的标语下，有穿着红马甲的志愿者；几辆系着蓝丝带的私家车停在考场周边，当然更少不了陪考的家长，他们的焦急和期待溢于言表。现在的高考，真是一场全民参与的战争！大家都在以不同的方式阐释着蓝丝带的含义，为考生传递着鼓励、关怀和爱。

想不到八号这天我的车派上了用场，并且拉了两个考生。这天一早上班途中，看到路边一个中年人在不停地发动着摩托车，旁边站着的女学生不断地看表。我缓缓把车停下来，按下车窗：“高考的吧，上车。”女学生犹豫着，那中年人倒很干脆：“让叔叔送你吧。这车有蓝丝带，没问题的。”

行驶时透过后视镜，看到后座上的学生一脸的拘谨，我似乎看到了女儿的影子。女儿高考时我也是用摩托车载着女儿赴考的，如果女儿得知父亲现在开着轿车送他人的女儿去赶考，不知会有何感想。女学生下车时小声说了句：“谢谢叔叔。”我笑着说：“叔叔看好你啊，一定能考好的！” 就像当年目送女儿一样，看着她一步步走进校门口，我才开车离开。

接送的第二个考生是在高考已结束时。下午下班后走到一中时考试结束不久，马路上布满了前来接孩子的家长及车辆。随车流走走停停时，有人拍了拍车窗，我看到车旁站着一个妇女和一个男生。那妇女不好意思地说："一直打不上车，看到您的车上系着蓝丝带，才麻烦您的。想到酒店给孩子庆祝一下。"我打开门锁，让他们上了车。

娘俩在后座上轻松地讨论着要点的菜和这几天的安排，几乎忽略了我的存在。下车后那妇女掏出一张纸币让儿子递给我。我伸手托起飘动的蓝丝带："这是什么？好好庆祝吧。"娘俩笑了，我也笑了，都笑得很开心。

我当然开心了。因为，作为 20 世纪 80 年代的大学生，作为大二学生的父亲，我为高考尽了一份力。

回家打开微信，看到好多好多微友为我中午发的送考微信点赞，就连女儿和这几天在外地监高考的妻子也不例外。妻子的留言还是那么高屋建瓴："给永远比拿愉快。"

而女儿的评论让我再次笑了：

"蓝丝带也飘扬在女儿心中。为弘扬正能量的老爸骄傲！"

注：本文发表于《潍坊晚报》。

老张的风景

下午到校时间早了点，在校门口又看到门卫老张坐在电动门外的椅子上，朝那个方向出神地望着，就招呼一声："又在观风景呢，老张。"

老张似乎吓了一跳，忙乱地回应着："啊……啊，是啊。"

叫他老张，其实他才四十出头，正当壮年，只是面相老了些，头发也有些灰白，确实沧桑了点。听说他几年前离了婚，唯一的女儿判给了女方，净身出户，现在租房住着。

这个老张，原先并不是干门卫的。前段时间，上级要求我们中学增配门卫以加强安全工作。可学校经费紧张，哪有多余钱再雇保安？领导就动员教师转岗到保卫科，却没几个人愿意去。因为当门卫看似比上课轻松，但一则工作时间不规律，要早来晚走，正常作息时间全打乱了，二则整天在门口巴掌大的范围活动，有点枯燥。只有老张，主动申请，愿意转岗当保安。

有人主动申请，校长当然满口答应，于是老张就正式转岗到保卫科当了门卫。老张是个乐天派，见人就笑呵呵的，人也勤快，几天保卫科就大变了样，有了花儿在开，有了鱼儿在游。课余时间大家也到保卫科坐坐，老张爱和同事们开玩笑，保卫科里就不时传出阵阵欢声笑语。

只是大家渐渐发现，当没有其他人时，老张喜欢独自端把椅子，坐在门口，朝外看着。有时一坐就是一两节课。有的同事经过身旁，问他："看什么呢，老张？"老张就一愣，似乎刚从梦中醒来："风景，呵呵，看风景呢。"

看风景？学校门外是一条偏僻的胡同，少有人、车通过，只有西南 10 多米处，是一所小学，孩子们的吵闹声不时传来，教学楼上跑来走去的身影也能看得到。作为整天在校园里打转转的教师，谁会把这些司空见惯的东西当风景欣赏呢？

上课还早,我不着急去办公室,就和老张站在门口闲谈。偶一回头,看见前面胡同一个七、八岁的小女孩向这边跑着。

“大概是忘了作业,急着回家拿吧。”我这样想着的时候,小女孩跑到我们身边停住了,满是汗水的小脸涨得通红,神情怯怯的,一声不吭地站着。背对着胡同的老张似乎意识到什么,转过身来。只见他的脸抽搐了一下,接着弯下腰,一下子就把小女孩抱了起来。

“呀,你怎么来了?”老张紧紧地抱着小女孩,眼里有东西在闪光。小女孩不说话,小手轻轻地摸着老张的脸,一下,又一下。

“爸爸,你哭了。”小女孩怯生生的话让我注意到,老张已是泪流满面。也许意识到自己的失态,他赶忙放下小女孩,解释说:“这是我女儿,上二年级了。”又忙让女儿:“快叫叔叔。”

我仔细端详着这个孩子。你别说,孩子的长相还真像老张,只不过缺少了同龄孩子那种无忧无虑的神色,多了点与年龄极不相称的东西,校服上衣前襟有块油渍。孩子的小手紧紧抓着老张的衣服,一幅依恋的样子。

“离婚时判给她妈了,一直不让我见孩子。我知道孩子在前边学校上学,有时真想去看看她,又怕给孩子增加心理负担。”老张的一只手在女儿头上抚摸着,有点凄然,“我和别人说在门口看风景,其实是在看前边小学三楼孩子的教室。虽然看不到孩子,可还是想看。”

我不知说什么好,只能俯下身,轻轻拍了拍孩子肩膀。小女孩嘴一咧,无声地笑笑,头靠着老张的大腿,脸上挂着满足的笑容。

整个下午,我的脑海中都浮现着这么一幕:那所小学的某个教室里,早到校的几个孩子在玩闹着,只有一个小女孩安静地坐在窗下课桌前。不经意间,小女孩向窗外望去,发现了坐在中学门口的那个熟悉身影,就不顾一切地跑出教室,跑下三楼,跑下二楼,跑出校园,跑过胡同……学校门前,冬日的阳光下,老张雕像般坐在椅子上,头微仰,定定地望着前方的某个地方……

女儿呀,无论是近景还是远景,你永远是爸爸看不够的风景。

注:本文发表于《潍坊晚报》。

一路风景

时值上午，阳光煦暖。杨柳鹅黄柳絮初绽，迎春盛开黄灿灿晃人眼，榆叶梅的枝条上缀满红红花蕾。空气里漂浮着甜甜的花香，夹杂着微微的水气。春光，真好！

其时，我坐在湖边一块大石上，望着面前一潭湖水。湖水清澈得看得到近岸处快活游动的小鱼。稍远处，有几只小野鸭在随波浮动，不时扎个猛子，一会儿就在不远处冒出头，抖抖翅膀，水波便层层向外扩散。湖中心小洲上杂树丛生，树上有不少鸟巢，一群白色的大鸟上下翩飞，嘹亮地唱着。水碧如玉，云彩倒影清晰可见，"青云"名副其实。在潋滟的水光前，我有点陶醉了。

"这么美的湖，水是哪来的？"从身边走过的一对恋人私语传到了耳里。青云湖水何处来？我突然起了一个念头，就站起身，跨上停在路边的车子。

沿着湖南岸新修的柏油路向西，溯流前行。河边块块大石头不规则地堆放着，不时可见手持鱼竿坐在石上的垂钓者。岸边铺着专供漫步徐行的石板路，三三两两的游人穿行在垂柳花树间。相隔不远就有一座仿古凉亭，琉璃瓦顶，木制栏杆。在那里凭栏赏景，该是很惬意吧，要不然那对相偎面河而坐的情侣，笑声里何以有那么浓的欢意？

沿河而建的亲水平台很多，木板铺就。在上边走走，一股微腥的水草味儿扑面而来。低洼处有小石桥相连，像半弯的弓，桥栏由白色大理石雕凿而成，上面的花草图案虽有点粗糙，却也耐看。一个蝴蝶风筝慢慢飘落在桥上，一个四五岁的小女孩跑上桥面，咯咯笑着捡起来。

我踽踽独行，看到至少三道拦河坝，河水从坝顶哗哗流过，水花发着耀眼光亮。有时也停下车，沿石板小路走一段，在六角凉亭里坐一会儿，目送两只小蝴蝶翩翩飞过花丛,心里满是欢喜。

骑行到一个小广场,见此处安静,就下车随意走几圈。广场由石板铺砌而成,场边有石质长凳。一只手枕在头下,一只手遮在眼上,在长凳上小躺一会儿吧。天上春阳高照,身边东风轻抚,花香入鼻,水声入耳,在母亲河畔,我进入梦乡,一如小时躺在娘的身边一样安心。

是阵阵笑声把我唤醒。坐起身,眼前有三五个老人在看着几个孩子嬉戏。在长凳上发了一会儿愣,就骑车继续前行。沿路见到新修建的三座风格各异大桥,如长虹卧波,把新老城区连接在一起,为汶河增添几分秀美。最漂亮的当属永安路汶河大桥。大桥共四车道,两边是人行道。桥两侧对应矗立着直刺蓝天的四座塔柱,每座塔柱两侧由10根斜拉索牵引,斜拉索上装有LED景观灯。曾专程来赏过夜景,夜幕下的汶河大桥灯火通明,斜拉索色彩变幻,汶河水流光溢彩,成为小城一道崭新风景。

从桥下驶出一条小舟,舟上两人身穿黄马甲,巡视着河面,随时捞起河中塑料袋等垃圾。刚才经过的不同路段,也遇到过好几组“黄马甲”,或捡拾废弃物,或向游客宣传护河保水。问河哪得清如许,为有“黄马甲”护水来啊。

沿着汶河一路寻寻觅觅,美丽的风景不时绊住我的脚步。河水澄澈,花木婆娑,空气清新,风景就在眼前,急什么呢?遥想明朝成化年间安丘知县陈文伟沿河游春,是否也如我一样,因汶水清清而不时逗留?否则何以有“汶水澄清绝点埃”佳句流传?如陈大人看到今天汶河美景,当会有更美诗篇吧。只恨自己文采浅薄,不能附陈大人骥尾拟得佳句。

驶过西外环的汶河大桥,有一条土路沿河蜿蜒向西。越向前行,河水越浅,很难把它和刚经过的碧绿大湖联系在一起。河畔地里绿油油的麦苗长势正旺,有农民正在浇灌,抽水机轰鸣着,把河水哗哗地抽进地里。

河两岸稀稀落落有着几个村落。在一个村前支下车,沿着沙路走下河道。我蹲在河边,和一位正在洗衣的老妇人攀谈起来。据这位大婶说,这河以前水流很大,夏天水会漫进村里。自从上游修了牟山水库,才消除了水患。“当年修水库,我还去送过饭呢。现在库坝重修了,不少人专门去看呢。”这位大婶的话勾起了向往，我重新跨上车子，绕过这个叫“河下”的村子，向水库进发。

当驱车爬上高高堤坝时，精神不由一振。西南而望，只见白茫茫一片碧水。东南而望，可见一座小山，满山披翠，山顶建有高塔，高塔之上有一展翅欲飞的大雁雕塑。山名牟山，面积不大，名气不小，当年安丘父母官陈文伟所作《总咏安丘八景》开篇两句就是“汶水澄清绝点埃，牟山拥翠夕阳开”。夕阳染金，此地舒心怀，那就隔日再去登攀吧，也许到时能受到一丝熏染而觅得佳句呢。

长长的堤坝上游人如织，在写有“绿水青山就是金山银山”几个大字的巨幅风景牌下，一位老人凭栏而望，嘴里念叨着：“变了，大变样了！”交谈中得知，老人是当年水库建设者，今天特意让家人陪着重游故地。听老人娓娓述说，我仿佛看到了当年火热场面：人声鼎沸，红旗招展，高音喇叭播放着激昂歌曲，小伙子架着小推车一溜小跑，姑娘们挑着土筐迎风摆动……在那艰苦年代，几万民工住窝棚，吃窝窝头，肩挑人推修建起牟山水库，制服水患，造福后代，在安丘大地上矗立起一座丰碑。现在的牟山水库，集观光休闲、防洪灌溉、水源供应于一体，成为一方风景优美、物产丰富的宝地，也成为美丽汶河的源头活水。

漫步于堤坝之上，耳边回响着游人的欢声笑语，烟波浩渺的水库尽收眼底，南风夹杂着水气轻拂面庞，令人心旷神怡。脑海中突然涌出朱夫子诗句“问渠那得清如许，为有源头活水来”。我晓得，家乡河清水秀的真正源头，是“绿水青山就是金山银山”理念在安丘大地的落地生根，是全面实行河长制的效果体现。早自 2017 年，我们安丘就全面实行河长制，扎实开展“清河行动”，着力打造“文化河湖”，健全齐抓共管机制，全市河流有人看、有人管，群众穿起黄马甲积极参与河道保护工作，建设山清水秀魅力安丘的干劲，一如当年修水库治水患。一张蓝图绘到底，一代接着一代干，生态理念深入人心，这才有了如今“河流清清鱼米香，库水汤汤风光美”的迷人景色。

前人栽树，后人乘凉。为了母亲河更美丽，一代又一代家乡人付出了多么艰辛的劳动！风景面前，我们怎能忘记创造了美丽风景的劳动者呢！

夕阳下，老人身披霞光，宛如一座雕像般站立着，满含深情地望着浮光跃金的水库，沉浸到那激情燃烧的岁月中。汶河两岸，一代又一代劳动者筚路蓝缕,一路欢歌,一路风景,老人是最好的见证者。劳动者才是最美的风景啊！我心中感慨着,拍下了老人远眺的身影。

晚上,我做了一个梦:人山人海的水库建设工地上,雪花飘飞,灯火通明,我驾着装满两篓土的小推车,奋力向前……

注:本文发表于《今日安丘》。

太行山上

世界那么大，我想去看看。怀着同样的向往，我和驴友们在五一假期一头扑入了太行山的怀抱。

5月1日早上五点多，我们就乘坐大客车一路向西。领队银子很会调动气氛，让大家以网名做自我介绍，驴友们很快就一见如故了。进了河北，下雨了。在潇潇春雨中，客车开进了河南的群山中。盘山公路弯多坡陡，汽车斗折蛇行，车内惊呼声此起彼伏。赶到万仙山景区入口处时，已是傍晚，大家被对面山峰的奇异景色吸引住了。一座座的山峰被或淡或浓的雨雾笼罩着，苍茫下透出翠绿，朦胧里显着神秘。在领队银子的一再催促下，大家坐上景区的小客车赶往住宿地。

经过一段环山路之后，车钻进了山腹中。车在黑黝黝的隧道中前行，四周都是石壁，不时洞壁一侧有窗户似的开口，雨水哗哗直泻而下，好似水帘一般。透过水帘望去，只看到近在眼底的深涧巨沟和远处茫茫的山峰。客车把我们放到一座有栏杆的牌楼前就回去了。问了在此看管的人得知，这是豫晋两省的界门。我们冒雨趟水步行大半个钟头，才赶到住宿地——一座山脚下的小楼。安顿好房间开饭时，已是九点多。虽是一般的农家饭，饥肠辘辘的大家却吃得津津有味。饭后，我和几个驴友坐在楼檐下，一边看着外面，一边为明天的出行担心。不远处的群山静默着，雨似乎更大了，在昏暗的灯光里，雨丝已经成了线，一张雨幕严严实实地把我们包裹了起来。聊了一会儿，分别回房睡下。坐了一天的车，太累了，我很快就伴着风雨声进入了梦乡。

睡意正浓时被叫醒，才四点多。吃完了简单的早餐，雨也渐渐停了。这天的行程从穿越王莽岭开始。沿着羊肠小路，我们呼朋引伴地向山顶爬去。空山新雨后,景色格外的美丽。近处,挂着晶莹雨滴的花草在晨曦中摇曳着,我见犹怜,让人不忍下脚;远处,群峰在袅袅云烟中若隐若现,神秘而美丽。到了半山腰,站在悬崖峭壁凸出的一块巨石上,俯瞰脚下,只见山涧中云雾翻腾,似奔马,如潮涌,变化莫测。大家一起喊:“风来,风来!”一阵风果真被我们唤来,顿时把云雾吹散了些,显露出幽深的峡谷和对面嶙峋的峭壁。仰瞰之间,大家尽情饱览“群山万壑争攒聚,云山幻影瞬息变”的奇景。只见茫茫云雾飘飘渺渺,静如白练,动如尘烟,轻如柳絮,阔如海浪,白如银棉,缠绕着群峰。千峰竞秀,展示着独特的魅力。有的直直向上,像顶天立地的擎天柱;有的两峰相连,如夫妻相依相偎;那一座好像奔跑的鸵鸟,这一座又像极了盛开的莲花……在石峰之巅、峭壁石隙,生长着各色树木,茫茫苍苍,更增添了神奇。旅途的劳累、遇雨的郁闷随风而去,驴友们久久不愿移步。自由飞翔吊了一句书袋:“鸢飞戾天者,望峰息心;经纶世务者,窥谷忘反。”真是合情合景。

一路上泉水泠泠作响,鸟儿咕咕啾啾叫着,好似清脆的琴声,又像孩子的吟唱。看美景,听妙音,我们也没有忽略这里的人文景观。在龙脉龛前、断剑石旁,大家对王莽刘秀二龙争斗故事充满兴趣;不了情石旁徘徊、面壁峰前驻足,我们为那凄美的爱情传说唏嘘感叹……站在琴台石上,耳边仿佛奏响着《高山流水》的乐章,我向山涧对面的妻子和驴友们挥舞起登山杖,放声高喊:“乐途户外的朋友,你们快乐吗?”“春暖花开,我爱你!”山谷阵阵回响:我—爱—你。妻子笑靥如花,也是醉了。

中午在岭上吃了点随身带的食物,我们又继续前行。漫山遍野都是树,浓绿浅翠。印象最深的是有一段“幽径听涛”的路,松树很多。人在黑黝黝的松林中穿行,松香味混合着花草味,味道好极了。不少的松树上部齐齐折断,露出白森森的茬口,可见山风之猛烈。我们穿过时无风,没听到涛声。如山风呼啸、松涛阵阵,该是别有一番感受吧。山路崎岖,步履艰难。好在天公作美,昨天的雨,不但让我们看到了云雾奇观,还为今天的穿越带来了凉爽。一路走走停停,到南坪时已是下午四点多。包含妻子在内的部分驴友体力不支,就回旅馆休息。我稍一犹豫,还是重振精神,和大部队一起向丹分沟进发。

丹分沟是一段两公里左右的峡峪，虽然也是步步登高，但路还算平坦。走在幽深的峡谷里，四望都是刀削般的丹崖赤壁，登到高处时就见群峰连绵，奇形怪状。下王莽岭时见到几处瀑布，觉得很美，想不到这里的瀑布更美，也更多。走不了多远，就会看到一条悬挂在山崖间的白练，自上而下跌落在深潭里，发出轰轰的声响，水花四溅开来，游人躲闪不迭。大有“飞流直下三千尺，疑是银河落九天”的气势。谷底的水向下流淌着，一会儿低音吟唱，一会儿激石轰鸣。我和“自由飞翔”结伴向上走，只见花红柳绿，瀑落水流，但觉神清气爽，飘飘欲仙。北方大山的雄浑磅礴、南国水乡的飘逸妩媚，两种风格的美，在这里融为一体了。“红峡碧水江南，飞瀑奇潭仙境”，此言不虚啊！不过我心中有隐隐的遗憾，因为不能和妻子共赏这美景。

这晚吃住的地方依然是当地人家开办的旅馆。晚饭后，旅馆老板的父亲见我们几个在聊天，也围了上来。据他说，这里以前生活很苦，连饭都吃不饱；自从开发了旅游，他家贷款建了小楼接待游客，几年下来，还上了贷款，还有了余钱，生活大变样。老人话不多，几乎是问一句答一句，透着朴实的山民气息。他的儿子和儿媳在厨房里忙活着，楼下一溜排开的是装着核桃、木耳等物的几个大袋子，供游客购买。看来，朴实的外表下，山里人也不乏精明的经商头脑。

这种印象在翌日得到了印证。太行山一行最后的行程是郭亮村。这个大山深处的小村，依山顺势坐落在千仞壁立的山崖上。一幢幢浑石到顶的农家庄院，几乎都改成了旅店，门前摆卖着当地的山珍。守摊的多是些老人，价格却很灵活。可见，大山深处也早已接受了商品经济大潮的洗礼。此地吸引游客的是被誉为“世界第九大奇迹”的绝壁长廊。我们站在山崖之上开凿的观景台上，全方位观赏着这一奇观。深涧的对面，是斧劈似的悬崖。在绝壁横面上，有不少窗户样的开口，里边的游人、车辆影影绰绰地晃动着。崖壁上的松柏在阳光下格外的苍翠。这不就是一幅挂在墙壁上的优美画卷吗？难怪也被称为“挂壁公路”呢。观景台下就是深不见底的山涧，长满了树木，偶尔有鸟儿被落石惊起。四周的峰峦叠嶂郁郁苍苍，依稀看得见近处树上开满了白灿灿的花儿。妻子张开双臂，兴奋地喊着：“好美啊！”我咔嚓一声，把她的陶醉留在了相机里。

从观景台而下，走过水流潺潺的幽暗谷底，就踏入绝壁长廊中。脚下是石路，已经被游人踩磨的平坦了不少；头顶是怪石，不时有凉凉的水滴落到身上。走几米就有一个通风透光的窗口，从窗口向外望去，只见峡谷深深、群山连绵。对面崇山峻岭下人头攒动处，就是刚才照相的观景台，那里的游人也在向这边张望着。妻子附在我的耳边轻轻吟道："你站在桥上看风景 / 看风景的人在楼上看你 / 明月装饰了你的窗子 / 你装饰了别人的梦。"此情此景，妻子想到的是卞之琳的诗篇，我却正想着《举起手来》中郭达赶着驴车在郭亮洞中引吭高歌的场景。呵呵，雅俗立判啊！

在出口处一侧有块大石，石上刻着绝壁长廊的介绍文字。当年郭亮村民苦干 5 年，在 115 米的绝壁中间开凿的这条高 6 米、宽 4 米、长 1250 米的绝壁隧道，不就是太行山人战天斗地坚毅精神的真实写照吗？以此石为背景，我照了一张相。我要把太行山人的愚公移山精神印在心中！

在下午返程的车上，领队银子做了行程总结：三日间历经鲁、冀、豫、晋四省，穿越昆山—王莽岭—丹分沟—郭亮等景地，徒步 40 公里以上。他沙哑着嗓子问："玩得好不好？"全车齐鸣："好！"我听到，妻子的声音很响亮。

太行之行已过去几周了，可我的心仍然在那山水间徜徉。现在我在电脑前敲击着键盘，那山那水又浮现在眼前。张潮说："文章是案头之山水，山水是地上之文章。"但愿我案头的这篇文章能够记录下太行山驴行的精彩，我愿携爱妻在欣赏案头之山水的余暇，和驴友们继续阅读地上的文章。

我的诗歌

季琦在《创始人手记》一书中，谈到大学时期经常在草地上朗诵当时流行的朦胧诗。这种情景描绘和他对诗歌的一些观点，引发我的共鸣，让我想起曾经写过的几首诗歌，如果它们也能称得上“诗歌”的话。

同为二十世纪八十年代的大学生，我比季琦晚入学三年，且就读的昌潍师专也远远无法和他就读的上海交大比肩。但青年人的蓬勃热情和天之骄子的意气风发，却是相同的。大学之前，我读的最多的是小说，诗歌读的少，买过《绿洲》等诗刊。

进入师专后，在读诗的同时开始写诗，虽然对诗歌创作一窍不通。季琦说，当一个人喜欢写诗、朗诵诗的时候，内心往往有强烈的情感想要表达。虽然没有像同宿舍的老四那样整天抱着舒婷等人的诗集、不时给心爱的姑娘写情诗，但我在阅览室里读了不少诗歌杂志，还买了几本抒情诗集。更让我怀念的是，自己还专门买了一个精致的笔记本作为写作之用，最初的作品都是诗歌。诗不是作出来的，不是写出来的，而是“迸发出来的”，是“流出来的”，那些极致的情感需要这种形式来表达和宣泄。诗言志，现在回看，当年那些幼稚的诗歌，确实都是当时心境的真实记录。

感谢我敝帚自珍的个性，让我保存了这些青春印记。那个本子一直没丢，前几年还把其中的文字敲进了电脑，文件夹以《纯真年代的原创诗篇》命名。纯真年代，天之骄子，意气风发，一种相思，千般闲愁……今天再读这些散发着青春气息的旧作，我恍惚又看到了 30 年前那个青涩年轻人的身影。

回看这些所谓的诗，幼稚中充满了真情。如这首《岸》：

岸

我从涌浪中钻出来，
甩掉脸上的冰水，
DEAR，告诉我，
何处是岸？

我不想让那朵蔷薇被水抢走，
我不想把希冀沉到渊底，
DEAR，告诉我，
何时到岸？

期求和苦寂是我的影子，
我满怀疲惫，
DEAR，告诉我，
可已近岸？

你可在岸边挥起纱巾？
你的提袋可备有烈酒？
DEAR，告诉我，
你可在把我等待？

那是小洲吗？
我看到了海浪送来的绿影，
DEAR，告诉我，
上面可种有相思的树？

一只海鸥掠过，

我怕那是虚幻的海市，

DEAR，别告诉我，

让那希望的鸟儿不倦地飞吧！

这首诗，表现了情窦初开的年轻人对爱情欲应还拒的矛盾心理，是我当时心境的诗意再现。

类似的还有这首《港湾·船》：

港湾·船

你是温静的港湾

我是不羁的帆船

我们有时相会

更多的却是别散

你的静宁

令我永远留恋

志在远航

吻别流泪的你

我又奔向蔚蓝

哦，不要，不要

不要把我挂牵

鱼儿会送去

我印在海浪上的思念

海鸥会衔去

我散在海风中的平安

也许，有一天

我帆裂桨折

那时，我也许会渴求你的温馨

你可还会把我爱恋？

大概每个青年人，心中都有一个浪子梦。既期盼爱情，又渴望远航。这首诗就是写照。

再如这首《沉默》：

沉默

我曾惊诧于火山的壮观，那撼天震地的伟力何处得？

我曾拜倒在刘易斯的足下，比赛时莫非上帝在侧？

冥冥中，一个苍劲的声音在说：

你可知火山爆发前几个世纪的沉默？

你可见超人的汗水已经流成了河？

我曾见过一条地下河，它的呐喊不亚于九曲十八弯的黄河。

我曾惊喜地发现，巨石下一株小草探出头，呼唤春色。

冥冥中，一个苍劲的声音在说：

地下河的力量在于深沉而不显赫，

小草的胜利来自顽强执着。

男儿的情感该如何？

我为此上下求索：

访前辈，翻史册；

问同龄，读心理学；

登高山，涉江河；

……

历史老人沉沉答曰：你可知太史公这伟大先哲？

那个她闪闪秋波:你可知高仓健的神冷情默?

河山阵阵轰鸣:你可知尧茂书掀起的轩然大波?

……

哦,哦,呆笨的我呀,终于懂得。

答案么,只有一个:

沉默!

现在看来,这首诗很稚嫩,是一个外表冷漠、内心狂热的年轻人情感独白。其中一些用典,60后会熟悉,之后的70后等等可能就不了解了。

而这首《影子》,则是和心上人偶遇而心动的情形描绘:

影子

心告诉我

你飘了过来

低垂的睫毛

怎掩得漫天彩霞

看到了我的影子

你眼睛的光彩

那时的青春啊,有忧亦有乐。现在看来,不过是无病呻吟、青春懵懂,为赋新词强说愁。想不到的是,这首被同学称之为"回文诗"的小诗,尘封28年后重见天日,在当地作协创办的文学刊物上发表,让我沧桑的心海一度荡起微微涟漪。诗歌永远青春,诗人已是身心俱衰矣。

《影子》写钟情,而《默》则写暗恋:

默

这可是世上最娇艳的玫瑰

是最诗意的情感

哦,默默

默默望着远去背影

树上的鸟儿在吟咏春色

这可是世上最犀利的刀剑
是最悲哀的思慕
哦,默默
默默凝视平静秋水
凄厉的北风掠起枯叶

听
蝉儿正在歌唱夏天
孟夏的百花绚丽绽放
何必苦寻
那朵春天的花儿

再读这首诗,我想起同舍的七弟。当时,多情的七弟为邻班一女同学吸引,寤寐思服,很是受了一番暗恋之苦。作为最好的舍友,他多次和我倾诉。我写了这首小诗送他,算是做大哥的劝慰。师专两年时光短暂,爱意初萌,转眼就各自分飞,让多少怀春学子伤悲迷茫。

迷茫的岂止七弟。这首《惘》是自我写照吧:

惘

饮下一杯烈酒
冬日的寒风里
谁陪我走出枯寂

登上明辉的峰顶
晨光的泽润中
谁共我拥抱黎明

我不知道

我真的

不知道

记得是在某个冬日独处时，躁动不宁的心态下，迷茫、惆怅、渴求一起涌上心田。今天再读此诗，我哑然失笑。少年情怀都是诗啊。

参加工作后，基本没有读诗，更没有写诗。几年前春节一朋友送一棵杜鹃，花朵繁多，为佳节带来春的气息。到阴历六月，依然万绿层中一点红，于是有小诗《夏日杜鹃》：

寒冬绽放满枝桠，春节来客人人夸。

六月骄阳当头耀，小楼清茶杜鹃花。

这其实不能算诗，矫情罢了。倒是入疆后，带来几本古诗词，闲暇时读几首，聊以排遣深夜寂寞。也写过几首打油诗，博得援友一哂。

家有昙花一株，原在我办公室内。入疆前，搬至家里凉台上。我在西域，妻子在鲁，花每开时，妻子一定打开手机视频与我万里共赏惊艳时刻。两度西域春秋，几度昙花一现，有《昙花吟》打油三首：

其一：

夜黑色愈白，八花竞相开。

惊艳惜时短，高洁长感怀。

其二：

仙子双双下凡尘，馨香脉脉满室春。

不求天长与地久，艳惊一刻慰芳魂。

其三：

今夜吾家佳音传，昙花展蕊绽娇颜。

一株三朵竞相现，玉洁仙姬尘不染。

老妻花前独叹惋，吾隔银屏切身感。

娇女观照连声赞，叹花念父润我眼。

馨香满室犹相见，三地一心意情连。

西域秋月足堪怜，留梦三更莫挂牵。

同学刘永斌在上海经商，2017年5月我到上海参加研讨会，蒙他盛情款待，心存感激。闻我援疆，特意寄来上海特产慰问。感动之余，打油一首：

犹忆上载夏潮起，黄埔江畔畅饮时。

西域四月芳菲艳，沪味堪似同袍衣。

诗后附说明如下：

去年上海公干，刘君永斌陪游整日，黄浦风情尽览；此后吾西域游历，刘君数次垂询，近日更不远万里寄来美味，更显同窗殷殷之谊。正所谓：西域风沙大，同窗情谊长。沪味最难得，犹记黄浦江。

在麦盖提的第一个霜降日，援疆教师楼供暖打压，我的宿舍供暖管道漏水，积水漫过脚面。心有所感，遂打油记之。

其一曰：

湿迎霜降

霜降之日水灾降，黄水漫漫浸我床。

谁言西域苦燥地，且待今晚享清凉。

其二曰：

水灾感怀

万里迢迢来援疆，斗风战沙念家乡。

水灾二顾午难寐，犹思诗篇与远方。

配图发朋友圈后，不少朋友、援友和二中同事纷纷留言，有的关心慰问，有的打趣调侃，一时间很是热闹。

有人说，诗歌是年轻人的。此语不完全正确。心不老，诗就在。诗歌是最真实的内心独白，是最浪漫的情怀，是唯美的理想载体。一个有诗歌的时代，是最好的时代。一个以诗为伴的人，是心灵充盈的人。在边陲大漠的漫天风沙中，还能写几首打油诗，我骄傲！

感谢季琦，让我在离家万里之外的西域，重温久违的诗歌芳华。

那段沉重的时光

过往的每段时光，都是生命的组成部分，都会在人生的年轮上刻下或深或浅的印记。而刚刚过去的2018年暑期这段时光，已成为我生命中最深的刻痕。

这段时光，可以用两个字来概括，一个是“忙”，一个是“悲”。忙碌与伤悲交织的2018年的7月和8月，是我度过的最沉重的暑假。

到了六月，学校就进入了忙碌期。各类考试、总结，让每个人都忙得马不停蹄。除了这些，担任校报主编的我还有编辑工作需要亲力亲为，白天忙不过来就晚上加班。整个校园被繁忙的氛围笼罩着，犹如乡村进入了麦收期。

除了公事，我个人的私事也是应接不暇。女儿考编进入关键期，已经取得公务员笔试第一的她，还要应对面试一关。连续半月的培训机构培训结束后，再找公务员辅导名声很响的李教授进行辅导。晚上女儿都是12点后才放下书本，我在自己房间里默默陪伴。女儿还未睡醒，起得很早的妻子就准备好了可口的饭菜。7月7号那天在烟台二中进行的面试，女儿如愿以偿。但体检却出现了波折。得知公示的体检合格名单中没有女儿时，我正在医院里为父亲陪床。病房里的冷气很足，我却霎时出了一身冷汗。此后反复打听消息，几次陪女儿自检，妻子也注意调整饮食，督促女儿锻炼。一家人心里都很不安。好在复检顺利通过，虚惊一场。为了有个工作岗位，一家人也是蛮拼的，岂是我这短短百十字可以描述出的。

我的教育著作《校园漫步》的出版，耗费了我很大精力。原计划在五月份出版的，但印刷厂迟迟没有排上印刷日程。我利用放假前后的这段时间，一遍遍地校稿，反复斟酌撤换文稿，力争减少失误之处，力争文稿合乎当前教育规范。反复翻阅手边的教育类书籍，对封面设计、内文排印等书籍设计的事宜，争取有自己的见解。这本书,是我和老妻三十载教育岁月的心血结晶,也是我们的第一本专著,岂敢不力争完美?

我不善于和陌生人打交道,想不到却得到了一个只有一面之交的企业家的信任。这位偶然结识的企业CEO刘总,委托我做企业助学基金会的理事长。对这样一位流淌着道德血液老板的善举,我衷心钦佩,一口答应。学校工作之余,我单枪匹马忙了起来:反复和刘总电话沟通,摸清他的思路;通过网上查阅、请教相关学校领导,数易其稿拟定《万隆泉集团"万隆泉助学基金"实施方案》;综合各高中情况,确定助学生源学校,和一中马金建校长联系对接……做完这些,高考已告结束。八月初,为了女儿的政审,我从父亲的病床前返回安丘。就在这段时间内,我联系刘总和马校长落实助学计划。在一中的帮助下,我和刘总用了整整一天时间,跑了四个乡镇,看望了四个刚收到重点大学录取通知书的贫困学生,送上了一份份关怀和祝福。那时,在为父亲身体担忧的同时,心里也有做公益事业"赠人玫瑰,手有余香"的成就感。

一篇短文惹起的风波,让我一度陷入了忧思。当时正在为重病的父亲陪床。面对病床上气息微弱的老父亲,相关指令要求让我既焦急又郁闷,只不过我的心理承受能力足够强大,但其中的心理折磨无语言表。各种思绪交织在一起,那种煎熬的滋味,令人厌烦且难受。

六月下旬起,弟弟就几次电话询问放假时间。本想放假后先把那本书处理好后再回家照顾父母,但听弟弟说父母身体不是很好,就在女儿面试结束后的当天下午回家了。到家后,发现母亲已住院几日,躺在炕上的父亲病弱得吐字不清。第二天,我又把父亲送进了医院。那些日子,上午在文登中心医院陪护父亲,下午到葛家镇医院陪伴母亲,晚上把母亲送到家,一早再送到医院,然后再去陪父亲。母亲出院后的一段时间内,我整天在医院照顾父亲,有几天忙得午饭和晚饭一起吃。真正疲累不堪!尤其是陪护父亲期间,女儿公务员体检未通过,更添忧虑。那段时间,我多地奔波,表面强作镇定,内心其实很苦,心理承受力几乎达到顶点。

父亲去世的那日,我回到安丘没有几天。这几天,我为女儿准备了考取公务员后需要的各种政审材料，迎接了两位前来政审的莱阳人社局的领导，也在为赴疆做着各种准备。噩耗传来，我顿时如五雷轰顶，大放悲声。下午就急急忙忙赶去文登。沉浸在悲痛之中的姐弟仨，在亲戚的帮助下，处理好了父亲后事。其中的丧父之痛，丧事办理之波折，亲人间渐长的隔膜，让我心力交瘁。跪在父亲的坟前，我边哭边诉，把即将启程援疆一事做了禀告。一别便是永远，父亲坟土未干儿就要远行，请老人家原谅儿的不孝吧。

父亲头七一过，我申请援疆延后启程的日期也到了。8 月 25 日，泪别精神萎顿的老母亲，告别依依不舍的妻女，我登上了西去的飞机，也宣告了这段忙与悲交织时光的结束。在济南机场，我面向家乡方向，深深一躬。保佑您的不肖之子吧，父亲！感谢您的关怀，亲人们！

今天是抵达援疆目的地的第二个夜晚，坐在宿舍的书桌前，刚刚过去的一幕幕又浮现在脑海中。林林总总的大事小情，塞满了这个最为沉重暑期的所有时空。援疆前这段忙碌与伤悲交织的沉重时光，已成为我生命中最深的印记。但愿这段磨难，让我更无惧边陲大漠那漫天的风沙。

漫天纷飞的思绪中，我打开手机，发了一条微信朋友圈：

沿着张骞开辟的丝绸古道，经过万里之路云和月的追逐，阵阵驼铃声中，现已到达目的地，且感受到了当地领导和同事的滚烫情谊。特此向领导、朋友和亲人们报平安。感谢您的牵挂和祝福，您的关怀就是陪我度过玉门关的温馨春风。请记得啊，遥远的南疆，有人在为您默默祈祷。大美新疆距您有点远，我的心疆却离您很近。

评论一

一曲献给边陲大漠的真情颂歌

金秋九月,硕果飘香,新疆大地上铺展开一幅幅金灿灿的画卷。在这个丰收时节,欣闻万里之外的山东朋友周志刚同志的佳音:他的新作《我的远方》即将付梓。翻看着一篇篇精彩佳章,很为老朋友高兴,也很愿意谈几点疏陋的浅见,以表诚挚祝贺之意。

君子之交,贵在相知。我和周君是凭纸笔神交几年的老友,至今还未曾谋面。几年前,我们因文学相识于新疆,当时他在南疆的麦盖提县援疆支教,是我负责编辑的《新疆文学》的热心读者,更是辛勤创作的实力派作家,短短一年内就在《新疆文学》发表散文、随笔等 20 多篇,虽不敢说字字珠玑,但很受读者喜爱,文章的阅读量和点赞量都很高。作为编者,只要收到周君的文章,总是有一种欣喜成份,因为他的文章通篇文思缜密,故事性、可读性强。于是,对周君的大作常常有一种期待,相隔数日不见他的文章,便有一种想念。好在沟通交流便利,我们通过微信、电话交流甚多,更多的是在《新疆文学》创作群里交流、探讨。周君的见解每每有独到之处,发言充满正能量,得到群友高度评价,让我们新疆文学人领略了来自孔孟之乡作家的风采。因文相识,因文相知,文学的魅力把素不相识的我们紧紧联系在一起,友情与日俱增。虽不曾会面,但丝毫不影响彼此以老朋友相待。北疆和南疆有连绵巍峨的天山相隔,山东与新疆相距更是万里之遥,我们的文学探讨并未因地理距离的遥远而停滞,反而随时光的流逝更加广泛深入。心若相知,距离就不是问题,"海内存知己,天涯若比邻"自古就是美谈!

作为一个老新疆人, 我熟知周君援疆之地麦盖提, 那里地处祖国西部边陲,在塔克拉玛干沙漠边缘,自然环境、气候条件和山东大相迥异,所以我对远离家乡支援边疆建设的同志非常尊重和钦佩。援疆同志的来稿质量大多很高，《新疆文学》发表了包括周君作品在内的大量援疆同志的作品。我高兴地看到，《我的远方》一书收进了我编发的所有稿件，其他作品也让我眼睛为之一亮。阅读越深入，感触越深。我感觉，周志刚同志用他的满腔赤诚唱响了一曲献给边陲大漠的真情颂歌，《我的远方》是一部思想性、艺术性有机统一的好作品。

文章合为时而著，歌诗合为事而作。在麦盖提援疆两年中，周君深入学校课堂，和二中的教师、学生相亲相近，教学相长；他深入乡村田间地头，和当地干部群众广交朋友；他到巴扎看人世间烟火气漫卷，在叶尔羌河畔观大河东流，到大漠植树，在广场跳舞……麦盖提大地上留下了他的串串脚印。《我和我的维吾尔族学生》《父亲的劝诫》《我"失踪"的那一天》等篇章真实记录他的支教生活，从中可以看出他援疆工作的用心用情用力；在《老乡小韩》《做客维吾尔族亲戚家》《沙海绿歌》等篇章中，"老李""小韩""亚校长"等当地干部群众名字不时出现，可以看出他已完全融入当地，和麦盖提各族人民结下深情厚谊。做学术报告、编写校本教材、组织捐赠等援疆支教工作，则通过新疆卫视、《新疆支教》、"学习强国"等媒体平台以新闻通讯的形式体现，让我们看到的是他援疆工作的丰富多彩。文以载道，周志刚同志从个人视角以文学形式表现国家援疆重大战略的开花结果，展示广大援疆人的心路历程，描写美丽的风光风情，弘扬家国情怀，为大美新疆、为第二故乡代言，充分发挥文学价值引领作用，不愧是学养深厚的教师作家。

言之无文，行之不远。优秀的作品，都是思想性与艺术性的和谐统一。文学作品艺术性的高低体现了作者创作能力的高低，体现了作者的创作才能与写作技巧。《我的远方》通过准确的表述、鲜明的刻画、生动的表达以及对整部作品的结构合理安排和表现技巧的灵活运用，显示了作者驾驭文字的深厚功力。从著作命名，到"刀郎起舞""西行走笔""瀚海留痕""叶河行吟"各辑名称拟定及全书结构安排，均显示周君的用心良苦和浪漫情怀。著作以散文、通讯等多种体裁形式显示，可见周君各种体裁创作的得心应手。其中散文是数量最多也是分量最重的部分，从选材和写法上可以归之为纪实性文化散文，几乎篇篇都是佳作。“上苍用塔克拉玛干大沙漠的风击沙打锻造麦盖提儿女的强健筋骨，用叶尔羌河乳汁般的水流滋养麦盖提儿女的柔软血肉”（见《叶尔羌之歌》）、“那个弥漫着人世间烟火气、洋溢着民族风情的地方焕发出的独特魅力啊，已深深地把我们吸引”（见《巴扎，巴扎》）类似精彩句子如珍珠般撒落于各篇中。而催泪的段落、抒情的佳句也不少，如“初观不识剧中意，再赏已是剧中人。一年后再次观赏，我热血澎湃，几度热泪横流。面对这幅穿越时空的大漠风情画卷，我只有倾心膜拜”（见《穿越时空的大漠风情画卷》）、“打开二中同事发来的视频，一张张熟悉的笑脸一一闪出，一边做着比心手势舞，一边唱着歌儿，最后定格在那张师生合影中。谢谢你们，我的小天使，你们的纯真温暖了我知天命之年后的两个四季，因为有你们，爱常在我心底……”（见《再见，我的麦盖提》）等等。作品语言流畅生动，情节记叙讲究技法，结构多用倒叙、插叙，修辞手法则比喻、拟人、引用常见，有极强的艺术性。生动真实的情节记叙，充沛饱满的感情抒发，巧妙灵活的艺术表达，这样的作品自然有很强的感染力，读之如饮醇醪，不觉自醉。我视《我的远方》为一部鼓舞读者奋进新时代的有情怀有温度的优秀作品，这绝非过誉。

泰山天山根连根，鲁疆人民一家亲。我相信，周志刚同志的《我的远方》这部著作一定能成为山东人民了解新疆各族人民工作和生活的纽带，也一定能成为鲁疆两地各族人民增进感情的润滑剂。同时，我也更加期待老朋友在将来的日子里佳作迭出，迎接文学创作的金秋，我们《新疆文学》全体编辑拭目以待。

吴炳龙

二〇二一年孟秋

（作者吴炳龙系新疆维吾尔自治区石河子市全媒体党支部书记、总编辑，《新疆文学》总编）

评论二

远方，连绵的精神高原

远方之美，是一首诗，更是一种善良的抵达；是人性光辉隐藏的明亮，更是本心历尽红尘不改初衷的柔软与慈悲。给岁月以文明，生命最伟大的意义，就是怀揣一颗至善至美的心灵，把素质的光芒和奉献的火种，洒满脚下丈量过的每一寸大地。敬畏与崇尚远方，便自然会有一种胸襟起于辽阔的心田。而回忆并记述远方，那便是放任情感的波涛一路狂奔，在滚烫的沉淀中升华，又在洁净的升华中再回到一尘不染的初心。

馨香四溢的散文集《我的远方》，便是周志刚先生远方归来沉淀中升华的结晶，精致而纯粹，清澈又晶莹，携带着远方的壮阔与空灵，化身一朵朵情感的烈焰，铺满自己广袤的心空。《我的远方》，那本是一个人秘密的高原，浓缩，矗立，寄托着他永恒却别致的精神世界。麦盖提，祖国西北边陲的一个小县城，便是志刚先生此生不管怎样桑田沧海，都注定无法忘记的那个"远方"！两年援疆支教，亲身经历过的点点滴滴，已化作笔下一篇篇明媚隽永的文章，跟随叶尔羌河的流水，无声地浸润着那片深情的土地。

在《我的远方》第一辑"刀郎起舞"中，我们能够清晰触摸到来自他心灵深处的震撼与悸动。在初观大型歌舞剧《永恒的刀郎》时，被其独特的音乐与舞蹈深深折服后，他便发出了触及自己灵魂的一问：刀郎文化的根在哪里？透过志刚先生精准传神的文字，我仿佛置身歌舞剧的现场，神情庄严地凝视着无数刀郎先民在远古的呼唤中，用生命不息、奋斗不止的决绝，谱写出一幕幕关乎生命尊严的赞歌。未知而静谧的远方，一定有许多人都是在梦中，乘着想像的骏马，俊美与超然的抵达。而梦境之外呢？又有多少人是坚定而决然的，直面现实的残酷与凛冽。在血与火的淬炼中，用自己钢铁般的意志与毅力，战胜荒凉、落后、贫瘠。初观不识剧中意，再赏已是剧中人。我似乎明确感受到了，志刚先生一年之后再观此剧热泪盈眶的温度。因为他懂了刀郎，懂了不管是红柳还是大漠胡杨，它们都是刀郎人的精神内核。环境越恶劣，他们斗志便愈昂扬。屹立着千年不倒，倒下千年不腐，在这片英雄辈出的大地上，不仅一棵棵胡杨如此，一个个刀郎人更是如此！

“来疆为什么？在疆干什么？离疆留什么？”每个援疆人都会如此深刻地对自己发出重重的灵魂三问！像志刚先生自己陈述的那样，援疆者面对的，不仅有诗和远方，也有各式各样的困难：如沙漠干燥难耐的气候，饮食习惯的差异，工作的繁重，无法排遣对亲人的思念等等。似乎每一项都是严峻的考验，而志刚就是志刚，志向刚强而坚韧。所有困难都在他强大的心念面前，纷纷华丽蜕变成清新豁达的篇章。第二辑“西行走笔”中的许多文章，都能找到清晰的明证。在文章《向沙漠进军》中：“我直起腰，看着一棵棵白杨树苗，如哨兵般整齐地挺立于茫茫大漠中，想象着枝繁叶茂的情形，心里涌出一股自豪感。”志刚先生栽下的不是白杨，而是苍茫与荒凉中枝繁叶茂的希望。《在维吾尔族亲戚的棉花地里》一文中，“抬望眼，蔚蓝苍穹下，棉花云朵般耀目，灰枣压弯枝头，石榴笑裂了嘴……金秋十月的麦盖提大地，到处是一派硕果飘香的丰收景象。”这是一个收获的季节，收入眼底的是十月的麦盖提，金灿灿的幸福布满微笑的面庞。在《追风筝的孩子》中：“看着这两个西域孩子，我心里有一股自豪感在涌动。是为麦盖提孩子的成长进步？是因家乡为南疆的贡献？还是其他？我一时说不出来，但却想起一个词语：追风筝的孩子。”天空中高高飘扬的是他们真挚纯粹的梦想，他们努力奔跑，只是想跟上自己灵魂的步伐。中年之后，渐趋澄明的志刚先生，已任恬淡宁静之心潜滋暗长。从微信名“坐看云起”，便可以略窥到他的心境已近超然。云卷云舒，是云的事，他只管微笑着赏心悦目！

人生一世，草木一秋。人与草木的不同之处在于，为人一世应该在短暂的生命旅程中，发出自己的光芒，自渡并渡人。生命之所以伟大，就在于不计回报的奉献。在第三辑“瀚海留痕”中，我被这样朴素的心语灿烂地感动着：“泰山天山根连根，山东新疆心连心”。简简单单的一句话，却传递出两地血脉相通的浓浓情谊。面对破旧的校舍，图书室空空的书架，以及简单试卷上脸红的分数等等，这无不疼痛的折射出援疆的要义。志刚先生做为援疆队伍中的一员，立足任教语文的本职特长，深入挖掘，广泛探索，在提高维吾尔族学生国家通用语言文字水平方面取得了坚实并卓著的成效。中华文化，源远流长。维吾尔族学生掌握了国家通用语言文字，就拥有了打开浩荡五千年文化宝库的钥匙。相较于物质方面的贫困，思想的干涸才是最深的无法言说的痛。少年强，则国家强。说不定多少年后，为新疆、为中国做出卓越贡献的栋梁之才中，就有志刚老师的学生。“情系援疆育桃李，爱洒西域铸师魂”，志刚先生喊出的不仅仅是一句口号，更是一份真情的流露与身心的践行。人生一世，当志刚先生以灵魂的纯净，胸襟的辽阔，精神的高瞻，丰盈的屹立于天地之间，一边是寥廓长天投射出的恢弘背影，一边是大漠雄风吹起的飘逸衣衫，他自豪地凝视着脚下的这片热土，他的诗与远方，他洒下两年汗水的地方，他写下壮丽诗篇的地方，当倍感光荣，无悔来过！

“叶河行吟”是《我的远方》第四辑。或许一条河流，流到最远的远方，就是回到自己的源头。如同志刚先生回到他的本色，梦想，或者初心。《陪考记》中，他便回到了父亲的角色上。“返回时则是女儿驾驶，我坐副驾驶位保驾护航。一家人为共同的目标奔波，即使路途遥遥，即使夜色茫茫，也觉心安，未感倦怠。”一位父亲的形象，就这么温暖而饱满地凸显出来。《卅年一觉槐花梦》一文中：“当夜，我还真做了一个梦。梦中，我又回到了槐香满院的老屋，又牵着羊儿在飘着槐花雨的沟中快活地游玩……”时光再怎么荏苒，岁月再怎么沧桑，每个人都是有梦的！情真意切的志刚兄更不能例外。一个习惯深入思考的人，即便是看了一场风花雪月，也会来一些抽丝剥茧的审视。电影《肖申克的救赎》，是一部经典中的经典。西域的斗室中，他多次观赏，引发巨大的心灵震撼，然后一气呵成《谁是你的救赎者》，不仅倾情地推荐与分享，更是关乎灵魂的垂问！在文章《整理你的朋友圈》中：“五色令人目盲，五音令人耳聋。在这个浮躁时代，要想安静下来，倾听内心呼唤，就从整理微信朋友圈开始吧。”一个快餐文化横扫视野的年代，守住自己的内心，并不是一件易事。志刚先生整理朋友圈的举动，就是开始向初心的寻找与回归！他在和一个崭新的自己，盎然相遇。

或许，我们每一个人都有着独属于自己的精神高原。时常秘密而孤独的俯看我们的心野，那就是对自己的深度观照。《我的远方》分成的四辑，其实是角度不同的四处远方，它们交融重叠，共同绵延拱举成志刚先生独特且唯一的精神高原。用他满腔的深情，卓异的才华，流畅的文笔，足够的善良，谱写出一篇篇饱含人生况味的深邃华章！

这是一部充盈着自信、温暖且明亮的生命之书。人生是一条单行道，没有谁不是负重前行。是的，正是因为负重，志刚先生所以更加璀璨地发射着自己的光芒。他虔诚地耸立在自己的精神高原上，充满敬畏地遥望远方。志刚先生创造着自我，然后又打破自我，最后追求无我。无我，便是无私的奉献，便是最初的善良，便是我们路过人间最鼎盛的烟火。当无我拥挤连绵，那便是我们每一个人的远方与高原！

刘孝山

二〇二一年仲秋

（作者刘孝山系中国诗歌学会会员，山东省青年书法家协会会员，安丘市作协副主席，安丘市诗词楹联协会副会长）

后记

两年援疆生活结束回到家乡不久，生物钟尚未调整过来，我对麦盖提的思念就如潮水般涌上心头。多少个深夜，我一次次翻看当年保存在电脑里的视频和照片，一遍遍阅读当时写下的文字，心潮久久难平。因为，它们留存了那段难忘的边陲大漠岁月，是我心中的诗和远方的载体。

是鲁疆两地媒体对拙作的青睐，让它们得以与读者相见并收获谬赞。承蒙两地朋友的建议、指导，这才有了这本反映我援疆生活的薄书《我的远方》。

感谢第二故乡麦盖提，她的滋养是我创作的源泉。真诚感谢李衍星、李天贵、王景刚、韩文鹏、艾力·布拉丁、丛培芳、亚库甫江·吐尔逊、喻建勇、敬启茂、阿布都卡地尔·司马衣力等当地领导和朋友给予的亲人般的关照，让远离故土的我尽享手足之情。衷心感谢日照市对口支援麦盖提县工作指挥部分管教育援疆工作的两任领导孙葆春副局长、王义朋副局长以及麦盖提县教育局诸位领导，特别感谢麦盖提县第二中学两任领导王建蓉书记、钟文通书记以及二中的同事和我的维吾尔族学生，你们为我搭建了最佳援疆报国平台，让我体验到"教学相长"的幸福。非常感谢新疆卫视、《新疆支教》《新疆文学》《麦盖提零距离》等当地媒体对我的援疆工作和作品创作的宣传推介，十分感谢新疆生产建设兵团出版社的领导和编辑老师对拙作的青睐。尤其感谢新疆石河子市全媒体党支部书记、总编辑吴炳龙先生，百忙中为拙著多方联系出版事宜并撰写中肯而精辟的评论。万里尚为邻，鲁疆一家亲。希望远方的领导、朋友和我的学生莫忘当初之约，我在山东盼君来。

感谢家乡亲人的支持和鼓励，让我领略了诗和远方的风采。感谢《山东教育报》宋洪昌副主编、北京中关村智能科技发展促进会凌建军董事长、人民网山东分公司邢强总经理、潍坊市教育局张建才科长、安丘市作家协会周庆武书记、山东省泰山教育创新研究院梁娜主任、中国新教育智库王永胜院长、《风筝都》朱建霞副主编、《教育家》王赛主任、安丘市融媒体中心王锡文副主任、《潍坊日报》王玉芳主任、奎文区作家协会李万瑞主席、媒体记者刘岗山主任等领导和朋友对我援疆工作的帮助和指导，让我领悟到"大爱无疆"的内涵。衷心感谢安丘市教体局领导对援疆教师的关爱，于利民局长、赵武文副局长等领导对我援疆期间的工作、生活诸方面关照有加，于利民局长还欣然为本书作序，让我铭感于心。衷心感谢安丘市东埠中学全校师生对我援疆工作的支持和帮助，徐军民校长、张宝成校长两任领导对我援疆期间和结束后的工作生活更是细致指导和贴心关怀，激发了我的援疆工作热情，增加了我的教育工作动力，使我的教育生活更有意义和价值。

为了本书付梓，不少朋友付出很大心血。潍坊新天地印务有限公司辛如杰经理精心策划，中国作协会员刘学刚先生、山东作协会员刘文波先生等文学名家提出宝贵建议，安丘市作协副主席刘孝山先生撰写热情评论，徐洪波、张璇、王欣年等同事繁忙工作之余细心校对并提出很好修订意见。特别感谢魏金星援友，当年他的诸多援疆义举让我钦佩，今又蒙慷慨应允采用他的多幅摄影作品。还有很多朋友助力良多，在此就不一一列举。对各位朋友的辛勤付出和无私扶持，我唯有真诚地鞠上一躬。

感谢读者朋友通过本书分享我的诗和远方，您的赏读就是对作者最大的鞭策。囿于境界和学养导致的缺陷和疏漏，敬请不吝赐教。

时光在流逝，记忆却历久弥新。再回首，心中唯存感激，不能一一尽表。祝福我的远方，在我告别后繁花依旧；祝福我的近地，在我归来后幸福如昨。

周志刚

二〇二一年季秋